the Judgement by DEVIL

Manabu Kaminaga

MA
SA
EL
LIL
ITH

悪魔の審判

the Judgement by DEVIL

装　　幀　國枝達也
イラスト　鈴木康士

目次

第一章　復活

千年の期間が終ると、サタンはその獄から解放される――
ヨハネの黙示録20章7節より
日本聖書協会『口語訳聖書』

プロローグ

私は、深い闇の中にいた――。

自らの罪から解放され、自由を手に入れた。

私自身、闇を歩くのではなく、光の当たるところで、穏やかな生活を送ることを望んでいたはずだった。

それなのに――。

どうして、こうも暗いのだろう。

捕らわれていたときの方が、はるかに自由だったと感じてしまうのはなぜだろう？

考えてみたが、答えは出なかった。

きっと、この先も私がその答えに辿り着くことはないだろう。

もし、答えを見出すことがあるとすれば、それは、私が再び悪魔と呼ばれるときだろう。

そうなることは、望んでいない。

自分を貶めることに抵抗はないが、彼女をも地獄に引《ひ》き摺《ず》り込む行為だからだ。

よって、どんなに暗く、冷たくても、私はこの場所に留まり続ける。

1

私は、全裸で横たわる女の隣に添い寝すると、そっと彼女の首に指を這わせた——。

首に残った赤黒い痣が、何とも痛々しい。

生きていた頃のような肌の張りは、既に失われている。

ふくよかだった胸も、指で押してみると、まるで粘土に触れたような感触で、指を離しても、凹んだ肉が戻ってくることはなかった。

「そうだよね。このままでは嫌だよね」

私は、光を失った女の目を見つめながら語りかけた。

舌をだらりと垂らし、開いたままになった口が動くことはない。それでも、私には、彼女が何を言わんとしているのか分かった。

「分かってる。君をもっと美しくしてあげるから安心して」

私は、そう言って女の髪を撫でた。

黒くて艶のあるこの髪だけは、生きていた頃と何も変わっていない。

私は顔を近づけると、大きく息を吸い込み、その匂いを嗅いだ。柑橘系のヘアオイルと死臭とがアンバランスに入り交じったこの匂いが、私は好きだ。

股間に血液が集中していくのが分かった。

この場で、腐敗しかけた肉体を、切り刻み、どす黒い血を全身に浴びたいという衝動に、心をかき乱されたが、深く深呼吸して、それを抑え込んだ。

彼女は美しい。

こんな狭苦しいマンションの一室ではなく、多くの人に、その姿を見てもらうべきだ。彼女自身も、それを望んでいるはずだ。

私は名残惜しさを感じつつも、ベッドから起き上がると、持って来たキャリーバッグを開ける。

まず、中からビニールシートを取り出し、それを床の上に広げる。

それから、再びベッドに戻ると、彼女の身体をお姫様抱っこの状態で持ち上げる。死んでいる人間は、生きているときよりもはるかに重く感じたが、それでも運ぶ要領は心得ている。

私は、苦労しながらも、彼女をビニールシートの上に丁寧に寝かせた。

「もう少しだからね」

私は、彼女に語りかけると、開きっぱなしの瞼を閉じさせ、はみ出した舌を口の中に戻してあげた。

――ありがとう。

彼女が、そう言っているのが、私の耳に届いた。

「いいんだよ。君は、これからもっと美しくなるんだ」

私は、そう言ってから、改めて彼女の艶のある黒髪をそっと撫でた。

これからのことを想像すると、自然と頬の筋肉が緩み、笑みが零《こぼ》れ落ち、息遣いが荒くなる。

そんな私の反応を見て、彼女は怯《おび》えたように表情を強張らせた。

少し、冷静さを失ってしまっていた。

「安心して。痛いかもしれないけれど、美しくなれると思えば、我慢できるだろ？」

私が問いかけると、彼女は僅かに顎を引いて頷いた。

「よし。いい子だ」

私は、そう告げると、彼女の首の付け根をさすり、骨の位置を確認する。

次にキャリーバッグの中から、肉解体用の電動鋸《のこぎり》を取り出し、モーターのスイッチを入れた。

刃先が分速八千回という高速で振動し始める。

私は、さっき確認した骨の位置をイメージしながら、彼女の首の付け根に電動鋸の刃をそっと当てた。

心臓は止まっていたが、裂けた皮膚の間から溢れた冷たい血が、私の顔を濡らした。

その肌触りが心地よかった。

「ああ……。素敵だよ」

私の口から思わず言葉が漏れた。

きっと、彼女も喜んでくれているに違いない。

そう。彼女は、生まれ変わることが出来るのだから――。

2

天海《あまみ》志津香《しづか》が、シャワーを浴び、濡れた髪を拭きながらリビングに戻ると、点けっ放しだったテレビからニュースの映像が流れていた――。

ドローンか何かで、高架下の河川敷を空撮した映像に、〈多摩川で女性の遺体発見〉というテロップが表示されている。

画面の右下のワイプに映っていた男性アナウンサーが呼びかけると、画面は現場でマイクを持つ女性リポーターに切り替わる。

彼女の背後には、赤色灯を光らせたパトカーが何台も停まっていて、警察官が慌ただしく駆け回っていた。テロップには、〈遺体発見〉とだけ表示されていたが、現場に集まっている警察官の数からして、殺人と思われる事象が発生したに違いない。

〈今朝、多摩川の河川敷で、女性の遺体が発見されました。三ヵ月前に、駒沢公園でも、女性の遺体が発見されており、警察は関連を調べて……〉

天海志津香は、ニュースの内容を最後まで聞かずに、リモコンでスイッチを切った。

ソファーで寝ていた猫のマコトが、首をもたげてにゃーと鳴く。

そのつもりはないのだろうが、咎《とが》められているような気がした。目を背けるのは、逃げではないのか――と。

天海は思わず視線を逸らし、小さくため息を吐《つ》く。

「いいの。私には、もう関係がないから――」

自分に言い聞かせるように呟《つぶや》く。

警察を辞めてから、リアルタイムで起きている事件の報道は見ないようにしている。

民間人となった天海には、事件を知ったところで何も出来ない。いや、正確には、もう何もしないと決めたのだ。

もちろん、犯罪者たちに対する怒りは持っているし、被害者の無念を思うと、胸が張り裂けそうになる。

だけど、だからこそ、関わってはならないと思う。

せっかく手に入れた平穏を守るためには、それが最良の選択だ。

それが逃げだと言われれば、そうなのかもしれない。だけど、自分たちの暮らしを優先させることは、そんなに悪いことだろうか？　誰にだって、幸せになる権利はある。天海にも、そして彼にも——。

思考を整理し、気持ちを落ち着かせたつもりだったのに、なぜか胸の奥に、しこりのようなものが残る。

自分の意思で、警察を辞めたはずなのに、未練があるのだろうか？　事件に関わっているときは、日々に忙殺されていて気付かなかったが、犯人を逮捕することで、誰かを救っているという充足感があったのは事実だ。

マコトが、ぴょんっとソファーから降りて、天海の足にすり寄って来た。

餌を求めているだけなのだろうが、そのつぶらな瞳には、もっと別の想いが宿っているような気がした。

「私が望んだことだから」

天海が、屈み込んでマコトの額を指先で撫でると、目を細めて喉をゴロゴロと鳴らした。

——このままでいいの。

改めて心の内で呟いた。

天海は、もう二度と事件に関わる訳にはいかない。そんなことをすれば、自分だけの問題に留まらない。

再び、彼を——悪魔を蘇らせることになる。

それだけは、絶対に避けなければならない。

天海は、迷いを断ち切るように、テレビに背を向け、リビングを出た。

3

女性の生首が宙に浮いていた——。

正確には、高架下の鉄骨からワイヤーでぶら下げられている。

生首という表現も正しくはない。首から下には、剝き出しの背骨が残っていたからだ。

どうやればそんなことが可能なのかは分からないが、首を背骨ごと身体から引っこ抜いた上で、鉄骨からぶら下げているのだ。

身体は、地面の上で膝を抱えて座っていた。

首が、背骨と共に自らの意思で身体を抜け出したようにも見える。

永瀬《ながせ》圭太《けいた》が抱いたその感想は、決して間違いではないだろう。それが証拠に、地面には

〈eclosion〉という文字がスプレーで書き記されている。

eclosionは、日本語に訳すると〈羽化〉だ。

この状況を創り出した犯人は、蛹が蝶になるように、人間が元々の身体を離れ、羽ばたいていく姿を表現した、アート作品のつもりかもしれない。

だが、そこに美しさはない。

凄惨な犯行現場に慣れているはずの鑑識官ですら、喉を鳴らして嘔吐している。

かくいう永瀬も、特殊犯罪捜査室の室長という立場があるから、辛うじて堪えているだけに過ぎない。

「酷《ひど》いですね……」

永瀬の隣に立った、部下の四宮玲香《しのみやれいか》が絞り出すようにして言った。

平静を装っているが、涙目になっており、声に覇気がない。さっき、一度、姿を消していたので、何処《どこ》かで嘔吐して来たのかもしれない。

「そうだな。無理しなくていいぞ」

永瀬がそう返すと、真っ青だった玲香の顔が、赤みを取り戻したような気がする。

「そういうの止《や》めて下さい。私も刑事なんですから」

玲香の声には、怒りが混じっていた。

彼女は、三十手前ではあるが、童顔でかわいらしい外見をしているせいで、お飾り的な扱いを受けることが多く、本人はそれを気にしている。

さっきの永瀬の発言は気遣いのつもりだったが、玲香からしてみれば、甘く見られたように感じたのだろう。

「そんなつもりじゃない。四宮は優秀だし、頼りにしている」

取り繕ったのではなく、それが事実だ。配属された当初は、永瀬も彼女を過小評価していたが、一緒に仕事をするうちに、その印象は払拭された。玲香は機転が利くし、こういう凄惨な現場でも、食らいついてくる肝の太さがある。

「永瀬室長に頼りにされているとは、光栄ですね」

玲香の言葉には棘《とげ》があった。

永瀬は、普段から単独行動をすることが多く、部下にも多くは語らない。暗にそのことを批難しているのだ。

「今、分かっている状況を教えてくれ」

永瀬は、話を逸らす意味も込めて玲香に訊ねる。

彼女もすぐに切り替え、手帳を取り出しながら説明を始めた。

「午前八時頃、二子玉川駅前交番に、匿名で多摩川の河川敷に遺体がある、という電話がかかって来ました。現場に駆けつけた警官二名が、遺体を確認したという流れです」

「匿名の通報か……」

「犯人からだと思いますか？」

「状況からして、そう考えるのが自然だな」

口に出すのと同時に、周囲の空気がぬめりを帯びたような気がした。

三ヵ月前にも、類似する事件が起きている。

駒沢公園に、二十代半ばの女性の死体が放置されているという匿名の通報があり、駆けつけた警官が死体を確認している。今回と同様の流れだ。

類似点はそれだけではない。

公園の中央に、切断された生首が置かれ、それを取り囲むように、色とりどりの花が敷かれ、まるで花畑から首だけ出しているようだった。

おまけに、胴体は首を置く為の土台になっていて、四肢は切断され、放射状に四方向に配置されていた。

ご丁寧に、近くにあった岩に、〈flowering〉とスプレーで走り書きされていた。〈開花〉という意味だ。

まるで、死体が花開いたとでも言いたげだ。

まだ、二件目であるが、死体発見までのプロセスといい、あたかも芸術作品であるかのように死体に手を加えていることといい、共通点が多い。

「同一犯による連続殺人事件――ということでしょうか」

玲香が、呟くように言った。

「その可能性が高いが、決めつけるのはまだ早い。専門家の分析も必要になるな」

「そうですね。でも、これって悪魔の事件に似ていますよね」

玲香の放った言葉に、永瀬の心臓がぎゅっと収縮した。

かつて、死体に逆さ五芒星の紋章を刻んだ上に、今回と同様に、あたかも芸術作品であるかのように、死体を展示するという事件があった。

模倣犯まで現れたその事件は、世間を恐怖のどん底に突き落とした。

手口の残虐性から、その事件の犯人は〈悪魔〉と呼ばれた。

犯人とされた男――阿久津《あくつ》誠《まこと》は、逮捕された当時、現職の警察官であったことから、一大スキャンダルへと発展した。

死体を損壊し、特異な状況を作るという点から、阿久津の犯行に似ていると考える玲香の思考は分からなくもないが、彼は死体を装飾したくてそれをやった訳ではない。彼は、犯罪者たちに圧倒的な畏怖を与えようとしたのだ。それが証拠に、彼が殺害した人間は全て、罪を犯しながら、金や権力を濫用し、巧妙に罪から逃れた者たちだった。

一方、今回の犯行に関しては、純粋に楽しんでいるかのような、無邪気さを感じる。

それに、この事件は阿久津が犯人ではあり得ない。なぜなら――。

「阿久津は死んだ」

永瀬が、呟くように言うと、玲香は「そうですね」と同意を示した。

阿久津は、同僚であった天海志津香によって逮捕された後に、閉鎖病棟に措置入院ということになった。

だが、一年前――神部《かんべ》という男が関わった事件において、元相棒の天海を救う為に、自ら命を絶った。

正直、永瀬は阿久津が生きていると疑ったこともある。

阿久津の死後、事件の黒幕だった人物が、不審な死を遂げたからだ。実は、阿久津が生きていて、後始末をしたのではないかと考えたのだ。

犯行現場で、阿久津らしき男の姿を見かけたことも、その推理を裏付けることになった。しかし、散々調べ回ったものの、結局、生きているという確証を得ることが出来ないまま月日が流れ、今では彼は死んだということで納得している。

——本当にそうか？

耳の裏で、誰かが囁く声がした。

その声に誘われるように、永瀬はポケットの中に手を突っ込み、五百円硬貨を取り出した。

不審死した事件の黒幕の自宅に置かれていたものだ。以前に永瀬が阿久津に渡したものと年号が一致している。これこそが、阿久津が生きている証拠ではないのか？

いや、年号だけで、この硬貨があの時のものだと決め付けるのは、いささか乱暴だ。

「どうかしましたか？」

考えこんでいる永瀬に、玲香が心配そうに声をかけてきた。永瀬は、「何でもない」と首を振り、疑念を頭の隅に追いやる。

今は、阿久津のことを考えても仕方ない。

永瀬は、黙したまま現場に背を向けて歩き出した。

「特殊犯罪捜査室も、いらしていたんですね」

現場を離れようとしていた永瀬に声をかけて来たのは、捜査一課第三強行犯捜査一係の班長、真壁直樹《まかべなおき》だった。

言葉遣いは丁寧だが、その声には棘がある。

永瀬が室長を務める特殊犯罪捜査室は、権力による隠蔽や忖度《そんたく》といったものを排除し、フェアに捜査を行う為に設立された少数精鋭の独立部隊だ。

捜査一課の面々からすれば、勝手にやって来て、現場を引っ掻き回す邪魔者なのだろう。

「ちょっと気になったものですから」

「何か摑めましたか?」

「いいえ。今のところは何も——」

「額面通りには受け取れませんね」

「どういう意味です?」

「特殊犯罪捜査室は、隠蔽がお上手ですから——」

真壁は薄い笑みを浮かべていたが、冗談のつもりでないことは、手に取るように分かる。腹が立たないと言ったら嘘《うそ》になるが、捜査において警察官同士のいざこざほど無意味なものはない。

「隠蔽などしませんよ。犯人逮捕が最優先事項です」

永瀬は、強引に会話を断ち切って真壁の前から立ち去った。

「ああいう言い方は無いですよね」

後から追いかけてきた玲香が、不満を顕《あら》わにする。

真壁は、準キャリアで入庁し、叩き上げで実績を積み上げ、班長にまで上り詰めた男だ。捜査能力が高いのはもちろん、人望も厚く、リーダーシップもある。

実力で這い上がって来たという自負があるが故に、永瀬のように、ろくに現場経験も積まずに室長になった人間を嫌悪している節がある。

永瀬自身、現場経験が浅いことは自覚している。今のポジションに着く前は、内部監査だったため、現場での捜査経験は圧倒的に少ない。だが特殊犯罪捜査室は託された部署だ。生半可な気持ちで挑んでいる訳ではない。

「気にするな」

「でも……」

「おれたちは、おれたちの仕事をするだけだ」

永瀬は規制線のロープを潜り、押し寄せるマスコミに対してノーコメントを貫き、停めてあった覆面車両の運転席に乗り込んだ。

「何処に行くんですか？」

玲香が、運転席の窓を叩きながら声をかけて来た。

「ちょっと調べたいことがある。四宮は情報を纏《まと》めておいてくれ——」

一方的に言うと、永瀬はアクセルを踏み込み、車をスタートさせた。

ルームミラーに、憤慨する玲香の姿が見えたが、すぐに視線を正面に向けた。

——まるで逃げているみたいだな。

永瀬は、内心で呟いた。

4

真壁は、歩き去って行く永瀬の姿を見て、軽く舌打ちをした。

永瀬は、大学の三つ後輩にあたる。同じ剣道部に所属して、研鑽を積んだが、学年が離れていたこともあり、特別仲がいいわけではなかった。

真壁が警察に入庁したのは、父親の影響があったからだ。父は、叩き上げの刑事で、家にはほとんど帰って来なかった。ろくに遊んでもらった記憶もないし、家族旅行なんてもってのほかだった。

それでも、真壁は父のことが好きだった。

父は、ときどき帰って来たときに、よく仕事の話をしてくれた。どんな悪い奴を捕まえたのか誇らしげに語る父の姿を見て、真壁もまた誇らしく思っていた。

立て籠もり事件の現場中継映像に、父の姿が映ったときは、スポーツを観戦するように応援したものだ。

父は、真壁が高校生のときに、癌で他界した。葬儀には、多くの警察官が集まり、父の早過ぎる死を悼み、その功績を讃えてくれた。まるで、自分のことのように感じて胸を張った。そのとき、父のような警察官になるという、明確な目標を持った。

真壁は、大学の法学部に進学した。キャリアとして入庁するという手もあったが、敢えてその選択はしなかった。自分が憧れていたのは、現場で犯人逮捕に尽力する父の姿だったからだ。現場勤務になることを望み、準キャリアでの入庁をした。

一方の永瀬は、真壁とは対照的だった。彼の父親は警察官僚であり、キャリアとして入庁した生粋のエリートだった。

真壁の目には、永瀬が出世を目論む野心家に見えた。理想を持って警察に入庁した自分とは価値観が違うのだと思い、顔を合わせることがあっても、特に話はしなかった。

警察に入庁したばかりの頃の真壁は、自分が警察官であることに、誇りを持っていた。意義のある仕事をしているのだという充足感もあった。

だが——。

巨大な組織に長くいるほどに、真壁の抱いていた理想が崩れていくのを感じた。

いくら真壁が犯罪捜査に尽力しようと、上の連中が気にしているのは、自分の面子ばかりだった。

別部署からの横槍が入り、捜査が頓挫したことは、一度や二度ではない。

川下に流れるにつれて、水が汚れていくのと同じように、真壁の中にあった青い理想は、みるみる汚れていってしまった。

それでも、清廉であろうとあがき続けてもいた。

そんな折に、阿久津誠が起こした通称「悪魔事件」の全貌が明らかになった。

あの事件をきっかけに、警察の暗部が暴かれる格好になり、上層部の多くの人間が辞職することになった。

その中に、真壁が唯一慕っていた上司も含まれていた。

理想と現実のギャップに悩む真壁を、幾度となく励ましてくれた人物だっただけに、裏切られたという気持ちが強かった。

それまで、真壁が見ていたものが、幻想だったのだと思い知らされ、張り詰めていた糸が、プツリと切れたのを自覚した。

悪魔事件で辞職した上層部の者の中に、永瀬の父親も含まれていた。

出世の目が無くなった永瀬は、てっきり辞職するものだと思っていたが、彼はそれでも警察という組織にすがりついた。

――憐れだな。

そう思うことで、真壁は自尊心を保っていたところがある。

だが、永瀬はそこで失墜することはなかった。総務部長の小山田《おやまだ》に拾われ、内部監査として、新たなキャリアをスタートさせた。

それればかりか、今は特殊犯罪捜査室の室長として、現場に立ち捜査を行っている。

――なぜだ?

その姿を見るにつけ、真壁の中でふつふつと怒りがこみ上げるようになった。

親の七光りで、出世することしか考えていなかった奴が、一線に立ち捜査することは、自身の存在を否定されているようにすら感じた。

これで、失態でも演じてくれたら、真壁の気持ちも少しは楽になるのだが、永瀬は着実に実績を積んでいる。

そのことが、余計に真壁の中にある怒りを刺激する。

――おれは何を考えている?

真壁は自問した。

これでは、真壁自身が嫌っている、上層部の連中と同じではないか。自分の実績や評価ではなく、犯罪者を逮捕することが最優先のはずなのに――。

真壁が苦笑いを浮かべつつ歩きだそうとしたところで、スマートフォンに電話がかかって来た。

登録されていない番号だった。

「真壁です」

電話に出ると、少し間を置いてから相手の声が返って来た。

〈お久しぶりです〉

口ぶりからして、知り合いのようだが、思い出すことが出来ない。だが、名前を訊くのは、失礼な気もした。

そんな真壁の思考を察してか、向こうから〈五十嵐《いがらし》です。十三年前の殺人事件でお世話になった……〉と言って来た。

それで、真壁も声の主が誰なのかを思い出すことが出来た。

五十嵐は、十三年前に強姦致死事件で逮捕、起訴された男だ。

会社社長の妻を、強姦目的で襲ったが、騒がれたことでパニックになり首を絞めてしまった──というのが事件のあらましだ。

五十嵐は、元々は、学校の教師であったが、生徒を盗撮していたことが発覚し、学校を辞めさせられ、離婚して妻子と離ればなれになってしまった。自暴自棄になり、酒浸りの生活を送る中での犯行だった。

自業自得としか言いようがない短絡的な犯行だった。

当時、真壁は駆け出しの刑事で、上司と共に取り調べに同席していた。

五十嵐は、最初、容疑を否認していた。自分ではないと、必死に訴える彼の姿を見て、真壁はそれを信じた。

五十嵐の言うように、真犯人が別にいるのではないかと、同時に捜査をしたりもした。

だが、最終的に、五十嵐は犯行を自供した。

真壁にとって、人の裏表をまざまざと見せつけられた忘れ難い事件だった。

「あの五十嵐さんですか……。私の連絡先は何処で？」

若干の苛立ちを覚えつつ訊ねた。

〈それは言えません。教えて下さった方に、迷惑がかかってしまうので……〉

真壁の連絡先を、どうやって入手したのかは、後で問い質すとして、引っかかることは他にもある。

「こうやって連絡をして来たということは、もう出所したのですか？」

〈はい。仮ですけど……〉

五十嵐は、最終的に強姦致死で、懲役十五年の実刑判決を受けた。殺意が無かったことと、本人が反省の意思を見せたことで、求刑からの減刑があった。

本来なら、まだ刑務所の中のはずだが、模範囚として過ごしたことで、仮釈放を勝ち得たのだろう。

「それで、どうして私に連絡を？」

それが一番の疑問だ。

自分の事件を担当した刑事に、連絡してくる理由が分からない。

〈実は、真壁さんに相談したいことがありまして〉

五十嵐の声は、切羽詰まっている。

「相談？　どうして私に？」

〈あの事件のとき、おれを信じてくれたのは、真壁さんだけでしたから……〉

——信じたのは間違いだった。

喉元まで出かかった言葉を呑み込んだ。

今さら、そんなことを五十嵐に言ったところで、何かが変わる訳ではない。

「いったい何の相談ですか？」

どうせ、ろくなものではないだろう。この不毛な会話をさっさと終わらせたくて、先を促す。

〈助けて欲しいんです〉

「助ける？　何があったんですか？」

〈それは言えません〉

「理由が分からなければ、助けることは出来ません」

〈それは、分かりますが、電話で話すのはヤバいんです。狙われているんで、下手したら……〉

五十嵐は、緊張しているのか、やけに鼻息が荒かった。

何《いず》れにしても、こんな曖昧な話をされても困る。やはり、適当にあしらって電話を切るべきだ。

「何か問題を抱えているのであれば、近くの交番に連絡して下さい。申し訳ありませんが、私は今、とても忙しいので——」

電話を切ろうとすると、五十嵐が〈待って下さい〉と呼び止めてくる。

〈今、起きている殺人事件に関連したことなんです〉

「どの事件ですか？」

真壁は、訊ねながらビニールシートで目隠しされた犯行現場に目を向けた。

〈ニュースでやってますよね。多摩川で死体が発見されたって。その前は、駒沢公園だ。あの事件です〉

――五十嵐は、この事件について、何かを知っているというのか？

「分かりました。時間を作りましょう」

真壁は、五十嵐との電話を終えると、妹の翠《みどり》に今日は帰宅が遅くなる旨のメッセージを送ってから歩き出した。

5

女が、じっと岸谷文雄《きしたにふみお》のことを見つめていた――。

口は動かなかったが、何を言わんとしているのかは、その目が物語っていた。

蔑み、腐し、扱《こ》き下《お》ろし、謗《そし》っている。

違う。そんな生易しいものではない。その目は、もはや文雄を人としてすら認識していない。

――そんな目で見るな！

文雄は、声を上げると共に目を覚ました。

革張りのソファーに座った後、いつの間にか浅い眠りに落ちていたようだ。高い天井を見上げて深いため息を吐いた――。

日比谷にある、老舗の高級ホテルの最上階のＶＩＰルームだ。

サミットの際など、諸外国の首脳が宿泊する部屋なので、高級感があり、シックな空間が演出されている。

自分のような成金には、場違いな気がする。

文雄は、大学卒業後、大手商社に入社したものの、人間関係が上手く行かず、一念発起して起業した。

最初は、携帯電話の代理店として始めた会社だったが、時流に乗り業績を伸ばし、多角的に事業を展開して成功を収めた。

それから三十年経った今では、ただの販売代理店ではなく、通信事業を手がけるまでに成長した。

家柄がいい訳でもなく、飛び抜けて経営能力が高い訳でもない。ただ運が良かったに過ぎない。

それ故に、いつメッキが剝がれるのか——と常日頃から焦燥感を募らせてもいる。

思えば、妻と結婚したのも、彼女が持つ家柄が欲しかったからだった。旧華族の血筋で、通産省の大臣を務め、政財界にパイプを持つ政治家の孫。そういう女と婚姻関係を結べば、メッキが本物になると思っていた。

しかし、それはメッキを上塗りしただけで、本物になることなどなかった。

ふと、妻の顔が脳裏に浮かんだ。そして、それは、さっき文雄が夢で見た女の顔に変貌した。

文雄は、それを頭の隅に追いやる。

今さら、罪悪感を抱いたところで、救われる者など一人もいない。

思考を遮るように、チャイムが鳴った。

文雄が立ち上がり、ドアを開けると、客室係の男がワゴンを押して部屋に入って来た。垂れ目がちで、いかにも人が好さそうに見えるが、この場に足を運んでいるのだから、見せかけに過ぎないだろう。

「失礼します。ルームサービスです」

ワゴンの上には、クローシュのかぶさった皿が置かれていた。

客室係は、文雄の前まで移動すると、クローシュを外す。顕わになった皿の上にあるのは、もちろん料理などではない。

一台のスマートフォンが置かれていた。

「どうぞ」

客室係に促され、文雄は無言のままスマートフォンを手に取った。

見計らったようなタイミングで、電話がかかってくる。

緊張が声に出ないよう意識しながら電話に出る。

「はい。岸谷です」

〈岸谷様。ご機嫌、いかがでしょうか?〉

電話の向こうから、女性の声が聞こえてきた。

だが、それが実際の音声でないことは明白だ。パソコンに打ち込んだテキストを合成音声に読み上げさせているに過ぎない。

それが証拠に、息遣いが一切聞こえなかった。

何れにしても、電話の向こうにいるのが、コンシェルジュだろう。

「はい。お陰様で――」

〈それは良かったです。ご依頼の案件につきまして、順調に事が運んでおりますので、どうかご安心下さい〉

――あれが順調？

どういう手はずを踏んでいるのかは分からないが、文雄からしてみれば、あんなことになるなんて、想像もしていなかった。

「本当に、あれで大丈夫なのでしょうか？」

〈ええ。全ては計画の通りです〉

間髪を入れずに返答があった。

取り繕っているのか？　探りを入れたいところだが、機械で合成された音声が相手だと、それすらままならない。

「信じても、よろしいのですか？」

〈もちろんです。我々の手腕は、既にご存知のことかと思います〉

「分かりました……」

色々と言いたいことはあるが、文雄はその全てを呑み込んだ。

今さら、何を言っても手遅れだ。賽は投げられた。文雄に出来るのは、この流れに乗ることだけだ。

〈支払いに関しては、彼にお渡し下さい〉

電話の相手が言うと、客室係がワゴンにかかったテーブルクロスを持ち上げた。ワゴンの下部は、物が置けるようになっていた。

「はい」

文雄は返事をし、持参したバッグをワゴンの下部に置いた。客室係は、中身を確認することなく、クロスを下ろして目隠しをしてしまう。

「中身を確認しなくていいのですか？」

文雄が訊ねる。

〈岸谷様は、我々を信頼して下さいました。信頼には、信頼で応えます〉

こうは言っているが、コンシェルジュが文雄を信頼しているとは思えない。代金を誤魔化すようなことをすれば、即座に消されるだろう。

「ありがとうございます」

〈今後については、目の前にいる彼、ギャルソンが、連絡役となります〉

その言葉に合わせて、ギャルソンが「以後、よろしくお願い致します」と、丁寧に頭を下げた。

さっきの対応といい、会話の内容は、ギャルソンにも聞こえているようだ。

「こちらこそ――」

〈連絡については、今、岸谷様がお持ちのスマートフォンをご利用下さい。特別なアプリを使用しての通話になっていますので、履歴が残ることはありません。ご安心下さい。では――〉

その言葉を最後に、電話が切れた。

緊張から、文雄がため息を漏らしている間に、ギャルソンはワゴンを押して、部屋を出て行ってしまった。

——なぜこうなった？

文雄は、自問してみたが、その答えは分かるはずもなかった。

6

永瀬は、神泉《しんせん》学院大学の本館にある、大教室の扉をそっと押し開けた——。

階段教室になっていて、百人ほどの席は、ほぼ全てが埋まっていた。学生たちは、みな真剣に講義に耳を傾けている。

この講義は、学生たちに人気があるとは聞いていたが、予想以上だった。

教壇で講義を行っているのは、若い女性だ。

ぱっと目を引くような美しい容姿をしているが、彼女の講義が人気な理由は、それだけではないだろう。

アメリカで犯罪心理学を学び、帰国後に特殊犯罪捜査室の刑事として、数々の実績を上げた人物だ。彼女の能力の高さは、永瀬もよく知っている。

一瞬だけ、彼女と目が合った。

彼女が、永瀬のことを認識したのは分かった。だが、特に言葉を発することなく、そのまま講義を続ける。

咎められなかったのをいいことに、空いていた椅子に腰掛け、講義を拝聴することにした。

隣の男子学生が、永瀬を見て怪訝な表情を浮かべたが、すぐに興味を失ったらしく、正面の彼女に視線を戻した。

永瀬は、じっと彼女の講義に耳を傾ける。

真剣な口調で語りつつも、時にユーモアを交え、学生を飽きさせない工夫が凝らされていた。その語り口に、永瀬は感心させられっぱなしだった。現場での能力もさることながら、講師としても、才能を発揮しているようだ。

終業のベルが鳴るのと同時に、彼女は講義の終了を告げた。

学生たちが、談笑しながら教室を出て行ったが、永瀬はその場に留まった。

学生の数が減ったのを見計らい、永瀬は立ち上がり、階段を下りて、教壇の前に立つ彼女に歩み寄った。

「お久しぶりです。永瀬警部。いえ、今は警視でしたね」

彼女──天海志津香が、おどけた調子で口にした。

永瀬が、天海とコンビを組んでいた頃は、対立ばかりだったので、こんな風に気安い感じで声をかけられることはなかった。

「ご無沙汰しています」

「私の方こそ、何の連絡もせずにすみません。お元気でしたか？」

天海は、懐かしむように話してくれているが、ただの社交辞令であることは分かる。

「それなりにやっています。まさか天海さんが、大学で講師をしているとは、思いもよりませんでしたよ」

「臨時ですけどね。学生時代の恩師に、声をかけて頂いたんです。意外と性に合っていると思っています」

天海は、そう言って柔らかい笑みを浮かべた。

彼女は現場で凄惨な事件を追い回しているより、学生相手に教鞭を執っている方が似合っていると素直に思う。

きっと、天海は刑事をやるには、感受性が強すぎたのだろう。

「どうしたの？」

天海が、教室の上段の席に顔を向けながら言った。

振り返ると、まだ一人の男子学生が残っていた。童顔のせいで、高校生くらいに見える。

「いえ。何でもありません」

その学生は、そう返すと軽く会釈をしてから教室を出て行った。

もしかしたら、天海に何か質問があったのかもしれない。邪魔をしてしまったことに、僅かに罪悪感が生まれた。

「時間を改めた方がいいですか？」

永瀬が訊ねると、天海は「いえ。大丈夫です」と首を左右に振った。

「それで、どうしてわざわざ大学にいらしたんですか？　思い出話をしに来たわけではありませんよね」

天海の指摘の通りなのだが、友だちですらないことを指摘されたみたいで、少しだけ気分が沈む。

「実は、現在、ある事件の捜査をしていまして……」

「うちの学生が、殺害されたあの事件ですね」

天海の表情が険しくなる。

彼女の言う通り、高架下で発見された女性は、神泉学院大学の学生だということが判明した。

「ご存知でしたか」

「被害者の女性を直接知っている訳ではありませんが、あれほど報道されていれば、嫌でも耳に入ります」

天海が指摘した通り、連続殺人事件として、マスコミの報道は過熱の一途を辿っている。

「そうですね」

「被害者が所属していたゼミの講師なら、すぐに紹介できますよ」

「いえ。それは、別班が動いています」

被害者と接点があった大学関係者に対する聞き込みは、捜査一課が行っている。

「もしかして私を疑っているんですか？」

天海が真顔で訊ねて来たので、思わず笑ってしまった。

「まさか。今回の事件について、犯罪心理学の専門家の意見を聞きたいと思って、候補をリストアップしていたんです」

「その中に、私がいた――と」

「ええ。名前を見つけたときには、驚きましたよ。被害者が在籍していた大学の講師ですし、警察内部についても精通している。これほどの適任は他にいません」

今言ったことは、嘘ではない。だが、同時に、天海と再会する口実を見つけて、心が躍ったのも事実だ。

「私なんかが、意見できるようなことは、何もありませんよ」

「謙遜も過ぎると嫌みになりますよ」

天海は特殊犯罪捜査室に所属していた当時、圧倒的な検挙率を誇り、一部から〈特捜の魔女〉などと呼ばれていたほどだ。

阿久津の助力があったのは事実だが、それだけで、あれほどの実績を残すことは出来ない。

「謙遜ではありません。私が持っている情報は、ニュースと同程度ですから、意見出来るようなことは何もありません」

「つまり、それ以上の情報があれば、分析は可能——ということですね」

永瀬が言うと、天海は苦笑いを浮かべた。

「そういうところ、変わっていませんね」

「褒めてくれているんですか？」

「どうでしょう」

曖昧な回答だが、今は彼女の真意を測りたい訳ではない。

「何とかお願いできませんか？」

「私は、警察を退いた身ですから……」

天海の反応に、違和感を覚えた。コンビを組んでいたときは、強い信念を持っていたのに、今の彼女は酷く消極的だ。

きっと阿久津のことが影響しているのだろう。無理に巻き込むことに抵抗はあったが、相談役として、天海以上の適任はいない。

「それは分かっていますが、犯人は必ずまた犯行に及びます。もしかしたら、その被害者は、天海さんの親しい人かもしれないんです」

永瀬は、自分の言葉に呆れるより他なかった。これでは、ただの脅しだ。

「そういう言い方をされると……」

「すみません。しかし、これ以上の犠牲者を出さない為に、どうか協力して下さい」

永瀬は、腰を折って頭を下げた。

天海から返答があるまで、長い時間を要した。頭を下げたまま、じっと待っていると、やがて「分かりました」とか細い声が返ってきた。

「あくまで資料を見た上での分析ということになりますが、それでも良ければ」

永瀬が顔を上げると、天海がそう言い添えた。

「ありがとうございます。もちろん、その形で問題ありません。ここに詳細な資料があります」

永瀬は、持参した事件の資料を教卓の上に置いた。

「見てもよろしいのですか？」

「許可は得ています」

天海は資料を手に取り、目を通し始めた。

天海との出会いが、あの事件ではなく、今みたいな関わり方だったとしたら、関係は違ったのだろうか？

永瀬の中に、そんな願望めいた考えが浮かんだが、すぐに振り払った。

どんな出会い方をしたとしても、天海が永瀬に対して特別な感情を抱くことは絶対に無い。彼女の心の中には、彼がいるからだ。

「まさか、ここまで酷いとは……」

天海が暗い声で言った。資料を読む数分で、彼女は酷く疲れたように見える。

報道には、駒沢公園、そして多摩川の高架下で、他殺体と思われる死体が発見されたこと。そして、連続殺人の可能性が高い――というところまでしか情報を出していない。

犯人が死体をバラバラに解体した上で、あたかも芸術作品のように創意を加えた異常性については、報道規制をかけている。

「同感です」

「警察の捜査は、どの程度、進んでいるんですか?」

「正直、ほとんど何も進んでいません。遺体遺棄現場周辺の聞き込みがメインです。被害者失踪前の行動を追っていますが、これといった成果は得られていません」

「分かりました。少しお時間を頂ければ、出来る範囲での分析をしてみます」

「お願いします」

改めて頭を下げ、連絡先を交換し、教室を出ようと階段を上り始めたところで、永瀬はふと足を止めた。

「そういえば、警察を辞めたとき、海外に行くと仰っていましたよね?」

「ええ」

「実際、行かれたんですか?」

「行きました。一ヵ月ほどですけど」

「彼のことを吹っ切る為ですか？」

口に出してから、余計なことを訊いてしまったと後悔する。

てっきり、返答など無いものだと思っていたのだが、意外にも、天海は笑みを浮かべて口を開いた。

「吹っ切るつもりは、最初からありません」

「え？」

「私は、彼と共に生きていくという選択をしたんです」

そう言った天海の顔は、誇らしげでもあった。天海らしいと思うと同時に、羨ましくもあった。

「そうですね。そうでしたね」

永瀬は、自分を納得させるように言うと、そのまま教室を後にした——。

7

食堂の椅子に座った翔太郎《しょうたろう》は、小さくため息を吐いた——。

講義の後に、天海に声をかけようとしたのだが、途中から入って来た男のせいで、それが出来なかった。

——あの男は何者だ？

天海に声をかけられ、教室の外で何かの相談をしているようだったので、二人が知り合いであることは間違いないだろう。

彼女が、あんな風に笑うのを、翔太郎は初めて見た。

腹が立たないと言ったら嘘になるが、名も知らない男のことなど気にしても仕方ない。彼が何者であれ、天海を自分だけのものにする——その強い意志に変わりはない。

翔太郎が、天海の存在を知ったのは、一ヵ月ほど前だ。以前から興味のあった犯罪心理学の講義を担当していたのが、彼女だった。

初めて見た瞬間に、「母さん……」と思わず呟いてしまった。

それほどまでに、彼女は翔太郎の母によく似ていた。目鼻立ちとかそういうことではなく、放つ空気が、母そのものだった。

それからは、天海の講義を受けながら、彼女のことを観察し続けた。

見れば見るほどに、彼女の姿が、翔太郎の中にある母親の姿と重なった。聖母のように、優しく、包み込むような温かさがありながら、何処か寂しげな目をしている。

これまでの二人の女は、翔太郎の母にはなってくれなかった。

翔太郎は、彼女たちを守ろうとしていたのに、どういう訳か、出てくる言葉は「助けて」とか「許して」とか、まるで翔太郎が悪であるかのような言い様だった。本当の悪は、あいつだというのに——。

翔太郎は、「君たちを守る為に、やっていることなんだよ」と、幾度となく説得を試みたが、彼女たちは理解しようとはしなかったし、母になることを拒絶し続けた。

だから、ああいうことになったのだ——。

翔太郎の言うことを素直に受け容れていれば、彼女たちは死なずに済んだというのに――。

ただ、それも仕方のないことだと今は思う。

あの二人は、外見が母に似ているだけで、中身は全く別のものだった。

奪われたときは、怒りが湧いたのも事実だが、それは、彼女たちを失ったことに対するものより、奪った相手に対して抱く、積年の感情だったように思う。

でも――。

天海は違う。彼女の中にあるのは、母そのものだ。それが分かる。どうしてかと問われると、答えに窮するけれど、そうなのだと確信している。

そのことは何れ、あいつも気付くだろう。

天海を守る為にも、少しでも早く、彼女を自分の手許に置かなければならない。

問題は、彼女にどうやって近付くのか――だ。

一人目の女――紗良《さら》と出会ったのは、駒沢公園近くのカフェだった。

紗良は、青いワンピースを着て、長い髪をお団子に纏めていた。その横顔は、母に瓜二つだった。

母が生き返ったのではないか――そう錯覚し、気付いたときには、彼女に声をかけていた。

紗良は、最初はナンパだと勘違いして警戒していたが、翔太郎が学生証を提示して、怪しい者ではないと訴えると、同席することを許してくれた。

それから、意気投合して二人で飲みに行くことになった。話せば話すほどに、彼女は母に生き写しだと感じるようになった。母を奪われてから、ずっと翔太郎の中に渦巻いていた喪失感を、埋めてくれるような気がした。

その日のうちに、紗良は翔太郎の住むマンションにやって来た。

だが、そこで紗良が豹変した。翔太郎に、男を求めたのだ。それは違う。翔太郎が求めていたのは母であって、恋人ではない。

だから、翔太郎は時間をかけて紗良を説得することにした。母になってもらう為に。だけど、上手くいかなかった。

結局、紗良を失うことになった。それからも、翔太郎は常に母の面影を探し続けた。

次は上手くいくかもしれないという、期待があったからだ。

そんな時に、大学内で未奈《みな》をよく見かけるようになった。

未奈は、紗良ほどではないけれど、やはり母によく似ていた。彼女は、学食や教室などで、チラチラと翔太郎に視線を送って来ていた。その癖、目が合うと逃げるように顔を背けてしまう。

彼女の方も、翔太郎の母になることを求めているのだと感じた。

だから、大学の帰りに未奈が一人になったところで、こちらから声をかけることにした。最初は、驚いた素振りを見せた未奈だったが、すぐに「家に来ないか？」という翔太郎の誘いに乗って来た。

今になって思えば、そういう軽さが、母とは根本から違った。

母は、清廉で品位のある人だった。すぐに誘いに乗るような、軽率な人間とは明らかに違う。

そんなことにすら、気付けなかった自分が、あまりに浅はかだったと言わざるを得ない。

ただ、現段階でそれに気付けたのは、大きな収穫と言っていい。

二人の母候補を失うという失敗を繰り返したからこそ、天海と出会うことが出来たのだ。

天海は、形だけの女たちとは違い、本物の母性を持っているはずだ。

だからこそ、慎重にならなければならない。これまでのように、場当たり的に動いてしまっては、また失うことになる。

「翔太郎。何ぼうっとしてんだ？」

声をかけて来たのは、赤坂《あかさか》だった。

犯罪心理学の講義で顔を合わせるうちに懐かれ、ことある毎に絡んでくる。

「ちょっと考えごとをね」

「何？　女のこと？」

「いや、そういう訳じゃないけど……」

「あ、女といえば、ニュース見たか？　うちの学校の学生が、殺されたらしいじゃん」

赤坂が興奮気味に声を上げる。

翔太郎は「らしいね」と適当に返事をした。

「殺された子ってさ、うちの学生らしいね」

「そうみたいだね」

「何か、近くでこんな事件が起きるって、ショックだよな」

「確かに」

「これで二件目なんだろ。次も、起きると思うか？」

「起きるんじゃないのかな」

「どうして、そう思うんだ？」

「どうしてって……今回の事件は、どう考えても怨恨から来るものじゃないだろ。目的は、女性を殺害することなんだから、何度だってやるさ」

「なるほどね。伊達に犯罪心理学の講義を受けていないね」

「何だよ。お前だって受けているだろ」

「おれはさ、単位が欲しいだけだからさ。あの先生は、出席さえしていれば、単位をくれるし、何より美人だろ。もう、腰のラインなんて、芸術の域だと思うね」

「そうか？」

惚《とぼ》けた調子で答えつつも、怒りが湧き上がってくる。

彼女のことを、そんな卑しい目で見るな。こんな穢《けが》れた視線に晒《さら》されているかと思うと、吐き気を覚える。

そうした邪なものから守る為にも、少しでも早く、彼女を自分の庇護下に置かなければならない。

そうでなければ、母のようになってしまう。

翔太郎の脳裏に母の顔が浮かんだ。

優しく微笑んでくれた姿ではなく、霊安室に横たわり、顔をパンパンに腫らし、青紫色に変色した、無残な母の顔だ。

——嫌だ。

天海が、あんな風に穢されるかと思うと、いても立ってもいられなくなる。

ちょうどその時、柑橘系の爽やかな香りが目の前を横切った。

顔を上げると、背筋を伸ばして颯爽と歩いて行く天海の姿が見えた。

今なら、自然に彼女に声をかけられるかもしれない。講義で分からないことがあると訊ねれば、きっと彼女は優しく答えてくれるだろう。

「悪い。また後で」

翔太郎は、赤坂との会話を強引に断ち切ると、天海の後を追った。

「先生……」

声をかけようとしたところで、人にぶつかり尻餅をついてしまった。

「すみません。大丈夫ですか?」

翔太郎に手を差し出して来たのは、作業服を着た清掃員だった。

帽子を目深に被っているので、顔ははっきり見えないが、冴えない雰囲気の男だ。

天海への接触を邪魔される形になったことで、苛立ちを覚えたものの、こんなところで騒ぎを起こしても仕方ない。

翔太郎は「こちらこそ、すみません」と謝罪しながら、差し出された男の手を摑んだ。

ほっそりしていて、骨張った手だった。

触れた瞬間、ぴりっと静電気が走ったような気がした。

男は、翔太郎が立ち上がった後も、茫然とそこに突っ立っていた。

「どうかしましたか?」

翔太郎が訊ねると、男は「いえ」と短く答え、顔を伏せるようにして、そそくさとその場を立ち去った。

——妙な奴だ。

そんなことより、天海を捜さなければ。

翔太郎は、彼女が立ち去った方向に視線を走らせたが、彼女の姿は、もう見えなくなっていた。

8

「永瀬さん。何処に行っていたんですか？」

病院の前で合流した玲香が、開口一番に訊ねてきた。

別に、隠し立てするようなことでもないのだが、一瞬、言葉に詰まってしまう。

「犯罪心理学の専門家に、今回の事件について、アドバイスを貰いに行っていただけだ」

「どうして一人で行ったんですか？」

「別に、二人で行くようなことでもない」

「それもそうですね。でも、私も会ってみたかったです」

玲香は笑みを浮かべてみせたが、そこに濁りのようなものが見え隠れする。

「どうして？」

「特捜の魔女と呼ばれていた人なんですよね。かつては、永瀬さんの相棒だった」

玲香は、全部を知っているようだ。

機転の利く彼女のことだから、永瀬の言動から何かあると踏み、天海を調べたのかもしれない。

「そうだ。彼女は警察を辞めるときに、色々とあったからな。おれ一人で行った方がいいと判断したんだ」

「次からは、ちゃんと何処へ行くか言って下さい。室長に、行き先不明になられると困ります」

「分かった」

永瀬は、適当に応じると、病院のエントランスを潜り、エレベーターに乗って地下二階まで降りた。

解剖室の隣にある、部屋のドアをノックすると、「どうぞ」とすぐに返事があった。

ドアを開けると、テーブルに腰掛けていた法医学医の佐野《さの》が軽く手を挙げる。

「例の遺体の件だな。まあ、座ってくれ」

佐野に言われ、永瀬は玲香と並んで佐野の向かいに腰掛けた。

「早速なんですが、何か分かりましたか？」

永瀬が切り出す。

「遺体には、長時間拘束されていた跡がある。数日間、監禁されていた可能性が高い。それから死因だが、おそらく頸部圧迫による窒息死だ」

「扼殺《やくさつ》――ですか」

「ああ。生体反応からみて、死体をバラしたのは、その後のことだ。切断面を見る限り、電動鋸のようなものを使ったようだ。骨の繋ぎ目を綺麗に切断してある。その後、背中を開いて背骨を抜き出している。なかなかの手際だ」

「そうなると、人間を解体することに、知識がある人物ということですね」

「まあ、そういうことになるな。ただ……」

「ただ――何です？」

「必ずしも、専門家である必要はない。昨今は、インターネットの動画なんかで、そういう知識をレクチャーしている奴もいる。知識を得るのは、誰でも出来るということだ」

「そんなモノが出回っているんですか？」

永瀬は、驚きのあまり大きな声を出してしまった。

「大手の動画配信サイトなどでは、すぐに削除されてしまいますが、非合法のアップロード動画は、腐るほどありますよ」

補足の説明をしたのは玲香だった。

そういえば、以前に動画配信サイトを見ただけで、料理人になったという人が、ニュースで取り上げられていたことがあったが、まさか人体の解体のやり方までもが、アップロードされているとは。

「遺体を解体した上に、あたかも芸術作品のように配置する。手口からして、公園の事件と同一犯である可能性が高い。本当に嫌な事件だよ」

「まさに、悪魔事件ですね――」

玲香が口を挟んだ途端、温厚な佐野の目が鋭くなった。

「一緒にするな」

佐野が吐き捨てるように言った。

「え？　でも……」

「阿久津は、遺体を芸術だなんて、寝惚けた考えを持っていた訳ではない。それをやったのは、模倣犯の方だ。彼は、法で裁かれない者たちに罰を与えていただけだ。遺体を損壊したのは、同様の罪を犯している連中に対する警告だ。それに……」

「佐野さん」

永瀬は、尚も言葉を続けようとする佐野を窘めた。

佐野が言うように、阿久津は、四人の人間を殺害したが、殺すことが目的の異常者たちとは違う。

阿久津には、触れた相手の記憶を感知することが出来るという、特異な能力が備わっていた。

正義感の強かった阿久津は、その能力を犯罪捜査に使っていた。死体に触れ、その記憶を追体験し、犯人が誰なのかを突き止めていたのだ。

だが、阿久津が幾ら尽力して真相を突き止めようとも、罪を逃れる連中はいた。

金や権力を使い、事実を隠蔽し、他人に罪をなすり付け、安穏と生活する悪魔のような連中だ。

阿久津は、そうした法の目を逃れた者たちに、自らの手で制裁を加えたのだ。

永瀬は、最初は阿久津の能力は、妄想の類いだと思っていたが、そうではなかった。それが証拠に、阿久津は永瀬自身が抱えている秘密を知っていた。

阿久津の行為は、偽善でもなかった。

彼は触れた者の記憶を視覚的に見るのではない。聴覚、嗅覚《きゅうかく》、味覚、そして触覚――五感の全てを使って追体験していたのだ。

つまり、阿久津は死者に触れる度に、記憶の中で、彼自身が殺されていたのだ。

何度も、何度も——。

そうまでして、阿久津は正義を為そうとした。だが、彼は悪魔として、今も恐れられている。佐野のように、阿久津によって救われた者からすれば、やりきれない思いもあるだろうが、彼の能力を信じない者たちからすれば、人を殺害したという事実だけが残る。

「他に、何か分かったことはありますか？」

永瀬は、気を取り直して訊ねる。

佐野は不服そうにしていたが、やがて、首を振ってから死体についての所見を淡々と並べた。

永瀬は、礼を言ってから、玲香と共に佐野の部屋を出た。

「あの人——ずいぶんと悪魔を崇拝していますね」

廊下を歩き始めたところで、玲香が声をかけてきた。

「色々とあったんだよ」

佐野の妻は、手術中の事故で亡くなった。だが、事実はそうではない。執刀医が、意図的に殺害したのだ。

密室で起きた犯罪で、立証する手段がなく、闇に埋もれ続けた。

だが——。

阿久津がその事実を知り、その医者を殺害した。

やりきれない思いを抱えていた佐野からすれば、阿久津は、妻の無念を晴らしてくれた救世主に他ならない。

永瀬の勘に過ぎないが、佐野は長年に亘って、阿久津の犯行を知っていたのではないかと思う。

まあ、今さらそれを追及したところで、何も変わりはしない。

「悪魔は、今もなお、人を縛り続けているんですね」

玲香が唐突に言った。

彼女に顔を向けると、憐れみに満ちた目を永瀬に向けていた。口に出さずとも、「あなたも、悪魔に縛られている」と言っているのが伝わってきた。

永瀬は玲香から視線を逸らして歩き続けた——。

9

天海が教会の前に立ったとき、ぽつり、ぽつりと雨が降り始めた——。

湿った空気の中で、この教会を見ていると、思い出したくもない記憶が蘇ってくる。

今は改装され、壁が眩しいほど白く塗られている。だが、一年ほど前までは、そうではなかった。

壁は煤《すす》け、ステンドグラスもあちこち割れていて、砂埃が堆積し、廃墟然としていた。

天海は、大きく息を吸い込んでから、ゆっくりと扉を押し開けた。

荒れ果てていた内部も、見違えるように綺麗になっていて、一見すると、かつて悲惨な事件があった場所とは思えない。

だが、いくら表面を取り繕っても、過去を無かったことには出来ない。それが証拠に、天海の脳裏では、この教会で起きた悲劇の数々が駆け巡っている。

天海は、ゆっくりと歩《あゆみ》を進め、教会の奥にある告解室のドアを開けて中に入った。

格子状の窓がついた壁で仕切られた狭い空間――。

告解室は、信者が自らの罪を、神父を通して神に告白する場所として作られたものだ。閉塞感があり、どうしても気分が沈み込む。

もっと広い空間にすればいいのに――と思うが、囲まれた場所の方が、自分の心と向き合うことが出来るのかもしれない。

椅子に座ってじっと待っていると、格子窓の向こうに黒い影が現れた。

「急にお呼び立てしてしまい、申し訳ありません」

神父が、落ち着いた口調で告げる。

何の感情もこもっていない。用意された台詞を、ただ読み上げただけのように感じる。

「いえ」

神父から電話がかかって来たとき、驚いたのは事実だが、いつかこういう日が来ることを、何処かで予見していた部分もある。

「今日、お呼び立てしたのは他でもありません。永瀬さんが、あなたのところに来たそうですね」

何でもお見通しのようだ。

いったい、どうやって情報を仕入れているのか、気にかかるところだが、訊ねたところで、神父が答えることはないだろう。

「はい。都内で起きている連続殺人事件に関して、意見が欲しいとのことでした」

「どうするつもりですか？」

「犯罪心理学の観点から、分析し、私なりの意見を伝えるつもりです」

「それだけですか？」

「それだけです」

「現場に戻ることは、考えていないのですか？」

天海は、一瞬言葉を詰まらせる。迷いがあったからではない。神父が、なぜ今さら、そんなことを訊ねるのか、理解出来なかったからだ。

「現場に戻るつもりはありません。私は、大学で教鞭を執っている方が、性に合っています」

「果たして、そうでしょうか？」

含みを持たせた言い方だ。

「何が仰りたいんですか？」

「言葉のままです。あなたは、見てしまったことを、見なかったことに出来る人ではありません」

「ようやく手に入れた平穏を、みすみす手放すほど愚かではありませんから。それに、事件は永瀬さんが解決してくれるはずです。私などが、出る幕はありませんよ」

「あなたの気持ちは分かりました。——彼は何と？」

神父の新たな問いかけに、心臓が縮んだような気がした。

「彼には言っていません」

言えば、どういうことになるか、考えるまでもなく分かっている。

あの人は、何処までも真っ直ぐな人だ。己の命を差し出してでも、間違いがあるなら、それを正そうとする。

イエス・キリストのような崇高な精神ではあるが、見ている側からすれば、それは地獄だ。愛する者が、自らを痛めつけている姿を見て、平然としていられるほど、天海の精神は屈折していない。

「彼に隠し事が出来るとは、思えませんが……」

神父の言う通りだと思う。

だが、それでも——彼には隠し通さなければならない。

「彼はもう、悪魔ではありません」

天海が力強く言う。

きっと、彼は天海の考えなど、とうに見透かしているに違いない。だからこそ、天海は永瀬の申し出を受けたのだ。

自分の分析で、犯人を見つけ出すことが出来れば、彼に出る幕はない。

「あなたの気持ちは分かりました。しかし——手遅れだったようですね」

——手遅れ？

天海が、その答えを導き出す前に、蝶番が軋み、扉が開く音がした。

教会の中に人が入って来たようだ。床を鳴らす靴音が近付いてくる。

迷いのないその歩調はよく知っているものだった。

——お願い。聞き間違いであって。

天海が告解室を出ると、中央の通路に立つ黒い影が見えた。

「どうして？」

天海が声を上げると、その影は、闇の中から姿を現した。

黒いスーツに、黒い革の手袋を嵌《は》めて佇むその姿は、普段とは異なり、強い意志を宿していた。

「知ってしまったから――」

彼らしい返答だと思うが、天海には納得出来ない。

「だからって、あなたが出て来る必要はない。警察に任せればいいじゃない。永瀬さんなら、権力に屈することなく、犯人を追い詰めてくれるはずだから」

「私も、そう思います」

「だったら……」

「でも、警察の解決を待っていられないんです」

「どういうこと？」

「次の被害者は、あなたです――」

彼の――阿久津の言葉が、天海の耳の奥で幾重にも反響した。

「私が？　それは、いったいどういうこと？」

「偶然にも、私は犯人を知ってしまったんです。だから、このままには出来ない――」

――そういうことか。

正体を偽り、大学の清掃員として働く阿久津は、その作業の途中で、偶発的に犯人と接触してしまったのだろう。

そして、次のターゲットが天海であると知った。

警察に任せていて、捜査が遅れるようなことがあれば、天海自身が被害者になるかもしれない。

阿久津は、それを避ける為に、再び自らを〈悪魔〉に貶《おとし》めるという覚悟を決めてしまったのだ。

彼を繋ぎ止めておこうと必死になっていたのに——。

「私のせいで……」

「それは違います。これは、私の意思で決めたことです」

「でも……」

阿久津の手を汚すことになるくらいなら、死んだ方がマシだとすら思う。

自然と天海の頬を涙が伝った。

「そう悲観することもない」

いつの間にか、キャソックを着た神父——大黒《おおぐろ》も告解室を出て来ていた。

「え？」

「何も、命を奪う必要はないと言っているのです」

大黒の声は、厳粛な響きを持っていた。

「どういうことですか？」

阿久津が問うと、大黒は小さく顎を引きながら笑みを浮かべた。

整形手術によって、その顔は大きく変貌してしまっているが、細められた目から放たれる冷たい光は、警視庁で黒蛇と渾名《あだな》された頃と、何も変わっていなかった。

10

「流石、仕事が早いですね――」

天海から電話を受けた永瀬は、思わずそう口にした。

永瀬が、一連の連続殺人事件の犯人の分析を依頼したのは、昨日のことだ。それから、二十四時間と経たずに、犯人像についての報告があった。

コンビを組んでいたとき、天海のバイタリティーには感嘆したものだが、警察を辞職して尚、健在といったところだ。

〈現場を見た訳ではないので、あくまで参考として捉えて下さい〉

「もちろんです」

〈私の分析では、犯人像は二十代前半。学生である可能性が極めて高いと思います〉

「学生――ですか？」

〈はい。苦学生ではないと思います。富裕層の子どもで、金銭的な余裕はあります。実家暮らしではなく、一人暮らしをしているのではないかと〉

「なるほど」

永瀬は、相づちを打ちながらメモを取る。

〈また、容姿端麗で、頭もいいです。物腰が柔らかく、コミュニケーション能力にも長けています。おそらく、被害者の女性たちは、無理矢理拉致されたのではなく、同意の上で犯人と行動を

共にしたのだと思います〉

　参考と言いながら、天海の口調は断定的だった。

「同意の上――ですか？」

〈強引に拉致する場合は、車が必須になって来ます。しかし、不審車両の目撃情報は無いんですよね〉

「そうですね」

〈都心ですから、車などを使用して強引に拉致すれば、目撃情報が上がって来て然るべきです〉

「そうですね」

〈強制的な拉致事案の場合、周辺で不審者情報が頻発したりするものですが、そういう情報もありませんよね〉

「はい」

〈そうしたことから考えても、被害者は自らの意思で犯人と行動を共にしたと考えられます。さらに、もう一つ――〉

「何でしょう？」

〈同意の上で、行動を共にした後、何処に向かったのかということになるのですが……〉

「若い男女であれば、ラブホテルとかですかね」

〈おそらく違うと思います〉

「その根拠は？」

〈警察は、もう近隣のラブホテルは調べている。それでも、二人の足取りを摑めていない。違い

ますか？〉

流石、元刑事だ。警察の動きをよく分かっている。

天海が指摘した通り、近隣のラブホテルなどの防犯カメラを確認して回ったが、被害者の姿を見つけることは出来なかった。

「何処か、別の場所に連れて行った――ということですか？」

〈おそらく、繁華街から離れた住宅街だと思います〉

「なるほど」

〈私の方で、死体発見現場と、被害者が最後に目撃された場所などから、行動心理学を応用して、犯人の住居のシミュレーションをしてみました。後ほど、メールで地図データをお送りします〉

「ありがとうございます。助かりました」

天海との電話を終えた永瀬は、気分が高揚するのを感じた。まだ、何も分かっていないので、安易に天海の分析を肯定することは出来ないが、それでも、頓挫していた捜査に光が差したような気がする。

「分析を依頼していた、元相棒の先生ですか？」

玲香が永瀬のデスクに歩み寄って来た。

「ああ」

「どんな人なんですか？」

「とても、優秀な人材だよ」

「そういうことを、訊いているんじゃありません」

玲香が、少し怒った顔をする。どうして、彼女が腹を立てるのか理解に苦しむ。

「つまり何が訊きたいんだ？」

「いえ。別に」

玲香が僅かに顔を背けた。

彼女は、天海に負けないくらいに優秀だが、今のように、気分にむらがあることがある。

永瀬に対して、特別な感情を抱いている可能性を考えたこともあるが、仕事のパートナーに余計な期待をすると、ろくなことにならないということは、天海の時に嫌というほど痛感している。

考えているうちに、永瀬のパソコンに天海からのメールが届いた。

電話で言っていたように、地図データが添付されている。やはり仕事が早い。

「とにかく、すぐに捜査に取りかかるぞ」

永瀬は余計な考えを頭から追い払い、玲香に声をかけた——。

11

文雄が会社を出ると、正面玄関の前に黒塗りのベンツSクラスが停車していた。

車に近付こうとしたところで、長身の男とぶつかり、転倒しそうになる。ヒヤッとしたのだが、ぶつかった男が文雄の手を摑んで支えてくれたお陰で、倒れずに済んだ。

こうなると、文句も言い難い。

「大丈夫ですか？」

男が、文雄の顔を覗き込みながら声をかけて来た。

彫りの深い顔立ちで、呑み込まれそうなくらい、暗い目をしていた。

「大丈夫だ。気にするな」

文雄は、姿勢を立て直してから応じると、改めて車に歩み寄った。

運転手が車を降りて来て、後部座席のドアを開けた。

文雄が礼も言わずに乗り込む。

運転手は、いつもの男ではなかった。

「新顔か？」

文雄が訊ねると、運転手は「はい」と小さく会釈してからドアを閉め、運転席に戻って行った。

そういえば、数日前、仕事の苛立ちもあり、運転が荒いと運転手を叱りつけた。秘書にも、文句を言っておいたので、気を利かせて別の人間を用意したのだろう。

ただ、車を運転するだけの仕事だ。別に誰だって同じだ。

「出してくれ」

文雄が告げると、運転手の男がルームミラー越しに頷き、車をスタートさせた。

シートに凭《もた》れ、タブレット端末でメールをチェックしようとしたタイミングで、スマートフォンが鳴った。

今日は、本当に疲れている。仕事の電話などであれば無視する手もあったのだが、鳴ったのは、コンシェルジュから、連絡用にと渡されたスマートフォンだ。

「岸谷です」

文雄は、手許のスイッチを操作して、運転席と後部座席とを隔てるパーティションを閉めてから電話に出た。

ただ視界を遮るだけでなく、音も遮断してくれる。

仮に、文雄の言葉を聞かれたとしても、会話の内容は分からないだろうし、運転手の男がそれを外部に漏らすことはないはずだ。

〈岸谷様。今、よろしいでしょうか？〉

例のギャルソンの声が聞こえてきた。

「はい。構いません」

自分より明らかに年下の人間に、こんな風に敬語を使うことに違和感を覚えたが、ギャルソンの背後にはコンシェルジュがいるので仕方ない。

〈警察の動きが、少々活発になっています〉

「そうですか」

予想していたことなので、さほど驚きはない。

〈つきましては、予定より少し早いですが、ベッドメイキングをする必要があるかもしれません〉

「分かりました。心得ておきます」

ギャルソンの言うベッドメイキングとは、事後処理のことだ。

〈それともう一つ〉

「何でしょう？」

〈今回、ベッドメイキングをすることで、この件はオーダーストップとなります〉

「分かりました」

返事をしたところで、額にじっとりとした汗が浮かんだ。

オーダーストップ——つまり、サービスはここまでということだ。次に発生した場合は、尻拭いをしないと暗に匂わせている。

〈ただ、ご安心下さい。もし、必要であればエキストラベッドのご用意もありますので、お気軽にお申し付け下さい〉

「それは助かります」

ギャルソンの言うエキストラベッドとは、単純な追加サービスではない。完全な代替案だ。その意味を考えると、自然に心が震えた。

12

「岸谷翔太郎さんで、間違いありませんか?」

永瀬は、スチール製のデスクを挟んで向かいに座る青年に訊ねた。

童顔で中性的な顔立ちをした青年は、人懐こい笑みを浮かべながら、「はい。そうです」と素直に答えた。

事情聴取とはいえ、警察の取調室に呼ばれたというのに、緊張感がまるでない。状況を理解していないのか? あるいは神経が図太いのか? 何れにしても、一筋縄ではいかなそうだ。

「今日、お呼び立てしたのは、岸谷さんに幾つかお訊きしたいことがあるからです」

永瀬は、隣にいる玲香に目配せした後で、単刀直入に切り出した。

「何ですか？　何でも訊いて下さい」

翔太郎の口調には、余裕すら感じられる。

天海に犯人像を割り出してもらったのが三日前――。

それを足がかりに捜査を行い、辿り着いたのが翔太郎だった。

神泉学院大学の学生で、容姿端麗、コミュニケーション能力も高い。父親は大手通信会社の社長で、金銭的な余裕があり、渋谷にある高級マンションで、一人暮らしをしている。

天海の割り出した犯人像にピタリと一致するが、それだけの理由で、この場に挑んでいる訳ではない。

「この女性を知っていますか？」

永瀬は、デスクの上に一枚の写真を置いた。

翔太郎は、写真を一瞥《いちべつ》したあと、「知っています」とはっきり答えた。

「この前、遺体で発見された人ですよね。うちの大学の学生だったはずです」

「面識はありますか？」

「どうでしょう。あるような気もしますが、はっきりとは……」

こちらの手の内が分かるまで、曖昧な回答に終始するつもりのようだ。なかなか狡猾だ。

「会ったことがあれば、覚えているのではありませんか？」

玲香が、横から口を挟んだ。

「そう言われても困ります。ぼくに声をかけてくる女性は、とても多いので」

翔太郎がさらっと言ってのける。

こうもはっきりと、女性にモテることを公言されると、逆に嫌みには聞こえない。

「刑事さんくらい、綺麗な女性だったら、絶対に忘れないんですけどね。玲香さんというお名前も素敵です」

そう言って、翔太郎は玲香に爽やかな笑みを向けた。

「そ、そういう話をしているのではありません」

玲香は語気を強めたが、翔太郎には、何の効果もなかった。「怒った顔も素敵です」と、爽やかに言ってみせる。

こんなやり取りをしていても、埒が明かない。核心に切り込んだ方が良さそうだ。

「岸谷さんが、彼女と面識があったことは、分かっているんです。その証拠もあります」

永瀬は、新たな写真をデスクの上に置いた。

そこには、二人の男女が、寄り添うようにして、渋谷の住宅街を歩いている姿が写っている。

画像は粗いが、二人目の被害者である未奈と、翔太郎だということが分かる。

近くのコンビニの防犯カメラに映っていた映像から切り取ったものだ。撮影された日付も、被害者の未奈が行方不明になった日と一致する。

永瀬が、翔太郎に事情聴取を行うという決断をしたのは、この映像が入手出来たからに他ならない。

「これ、ぼくと背格好が似ていますね」

翔太郎は、写真を手に取り、それを眺めながら言う。

「ご自身だと認めるんですか？」

「この服も持ってますし、多分、そうだと思います」

「多分とは？」

「多分は、多分です。酔った勢いで、何となく女性とそういう関係になることって、誰でもあると思うんですよ。でも、そういうのって、一回だけで終わりで、連絡先を交換する訳でもないので、相手が誰だったかなんて、覚えていませんよね」

翔太郎が、澱みなく言葉を並べる。

「それは、当たり前ではないと思いますけど」

玲香が再び口を挟んだ。

「刑事さん、意外と真面目なんですね。でも、そういうのも嫌いじゃないですよ」

翔太郎は、この状況で玲香をからかっている。

「私は……」

「あ、もちろん、刑事さんくらい綺麗な方なら、絶対に一回では終わらせませんけど」

「な、何を……」

永瀬は、動揺する玲香に、これ以上喋るなと目線で合図を送った。

これ以上、会話を続けたところで、翔太郎を喜ばせるだけだ。

「話を戻しましょう。岸谷さんは、この人と一緒に歩いていたことを認めるんですね」

永瀬は、咳払いをして空気を変えてから、話を本筋に戻した。

「そうかもしれないですね。でも、それって偶々でしょ」

「ここに、もう一枚写真があります。これは、駒沢公園近くにあるカフェの防犯カメラの映像をプリントしたものです。ここには、一人目の被害者の女性と、翔太郎さんと思しき人物が、写っています」

永瀬は、別の写真をデスクの上に提示した。

さっきのコンビニの防犯カメラのものとは異なり、こちらは顔が鮮明に写っている。

「ああ。これは確実にぼくですね」

「どういうご関係ですか？」

「綺麗な方だったので、声をかけたんです」

「被害にあった女性二人と、あなたは一緒にいたと認めるということで、いいですね？」

「そうみたいですね」

この期に及んでも、翔太郎は動揺した素振りをみせない。

だが、その態度が逆に怪しい。感覚的なものでしかないが、永瀬は翔太郎がクロだという確信を持った。

「あなたと会った後、二人の女性は行方不明になり、その後、遺体となって発見されています。これは、偶々でしょうか？」

「ええ。偶々です」

「私には、そうは思えません」

「刑事さん。まさか、この写真だけで、ぼくが犯人だと決めつけているんですか？」

――そうです。

言いかけた言葉を呑み込んだ。

限りなくクロに近いが、これだけで犯人だと特定することは出来ない。下手なことを言えば、こちらが不利になる。

「そうは言っていません。しかし、被害者が行方不明になる直前に、あなたと一緒にいたことは間違いありません。そのことについて、納得のいく説明をして頂けますか？」

「こういう腹の探り合いみたいなの、止めませんか？」

翔太郎が笑顔のまま言った。

「別に腹の探り合いをしている訳ではありません」

「いいえ。していますよ。ぼくを事情聴取に呼ぶ前から、ぼくの行動について、事前に調べてあるんでしょ？」

「ええ。まあ、一通りは……」

「だったら、分かっているはずです。ぼくには、彼女たちを殺すことが出来なかった」

翔太郎の言葉が、取調室に重く響いた。

そこが一番の問題だった。二人の被害者は、共に行方不明になった後、数日間に亘り監禁され、死体が発見される二十四時間前に殺害されている。

翔太郎の指摘通り、彼女たちの死亡推定時刻の翔太郎のアリバイについて、既に確認してある。

最初の被害者である紗良が殺害された時間帯、翔太郎は大学のゼミの合宿に参加し、長野県に足を運んでいた。

二人目の未奈の時は、高校の同窓会に参加していて、そのままの流れで、友人宅に宿泊している。

それぞれ、第三者による確認が取れている。

翔太郎は何らかの方法で、死亡推定時刻をズラし、アリバイを成立させたはずだが、その方法が分からない。

事情聴取の中で、それを引き出したかったのだが、そう簡単には尻尾を出してくれないらしい。

永瀬は、苛立ちを抑える為に、ポケットに手を突っ込み、中に入っている五百円硬貨を、ぎゅっと握り締めた。

ここで退く訳にはいかない。永瀬には、まだ手が残っている。

「岸谷さんは……」

永瀬の言葉を遮るように、取調室のドアをノックする音がした。

僅かにドアが開き、真壁が顔を出し、外に出て来るように顔を動かす。

事情聴取を中断させてまで、伝えようとしているのだから、よほどのことだろう。永瀬は「少し待って下さい」と告げて、一旦、取調室を出た。

「どうかしましたか？」

廊下に出たところで、真壁に訊ねると、彼は深いため息を吐いた。

「あの男は、犯人じゃありません」

真壁が淡々と言う。

「どういうことですか？」

「先ほど、五十嵐という男が、電車に飛び込み自殺をしました」

「そうですか」

「五十嵐は、過去に強姦致死で実刑となり、現在は仮出所中でした」

その男が自殺したことと、翔太郎が犯人ではないと断じることに、いったいどんな関係があるのか？

質問を投げかけようとしたが、真壁はそれを遮るように話を続ける。

「五十嵐は、自殺する前に、今回の二件の殺人事件に関与していることを告白する遺書を残しています」

「何ですって？」

――そんなバカな！

永瀬は、翔太郎こそ犯人だと確信を持ったばかりだというのに。

「信じたくない気持ちは分かりますが、五十嵐は、被害者のものと思われるアクセサリーを、所持していたそうです」

「でも、まだ確定した訳では……」

「そうですね。五十嵐の家の家宅捜索は、これからです。ただ、彼のことは解放した方がいいです。父親からも、不当な事情聴取だとクレームが入ったそうです。政治家とのパイプもありますし、上からの圧力がかかると、色々と厄介ですよ」

真壁は、それだけ言うと、永瀬に背中を向けて立ち去ろうとする。

「ちょ、ちょっと待って下さい！　そんな、信じられません！」

「私に言われても困ります」

そう言った真壁の声は、金属のように、無機質で冷たいものだった――。

13

警察署を出た翔太郎は、自然と笑いがこみ上げて来た――。

特に、永瀬とかいう刑事の間抜け面を思い出すと、腹を抱えて笑い出したくなる。

向こうは気付いていないようだったが、翔太郎は以前に永瀬と会っている。といっても、天海の講義の時に、姿を見かけただけだが……。

何れにしても、天海と個人的な繋がりがあるらしい永瀬を翻弄したのは、とても気分がいい。

エリート然としているが、詰めが甘過ぎる。日本の警察なんてあの程度のものだ。事情聴取から、自供を引き出し、逮捕に漕ぎ着けるつもりだったのだろうが、あれでは勝負にならない。

駅に向かって歩いていると、黒塗りのベンツが走って来て、翔太郎の脇で停車した。確認するまでもなく、それに乗っているのが誰なのか想像がつく。

せっかくの気分が台無しだ。

「翔太郎」

後部座席のウィンドウが開き、父である文雄が声をかけて来た。

目線で車に乗れと指図してくる。

何でも、自分の思い通りになると勘違いしている傲慢な態度に腹が立つ。

いつもそうだ。父は、全てを自分の思い通りにしようとする。こちらの意思など関係ない。父が必要無いと判断すれば、それがたとえ、翔太郎にとって大切なモノであったとしても、勝手に捨ててしまう。

幼い頃から、翔太郎はそうやって大切なモノを失い続けてきた。

今回も、そうだった……。

父は自己愛性パーソナリティ障害だと翔太郎は分析している。自分への愛が強すぎるが故に、他人に共感することが出来ない。

翔太郎だけでなく、亡くなった母に対する態度からも、それは見て取れた。

父からしてみれば、自分以外の存在は、所詮は駒に過ぎないのだろう。自分という存在を誇示する為の駒。だから、思い通りにならないと廃棄してしまう。

言いたいことは山ほどあるが、翔太郎は、それを顔に出すことなく、黙って指示に従い、車の後部座席に乗り込んだ。

「出せ」

父が告げると、車が音もなく走り出した。

「警察に何か訊かれたのか？」

足を組み、前を向いたままそう切り出して来た。

「まあ、色々と」

「何を訊かれた？」

「大したことじゃないよ。ぼくの大学の同級生が、死体で発見されたから、その件について、幾つか質問されただけだよ」

「疑われているのか?」

「さあ? それは、警察に訊いてよ」

翔太郎が答えると、父は聞こえよがしにため息を吐いた。

父は、何でも白黒付けたがる。質問に対しては、イエスかノーの二択しかないと思っている人種だ。

翔太郎の答え方が気に入らないのだろう。

「お前は、しばらく家から出るな」

父が、声を低くしながら言った。

「どうして?」

「理由は、分かっているはずだ。もう、こんなことを繰り返す訳にはいかない」

「こんなことって何?」

翔太郎が聞き返すと、父は舌打ちをした。

「いちいち訊くな」

いつもこうだ。周囲が自分の考えを理解していると思い込み、ろくに議論すらしない。ただ、決定事項を伝えるだけ。父にとっては、その属性が何であれ、接し方は全部会社の部下と同じなのだ。

「分かった。なら、もう訊かない」

翔太郎は、笑顔と共に答えた。

反論したところで、父は絶対に翔太郎の意見を聞き入れることはない。言うだけ無駄なのだ。

もちろん父の言いなりになるつもりはない。こうやって、同意さえしておけば、とりあえずは納得する。良くも悪くも、父は、そういうタイプの人間だ。

「それから――」

「何？」

「お前に与えていた部屋だが、引き払うことにした。手続きはもう済ませて、荷物も運び出してある」

「そんな勝手な……」

「何が勝手だ。これ以上、問題を起こせば、おれもかばいきれなくなる」

父が、初めて翔太郎に顔を向けた。

翔太郎のことを、気遣っているように見えるが、そうではない。この男が守ろうとしているのは、自分自身なのだ。

分かっているので、翔太郎は「分かった」と素直に応じる。

これまで、そうやって聞き分けのいい子どもを演じ続けて来た。これからも、そのスタンスを変えるつもりはない。

あの部屋を失うのは、痛手ではあるが、万策尽きたという訳でもない。場所なら、幾らでも確保できる。

そう。翔太郎には場所が必要だ。母になる天海と一緒に、穏やかな生活を送ることが出来る場所。彼女に相応しい場所を用意する必要がある。

いや、そうではない――。

彼女がいれば、そこが翔太郎のいるべき場所になるのだ。

「それから、お前には監視を付けることになった」

「監視だって？」

「そうだ。これ以上、勝手な行動は許さない」

そう言ったあと、父は口を閉ざした。

父を罵る言葉が、喉元までこみ上げてきたが、結局、翔太郎はそれを口に出すことはなかった。

何もかも奪った挙げ句、今度は、翔太郎の自由すら奪おうとしている。

だが、それに屈するつもりはない。どんな手段を使ってでも、目的を達成する。翔太郎の中に、その強い意志が芽生えた。

14

六室ずつ並ぶ、古びたアパートの一階の一番奥の部屋が、五十嵐の住まいだった。

部屋の前は、青いビニールシートで目隠しされている。

敷地の外には立ち入り禁止のロープが張られ、警察官たちが慌ただしく出入りしている。

マスコミも大挙して押し寄せ、閑静な住宅街は騒然としていた。

永瀬は、少し離れたところにある電柱に寄りかかりながら、その作業をぼんやりと眺めていた。

陣頭指揮を執っているのは、真壁だった。

永瀬は、ポケットから取り出した五百円硬貨を指で弾き、キャッチしようとしたが、上手く行かずにアスファルトの上に落としてしまった。

「失敗ですね」

声をかけて来たのは、玲香だった。

硬貨を落としたことを指摘しただけなのだろうが、永瀬には違う意味に聞こえてしまう。

「そうだな」

「五十嵐のアパートから、遺体を解体するのに使用されたと思われる凶器が、発見されたそうです。それから、被害者の所持品も……」

永瀬が、落ちた硬貨を拾ったところで、玲香が言った。

「そうか」

平静を装って返事をしたつもりだったが、声に力が無いことが自分でも分かる。

「納得出来ない——って顔をしていますね」

玲香の指摘通りだ。

翔太郎と対面し、話をしたとき、この男こそ犯人だ——という確信があった。

根拠を問われると、返答に窮するが、それでも、はっきりとそういう感触が永瀬の中にあった。

それだけではない。あの後、調べて分かったことだが、五十嵐が十三年前に殺害した女性というのは、翔太郎の母親だった。

これが、単なる偶然だと考える方がおかしい。そこには、得体の知れない大きな力が働いているに違いない。

だが――。

「おれが、納得しているかどうかは関係ない。物的証拠が発見されたのであれば、事件はそれで終わりだ」

「一つ訊いていいですか？」

「何だ？」

「永瀬さんが、納得出来ていないのは、天海という人の分析が、外れたからですか？」

「どういう意味だ？」

そのつもりは無かったが、つい玲香を睨んでしまった。

「勘違いだったらすみません。私には、永瀬さんが、私情を挟んでいるように見えたので……」

はっきりと、ノーと言えればいいのだが、そう出来ない自分に気付いた。

過去のことがあり、無条件に天海を信用し、彼女の意見が正しいと思っていたところはある。もしかしたら、翔太郎を犯人だと確信したのは、天海の正しさを証明しようとしたからなのかもしれない。

だが、部下の前でそんな弱さを見せられるはずもない。

「勘違いだ。さっきも言ったが、納得しようとしまいと、物的証拠がある以上、犯人は五十嵐だ」

永瀬は、それだけ言うと玲香から逃げるように歩き出した。

コインパーキングに着き、覆面車両に乗り込もうとしたところで、天海からスマートフォンに電話が入った。

「永瀬です」

〈ニュース速報を見ました〉

天海が開口一番に言う。

「ご覧になりましたか」

〈はい。犯人は、速報の通りで間違いないのですか？〉

「ええ。今、家宅捜索をしていますが、凶器なども見つかっているので、ほぼ間違いないかと思います」

永瀬は、出来るだけ淡々とした調子で告げた。

〈そうですか……すみません。私の分析は、的外れだったようですね……〉

天海の声は、酷く沈んでいた。

慰めるべきだろうか？　そんな考えが頭を過《よぎ》ったが、すぐに振り払った。

これは、クイズではない。自分の正しさを証明するよりも、事件解決こそが最優先事項であることを、天海も分かっているはずだ。

「犯行動機などについては、これから捜査を進めていくことになりますが、また相談に乗って下さい」

〈私などで良ければ……〉

永瀬は、礼を言って電話を切ろうとしたが、天海に呼び止められた。

〈一つ確認させて下さい〉

「何でしょう？」

〈永瀬さんは、分析から割り出した人物に、事情聴取をしたんですよね？〉

「ええ」

〈感触としては、どうでしたか？〉

なぜ、天海がこんな質問をしてくるのか、その意図が永瀬には分からなかった。だからこそ、曖昧な回答をすべきではないと感じた。

「私は彼が犯人だと思いました。しかし、被害者の死亡推定時刻に、彼にはアリバイがありました。何より、今回の五十嵐には、物的証拠がありますす」

〈分かりました。ありがとうございます――〉

天海は、短く告げると電話を切った。

最善を尽くしたはずなのに、なぜか心に靄《もや》がかかっている。それは振り払おうとするほどに、色濃く視界を包んでいくような気がした。

永瀬は気持ちを切り替えようと、再び硬貨を指で弾いたが、またキャッチに失敗した――。

五百円硬貨は、アスファルトを転がったあと、裏面を上にして倒れた。

15

電話を終えた天海は、黙って教会の天井を見上げた――。

永瀬は、淡々と話してはいたが、現状に納得していないというのが、ひしひしと伝わって来た。

だが、物的証拠が揃っている以上、警察はこれで捜査を打ち切りにするだろう。そうなれば、いくら永瀬が足掻いたところで、どうにもならない。

「やはり、無理でしたか……」

祭壇に立った神父――いや、大黒が静かにそう告げた。

その声は、神託のごとく、荘厳な響きを持っているようにさえ聞こえた。

「はい。残念ながら……」

天海は答えつつ、通路を挟んで隣のベンチに腰掛ける、阿久津に目を向けた。

彼は、両手を合わせ、祈るような視線を大黒に送っている。

阿久津が見た記憶から、女性たちを監禁していたのは、天海の講義を受けている神泉学院大学の学生、岸谷翔太郎であることが分かった。

しかも、彼は次に天海自身をターゲットにしていた。

彼の犯行を止めるべく、天海は分析という形を取って、永瀬が翔太郎に辿り着くように情報を与えた。

永瀬は、こちらの意図を汲み取り、翔太郎と被害者女性が一緒にいるところを撮影した防犯カメラの映像を入手し、事情聴取まで漕ぎ着けたが、状況が一変してしまった。

「おそらく、五十嵐という男は、スケープゴートにされたのでしょうね。何か、得体の知れない大きな力が働いているような気がします」

大黒が眉間に皺を寄せる。

天海も同感だった。翔太郎の父親は、大手通信会社の社長で、政治家とのパイプも持っている。

金にものを言わせて、息子の犯罪を揉み消した――といったところだろう。

警察が犯人だと断定した五十嵐は、大黒の言うようにスケープゴートにされた挙げ句、口封じの為に殺害されたのだろう。

そして、そこには、目に見えない大きな力が働いている。

何れにしても、真犯人である翔太郎は、その罪を裁かれないばかりか、野放しになり、新たな犯行に及ぶ可能性すらあるのだ。

止めなければ——そう思うほどに、心の内側から恐怖が滲み出てくる。

「私たちには、もう出来ることがありません。捜査権がありませんし、表だって動くことも出来ません」

天海は、自然と諦めの言葉を発していた。

だが、大黒や阿久津は、決して諦めないだろう。何としても、翔太郎に罰を受けさせようとする。

それが分かっているからこそ、無駄だと承知しながらも、彼らを止める言葉を発した。

天海が感じている恐怖は、犯人や背後にいる得体の知れない力に対してのものではない。彼が——阿久津が、再びその手を穢すことを怖れているのだ。

「いいえ。まだ出来ることはあります——」

阿久津の言葉が、天海の胸を切り裂いた。

——ああ。やっぱりだ。

阿久津がこんな不条理を放置出来るはずがない。己が十字架を負ってでも、何かしらの行動を起こす。

彼は、そういう人だ――。

だから、そうならない為に、足掻いたというのに、やはりこうなってしまうのか？

「何をするつもりですか？」

大黒が問う。

「彼に、罰を与えます」

阿久津が音もなく立ち上がった。

その横顔は、彫像のように美しく、そして冷たかった。だからこそ、その決意は揺らがないのだということが伝わってくる。

「もう一度、悪魔に戻ると？」

「そうでないと、また新しい犠牲者が出ます。警察に出来ないのであれば、この手を穢すだけのことです」

阿久津と目が合った。

彼は、翔太郎を殺すことで、自分のことを守ろうとしている。それが分かるからこそ辛い。

「どうして、あなたが全ての罪を背負う必要があるの？　そんなのおかしい……」

天海は、言葉を最後まで発することが出来なかった。

「私も、彼女と同意見です」

大黒の言葉は、意外なものだった。

彼もまた、覚悟を決めていると思っていたのに、違ったのか？

「しかし……」

「かつてのあなたは、一人だったかもしれません。しかし、今は違う。自分の手を穢すということの意味を、考えてみて下さい」

「………」

「あなたが業を背負えば、彼女も同じ重さに耐えなければならない。いえ。彼女だけではありません。あなたを生かした私もまた、同じ業を背負うことになる」

大黒は、ゆっくりとこちらに歩み寄って来て、阿久津の前で足を止めた。

二人の視線がぶつかる。

「仰りたいことは分かります。ですが、だからといって、放置するわけにはいきません。彼が、また人を殺すと分かっていて、それを見過ごすなんて……」

「そうは言っていません。ただ、私の目の黒いうちは、あなたに再び人の命を奪わせたりはしません」

大黒は僅かに目を細めた。

かつて黒蛇と渾名された、冷徹な鋭さを宿した目だった。

「何を考えているのですか？」

阿久津の問いに、大黒は何も答えなかった。

16

佐野は、あくびをしながら大きく伸びをした。

たったそれだけの動きで、身体の節々が痛む。年のせいかもしれない。

デスクに置いた時計に目を向けると、既に午前零時を回っていた。永瀬が帰った後に鑑定書を纏めていたのだが、思いのほか時間がかかってしまった。

これは、電車で帰るのは諦めた方がいいかもしれない。

そう思った矢先に、スマートフォンが鳴った。

「もしもし」

電話に出たものの、すぐに返答はなかった。

電波状況が悪い訳ではない。それが証拠に、受話口からは、微かに人の息遣いが聞こえる。

「今は、誰もいませんよ」

佐野が告げると、電話の向こうから〈そうですか〉と、ようやく返答があった。

相変わらず、警戒心が強い。

警視庁で黒蛇と畏れられ、自らの死すら偽装した男だけのことはある。

ただ、その死の偽装に一役買ったのは、誰あろう佐野自身だ。拳銃で撃たれて運び込まれて来たが、予め防弾ベストを着用していたので、肋骨が折れていただけだった。

簡単に治療を済ませた上で、死亡報告書を偽造して提出したのだ。

「で、そちらから連絡を寄越すなんて、珍しいですね」

佐野は、声を低くしながら訊ねた。

〈例の死体の担当は、佐野さんのところで間違いありませんね？〉

例の死体とは、多摩川で発見された、あの異常な死体のことに違いない。

「ええ。そうです」

〈その件について、彼がそちらに向かいました〉

彼――が誰を指すのか、いちいち説明されるまでもなく想像がつく。

意図は分かったが、同時に、佐野の中に疑問が生まれた。自分たちの死を偽装して一年――彼らは完全に姿を消していた。

もう二度と、戻って来ないと思っていた。

彼らは、警察内部にある膿を出す為に闘った。その結果、組織は浄化されたと言っていい。特殊犯罪捜査室を率いる永瀬は、彼らの遺志を引き継ぎ、懸命に職務を全うしている。

これまで、充分に苦しんだのだから、危険を冒して戻って来る必要はない。平穏に暮らすという選択があったはずだ。

――それなのになぜ？

問い質そうとしたが、その前に電話が切れてしまった。

スマートフォンをデスクに置き、ため息を吐いた佐野だったが、異変を察知して慌てて席を立った。

部屋の中に、男が一人立っていた。

一瞬、身構えたものの、すぐに警戒を解いた。部屋の中にいる男が、誰なのか分かったからだ。

「阿久津――」

佐野が、その名を呼ぶと、阿久津は「お久しぶりです」と暗がりの中から、一歩前に歩み出た。

「いくら何でも、来るのが早過ぎるだろ。今、電話を切ったばかりだ」

佐野が口にすると、阿久津は苦笑いを浮かべてみせた。

「逆です。大黒さんが、連絡するのが遅かったんです。電話に出たあたりから、私はこの部屋にいましたから」

さらりと言ってのける阿久津に、佐野はそら恐ろしいものを感じた。

電話に集中していたとはいえ、気取られることなく、部屋に侵入することが出来てしまうのだ。

かつて悪魔と呼ばれ、何人もの人間をその手にかけただけのことはある。

「例の事件の遺体の件だったな。こっちだ」

佐野は部屋を出ると、阿久津を案内するかたちで解剖室までの廊下を歩く。

「佐野さん。お元気そうで何よりです」

阿久津が、柄にもないことを口にする。

「お陰様で。そっちはどうなんだ?」

「静かに暮らしていますよ」

「そうか。だったら、どうして、事件に首を突っ込もうとしている?」

佐野が訊ねると、阿久津の靴音がピタリと止まった。

振り返ると、阿久津は革の手袋を嵌めた自分の両手を、じっと見つめていた。

「なぜでしょう。もしかしたら、私は、平穏の中では生きていけないのかもしれません。根っからの悪魔といったところでしょうか」

阿久津が、自嘲気味に笑った。

その哀しげな目を見て、いたたまれない気持ちになり、余計なことを訊いてしまったと自分を責めた。

阿久津が、こうして事件に首を突っ込んでいるのは、悪魔だからではない。その真逆の感情が、彼を突き動かしているのだ。

死を偽装し、自由を得たというのに、目の前で起きる理不尽に目を瞑り、見なかったことには出来ない。

それは、大黒も同じなのだろう。

「一応、遺体の状況を説明しておくと、死因は首を絞められたことによる窒息死。殺した後に、遺体を損壊したようだ。洗浄したと思われる痕跡もある」

佐野は、解剖室のドアを開けながら説明する。

部屋の中は、死臭で満たされている。洗っても、消えることのない匂い。それは、阿久津たちも同じだ。

どんなに洗い流そうと、その身体に付着した匂いが消えることはない。そして、それに引き寄せられる者たちがいる。

いや、彼らのことばかり言ってはいられない。佐野だって大差ない。

佐野が電気を点けると、LEDライトの明かりを受けて、解剖台の上の死体が、青く浮かび上がる。

阿久津は、無言のまま解剖室に入って来ると、両手に嵌めていた革の手袋を外した。

「本当にいいのか？」

阿久津は、人の身体やその所持品に触れることで、そこに残留している記憶を感知するという特別な能力を持っている。

それは、単に視覚情報だけでなく、五感全ての情報を受け取ってしまう。つまり、被害者が感じた痛みや恐怖を追体験することでもある。

阿久津は、被害者に触れる度に、感覚的に自分も殺されているのだ。

何度も死を体験するのは、阿久津にとって生き地獄のはずだ。それを、今からやろうとしているのだ。

「ええ。覚悟は出来ています」

阿久津は、小さく笑みを浮かべてみせた。

「そうか……」

佐野は、思わず阿久津から目を逸らした。

阿久津は、解剖台に歩み寄ると、そっと瞼を閉じて、死体の左手の指先に触れた――。

17

――今日こそは。

その強い決意が胸中に渦巻いていたせいで、翔太郎は講義の内容をほとんど聞いていなかった。

だが、それでも天海の姿はずっと目で追っていた。

髪をかき上げる仕草や、ちょっと目を伏せる憂いを帯びた表情――そのどれもが、やはり母に似ていた。

いや、似ているとか、そういう表面的な部分で表現することが間違っている。魂のレベルで、母と天海とが同一人物なのだということが分かる。

母と天海は、元々、一つだった。それが、何かの拍子に分かれたのだ。

「よう。調子はどうだ？」

天海が講義の終了を告げたタイミングで、赤坂が声をかけて来た。

「まあまあだよ」

翔太郎は、笑みを浮かべつつ適当に答え、すぐに会話を終了しようとしたのだが、赤坂はそれを許さなかった。

立ち上がった翔太郎の腕を摑み、話を続ける。

「そういえば、昨日、翔太郎の家に行ったんだけど、いなかったな」

「あのマンションは、引き払ったんだよ」

「何で？」

「父と色々あってね」

「じゃあ、今は実家にいるのか？」

「まあ、実家にも帰っているけど、ウィークリーマンションを契約したんだ」

父に見つからず、彼女と過ごせる場所として、ウィークリーマンションの契約を済ませた。学生という立場から、本来なら親権者を保証人として立てなければならないが、そうした手続きを省いてくれる業社はいくらでもある。

夜には、普通に家に帰っているので、父は翔太郎が別に部屋を借りていることには気付いていない。

「何だよ。それならそうと言ってくれよ。今度、遊びに行っていいか？」

「それはダメだよ」

「何で？　どうせ、女連れ込む為の部屋だろ？」

「そんなんじゃないよ」

「まあいいや。それより、この後なんだけど、ちょっと時間あるか？」

赤坂が声を潜める。

どうせ、また合コンとか言い出すのだろう。残念だが、そんなものに参加する気はない。

ちらっと目をやると、教壇の天海が、片付けを終えて教室を出ようとしている。今日こそは、彼女を逃す訳にはいかない。

「悪い。今日は予定があるんだ」

翔太郎が立ち上がり、天海の方に駆け寄ろうとしたところで、「あの――」と声をかけられた。

作業服を着た清掃員が、スマホを持って立っていた。

「これ、落としましたよ」

翔太郎は慌ててポケットを確認する。スマホは持っていた。

「あ、おれだ」

赤坂が、驚いた様子で声を上げ、清掃員からスマホを受け取った。

翔太郎が教壇に目を向けると、既に天海の姿は無かった。モタモタしているうちに、教室を出てしまったようだ。

苛立ちを覚えながらも、翔太郎は急いで廊下に出た。

授業の切り替わりの時間ということもあり、人でごった返していたが、天海の姿はすぐに見つかった。

彼女だけ、薄らと光を放っているように感じるのは、翔太郎の錯覚だろうか——。

しばし、彼女の後ろ姿に見とれていたが、気を取り直し「天海先生——」と声をかけた。

天海は、すぐに足を止めると、ゆっくりと振り返った。

美しい——。

だが、それだけではない。天海の目は、全てを包み込んでくれるような慈愛に満ちている。

まさに、聖母のような存在だ。

しばらく、その視線に痺れるような快感を味わっていたが、天海が不思議そうに首を傾げたことで、はっと我に返る。

「あの、すみません。実は、先生に相談したいことがあるんです」

「相談？」

「はい。事件のことで……」

翔太郎は、周囲を気にするように見回したあと、天海に近付き、声を潜めて言った。

彼女から放たれる甘い香りに、目眩がした。

「事件というのは、何の事件のことですか？」

「うちの学生が殺された、あの事件です」

翔太郎が言うなり、天海の表情が一変した。

さっきまでは、まさに母の顔だったのだが、今は眼光が鋭くなり、刑事のそれへと変貌している。

天海のことは、徹底的に調べた。

かつて、警視庁の特殊犯罪捜査室に所属して、数々の実績を残した天海は、人一倍正義感が強い。それは、講義を聞いていても分かる。

永瀬という刑事に、訪ねてくるくらいだから、現場から完全に離れていない。

だからこそ、この話題に食いつくという確信があった。

「あなたは、あの事件について何か知っているんですか？」

「はい。ただ、ここではちょっと……」

翔太郎は、改めて周囲を気にする素振りを見せた。

しばらく思案している様子の天海だったが、やがて「分かりました――」と、翔太郎の期待通りの返事をした。

18

文雄が自宅を出ると、いつものように黒塗りのベンツが待っていた――。

小柄な運転手が後部座席のドアを開ける。文雄は無言のまま乗り込み、シートに凭れてタブレット端末を手に取った。

滑らかな動きで、車がスタートする。

タブレットで、株主総会の原稿をチェックする。

株主総会で、外資系企業との業務提携と、新事業の発表を行うことになっている。表向きは、業務提携だが、最終的には買収まで話を進めるつもりだ。大きい仕事になる。文雄の会社にとってというだけでなく、日本経済にとって、大きなインパクトを持つ計画だ。それ故に、失敗は許されない。

集中して原稿に目を通していると、ギャルソンから電話がかかって来た。

運転手に会話を聞かれたところで、さほど問題はないだろうが、文雄は念の為に、手許のスイッチを操作して、運転席とを隔てるパーティションを上げてから電話に出た。

「岸谷です」

〈岸谷様——ご機嫌いかがでしょうか?〉

「お陰様で順調です。先日の件も、対応して頂き、ありがとうございます。無事に、息子も警察から解放されました」

翔太郎は、警察から任意の事情聴取に呼ばれたが、コンシェルジュの計らいにより、すぐに釈放された。

ニュースで、五十嵐という男が、被疑者死亡のまま書類送検されたと言っていたので、今後、あの件で翔太郎が警察に目を付けられることはないだろう。

〈そのことにつきまして、一つご報告があります〉

「報告——ですか?」

〈はい。ご子息をしばらく監視しておりましたが、次の犯行に及ぶ兆しがあります〉

「何ですって？」

驚きで声が裏返った。

翔太郎が住んでいたマンションは解約し、今は毎日自宅に帰って来ている。大人しくしているものとばかり思っていた。

〈ご子息は、内密にウィークリーマンションを契約しました。その場所を利用して、また犯行を重ねようとしています〉

「何てことだ……」

——どうして気付かなかった？

自問してみたが、答えはすぐに見つかった。気付くはずなどない。文雄は、今回の件について、翔太郎と一切の対話をしていない。

口に出して話すのもおぞましい。自分の息子が、あんなことをするなんて、認めたくなかった。だから、事件のことを直接訊くことが出来なかった。もし、翔太郎が認めたら、文雄はそれを受け容れなければならなくなる。

息子のやったことだろうとは、薄ら感じていても、何処かで何かの間違いだと思っていたかった。

だから、対話することを避けたのだ。

いや、今回のことだけではない。文雄は、ずっと翔太郎と向き合うことから逃げていた。自分の遺伝子を継いでいても、思考は全く違う。噛み合わないことが、分かっていたからだ。

——嘘吐き。

耳の裏で死んだ妻の声が聞こえた。

そうかもしれない。文雄は今も尚、自分に嘘を吐いているのだろう。本当は、翔太郎の中に見え隠れする姿に、自分の影を感じていた。だから――。

〈岸谷様――〉

「は、はい」

〈聞いていらっしゃいますか?〉

「すみません。少々、混乱しておりまして……」

〈では、改めてお話しします。同じ方法はもう使えません。このまま際限なく、同じことが繰り返されるとなると、岸谷様だけではなく、我々にも害が及ぶことになります〉

口調は丁寧だが、明らかに文雄を責めている。

いや、違う。決断を迫っているのだ。このまま、息子と共に自滅するのか? 或いは――。

「な、何か方法は、無いのでしょうか?」

文雄は、汗の滲む拳を握り締めながら問いかけた。

僅かな沈黙があった。

〈それは、岸谷様次第――ということになります〉

「私次第?」

聞き返してみたものの、ギャルソンの言わんとしていることは、容易に理解出来た。それでも、分からぬふりをするのは、せめて自分の提案ではなく、他の誰かの言葉によって、その行為に至りたいという思いからだ。

〈はい。私どもとしては、ご子息の犯行を止める、もっとも確実な方法を行使することが出来ます。如何なさいますか？〉

文雄はすぐに返答出来なかった。

迷っているのではない。答えは、最初から決まっている。今の状況をそのままにすれば、破滅を迎えることが目に見えている。それを回避するための選択は一つしかない。

それでも、流石に決断を下すのは心が痛んだ。

幼い頃の翔太郎は、運動は得意ではなかったが、本を読むのが好きで、年齢より聡い子どもだった。

そのことが、文雄には誇らしかった。

大学を卒業したら、自分の会社に入社させ、やがては右腕となり、辣腕を振るって会社をさらに大きくする。

それは、夢とかそういう曖昧なものではなく、既定路線だとすら思っていた。

――いったい何処で間違えた？

答えはすぐに出た。あの日だ。妻が死んだあの日、全てが壊れたのだ。元々、翔太郎の中に、そういう資質があったのかもしれないが、何もなければ、それは目覚めることがなかったはずだ。

だが、目覚めてしまった。

彼の中にいる悪魔が解き放たれたのだ。

――本当にそうか？

あのとき、悪魔を解き放ったのは、翔太郎だったのか？　それとも、文雄だったのか？

分からない。分かることを拒絶している。分かったところで、全てが手遅れなのだ。全ては、取り返しのつかないところまで来ている。

問題は、この先、どうするかだ。

何を守るか、何を失うかを決めなければならない。

「分かりました。息子を、殺して下さい——」

口にするのと同時に、文雄は喉が引き千切られるような痛みを感じた。人として言ってはならない禁忌の言葉を発したという罪悪感。

しかし——。

それは、これで解放されるという安堵に変わり、充足感すら抱いた。

そこで文雄は、初めて自分の心の深淵を見た気がした。

19

翔太郎は、真犯人に繋がる証拠が家にあると天海に告げ、ウィークリーマンションの部屋に招き入れることに成功した。

天海を備え付けのソファーに座らせた後、翔太郎はキッチンに向かった。

電気ケトルでお湯を沸かしつつ、「先生は紅茶でいいですか?」と訊ねる。「お構いなく」という返答が返って来たが、翔太郎は構わず紅茶を淹れる。

天海が、学生食堂などで好んで紅茶を飲んでいることは知っているので、嫌いということはないだろう。

お揃いの透明なティーカップに紅茶を注いだ後、小瓶を取り出し、中に入っている粉末を手前のカップにだけ入れ、溶けて見えなくなるまでかき混ぜた。

この粉末は、予め用意しておいた睡眠導入剤を粉末状にしたものだ。強力な睡眠薬ではないので、室温を入眠し易い温度に温め、酸素濃度も下げてある。

時間はかかるが効果はあるだろう。

本当は、こんなことはしたくないのだが、前の二人のように、暴れたりされると厄介だ。

こちらの意図を分かってもらう為にも、一度眠らせて、拘束しておく必要がある。

翔太郎はティーカップを持って戻り、睡眠導入剤の入った方のカップを天海の前にあるテーブルに置き、自分はその反対側に腰を下ろした。

「それで——あなたは、事件の何を知っているのですか?」

天海は、ティーカップに目を向けることなく、翔太郎に訊ねて来た。

ここで無理に飲むことを勧めるような愚は犯さなかった。そんなことをすれば、勘のいい天海のことだ、警戒して口をつけなくなる。

別に焦る必要はない。喋っているうちに、自然と喉が渇いてくる。そうすれば、勧めなくても紅茶を飲むはずだ。それまで、ゆっくり彼女と言葉を交わせばいい。

翔太郎は、ティーカップの紅茶を口に含み、気持ちを落ち着けてから話を始める。

「警察には言っていませんが、被害者となった二人の女性とぼくは、面識がありました」

翔太郎が言うと、疑問と困惑が混ざり合い、天海の表情は複雑に歪んだ。しかし、それさえも美しい。

「それは、直接の関わりがあった――ということですか?」

「はい」

「どうして、警察にそのことを言わなかったのですか?」

「言えば、ぼくは間違いなく警察に疑われていました」

「そうでしょうね」

これまで丸みを帯びていた天海の声に、棘が混じった。

そんな声を出さないで欲しい。母は、どんなことがあっても、自分のことを信じ、優しく語りかけてくれた。だから、彼女もそうであって欲しい。いや、きっと本当のことを話せば、母のように優しい声に戻ってくれるはずだ。

「信じて下さい。ぼくは、断じて彼女たちを殺していません。ただ、お願いをしただけなんです」

「どんなお願いですか?」

天海は、そう聞き返して来た。

やはり彼女は、他の女たちとは違う。無闇矢鱈に騒ぎ立てるのではなく、冷静にこちらの話を聞いてくれる。

「ぼくの母は、ぼくが七歳のときに死にました。表向きは、帰宅途中で暴漢に襲われ、絞殺されたことになっています」

「今、表向き――と言いましたね。真相は別にあると?」

天海が紅茶を飲みながら訊ねて来た。

やはり聡明な女性だ。単純な同情ではなく、話の芯を捉えている。

「はい。母を殺したのは父です」

「お父様が？」

「はい」

「何か証拠はあるのですか？」

「ぼくは、見ていましたから――」

あの日の光景を、今でも鮮明に思い出す。

翔太郎は、寝室のクローゼットに隠れて、買い物帰りの母を待っていた。母が寝室に入って来たら、中から飛び出して驚かそうとしたのだ。

玄関のドアが開く音がして、寝室に近付いて来る足音が聞こえた。翔太郎は、飛び出す準備をしていたのだが、結局、そうすることはなかった。

足音だけでなく、父と母が言い争っている声も聞こえて来たからだ。ここで、飛び出せば、父から叱責を受けるのは目に見えていた。

クローゼットの中で、じっとしているうちに、二人は寝室に入って来て、お互いに罵り合った。

翔太郎は、聞こえないように耳を塞いでじっとしていた。

しばらくして、ドンッと何かを押し倒すような音がした。

それから、バタバタと何かがベッドの上で暴れているような音――。

翔太郎は、クローゼットの扉を少しだけ開けて、寝室の様子を盗み見た。

その光景にぞっとした。

父が、母の上に馬乗りになり、その細い首を絞め上げていたのだ。

父は額に汗を浮かべ、獣のような目をしていた。助けたいと思ったが、身体が硬直して動かなかった。

一瞬、母と目が合った。

そのとき、母は口だけを動かして何かを言った。今となっては、判然としないが、翔太郎には、「隠れていて」と言っているように見えた。見付かれば、翔太郎もただでは済まない。だから守ろうとしたのだろう。

やがて、母はぐったりとして動かなくなった。父は、一度寝室を出て行ったが、しばらくしてまた戻って来ると、母の死体と一緒に出て行った。

その後、母は帰り道で暴漢に襲われて死んだ——と父から聞かされた。それが嘘だと分かっていたのに、翔太郎は何も出来なかった。

もちろん、父に復讐したいという気持ちはあったが、当時の翔太郎には、その力が無かった。だから、何も知らぬ顔をして、父に従順なふりをして、時が経つのを待った。いつの日か、父に復讐する日の為に、牙を研ぎ続けていたのだ。

天海にそのことを説明しているうちに涙腺が熱を持ち、気付くと頬を涙が伝っていた。

「大丈夫?」

天海が、そっと翔太郎の肩に手を置いた。

柔らかくて、温かい手だった。

「はい」

頷いたものの、また涙が零れ落ちた。

「飲んで落ち着いて――」

天海が、翔太郎のティーカップを差し出してくれた。やはり、彼女は思った通り、自分の母になってくれる人だと思った。

翔太郎は、ティーカップの紅茶を口に含む。泣いて鼻が詰まっているせいか、最初に飲んだときのような、芳醇な香りはしなかった。

「ありがとうございます。もう大丈夫です」

「お父様のこと、警察に相談はしなかったの？」

「はい。母を殺したのに、それを無かったことにした上に、他人に罪を被せるような人ですよ。もしかしたら、警察とも繋がっているかもしれません。下手なことをすれば、こっちの身が危ない」

「そうね……」

「父は、そうやって、いつもぼくから大切なものを奪ってしまうんです。自分の作った箱庭の中に、ぼくを入れておこうとする」

話しながら天海に目をやると、彼女は、かなりとろんとした目をしていた。

きっと睡眠導入剤が回って来たのだろう。

「それで、あなたのお母様の事件と、今回の殺人事件の被害者と、いったいどう繋がってくるの？」

天海が、訊ねながらも何度も目を瞬かせている。

やがて天海は、眠気に耐えられなくなったのか、ソファーに凭《もた》れるようにして、眠りに落ちていた。

その姿は、かつて見た母の姿そのままだった――。

翔太郎は立ち上がり、ゆっくりと天海の白い首筋に触れる。

指先を通して伝わってくる、滑らかなその肌触りに、翔太郎の心は焼かれているかのように熱くなった。

20

「真壁さん――」

永瀬は、警察署の廊下を歩いている真壁を見つけて声をかけた。

一瞬、怪訝な表情を浮かべた真壁だったが、永瀬がただ挨拶で声をかけたのではないと察したのか、一緒にいた部下に先に行くよう指示して、歩み寄って来た。

「永瀬さんの方から、声をかけてくるなんて、珍しいですね」

確かにそうかもしれない。

真壁とは、馬が合わないことが分かっているので、これまで永瀬の方から声をかけたことはなかった。

「一つお訊きしたいことがあります」

「何ですか？」

「真壁さんは、自殺した五十嵐という男を、前から知っていましたね」

永瀬は、敢えて疑問ではなく、断定的な言い方をした。

事件にどうしても納得できなかった永瀬は、五十嵐が過去に起こした強姦致傷事件の資料を当たっていた。そして、そのときの担当刑事の中に、真壁の名前を見つけた。

五十嵐の起こした事件の被害者が、翔太郎の母親だったことといい、事件には何か大きな闇が潜んでいる。永瀬は、そう感じていた。

「ええ。知っていました」

真壁は、拍子抜けするくらい、あっさりと認めた。

永瀬の思い過ごしか？　違う。資料を見れば、真壁と五十嵐に接点があったことは、誰にでも分かる。下手に言い逃れして、自分の立場を危うくするより、真正面から受け止めるという選択をしたに過ぎない。

「もうご存知かと思いますが、被害者は、岸谷翔太郎の母親です。永瀬さんは、そのことを関連付けたからこそ、私のところに来たんですよね」

「はい。そうです」

真壁は、眉一つ動かすことなく永瀬の意図まで言い当ててみせた。

「これは、上にも報告してあることですが、五十嵐は、二人目の遺体が発見された時点で、私に連絡をして来ました」

「な、何ですって……」

「五十嵐は、私に相談したいことがあると言っていました。事件に関係することで、ヤバいことになっているので、助けて欲しい——と」

「何を話したのですか？」

永瀬が、逸る気持ちを鎮めながら訊ねると、真壁は深いため息を吐きながら首を左右に振った。

「分かりません。話す前に、遺体となって発見されましたから」

「……………」

永瀬は口を動かしたものの、言葉は何も出てこなかった。

五十嵐は、真壁に何を伝えようとしていた？　そもそも、真壁の言葉を、そのまま信じていいのか？　本当は、真壁は五十嵐と会っていたとは考えられないか？　彼から事件に関する重要な何かを聞き出し、それを秘匿している。いや、もっと言えば、真壁が五十嵐を——。

呆然としている永瀬を見て、真壁はふっと吹き出すように笑った。

「何がおかしいんです？」

「いえ。永瀬さんでも、そんな顔をするんだと思ったら、少しおかしくなったんですよ」

「そんな顔……」

「いつも冷静沈着で動揺しないタイプだと思っていたので、今みたいに言葉を失って、呆けているのが意外だったんです」

「バカにしていますか？」

「安心したんですよ」

「安心？」

「あなたも、人だったんですね。それに、そこまで必死になるからには、ちゃんと刑事だったんだなと」

「いったい、何の話を……」

「失礼。忘れて下さい。詰まるところ、永瀬さんは私のことを疑っているんですね？」

直球の質問をぶつけられたことで、永瀬はたじろいでしまう。

「別に、そういう訳では……」

「私には、そう聞こえます。別に責めている訳ではありません。私が同じ立場だったら、きっと疑いますから」

「え？」

「ただ、特殊犯罪捜査室に情報が下りていなかっただけで、さきほども言ったように、五十嵐との件は、上に報告を上げています」

「………」

真壁の言葉を聞き、悔しさがこみ上げてくる。

永瀬たち特殊犯罪捜査室は、独自の捜査権限を持っているが、それを快く思わない上層部の人間は多い。今回のように、情報を秘匿されたことは、一度や二度ではない。

「刑事部長の伊達《だて》さんは、犯人である五十嵐が、罪の重さに耐えかねて、私に連絡して来たが、その後、自殺した——という判断をしました」

「しかし……」

「言いたいことは分かります。ご都合主義の結論だと言いたいんですよね。ですが、物的証拠も発見されている事件ですからね」

「そうですが……」

真壁の言う通りだ。

五十嵐には、物的証拠がある。犯人は彼で確定だ。そうなると、もはや警察に打つ手はないというのも事実だ。

分かっている。分かっているはずなのに、心の奥にモヤモヤとしたものが残る。

「こちらからも、一つ訊いていいですか？」

真壁は、そう言って真っ直ぐに永瀬を見据えた。

「何でしょう？」

「永瀬さんは、この連続殺人事件は、五十嵐の犯行ではなく、真犯人は別にいる。彼はスケープゴートだった——そう考えているということですか？」

真壁の鋭い視線が、永瀬の身体を貫いたような気がした。

「私は、そう思っています」

永瀬が奥歯を噛み締めながら見返すと、真壁はにっと口角を吊り上げて笑った。いったいどういう意味の笑いだ？ 考えるほどに、迷宮に迷い込んで行くような気がする。

「私も同意見です」

長い沈黙のあと、真壁はぽつりと言うと、踵《きびす》を返す。

「ちょっと待って下さい」

呼び止める永瀬を無視して、真壁は歩き去って行った。

後を追いかけようかとも思ったが、最初の一歩が出なかった。きっと、真壁はこれ以上、何も答えないだろう。永瀬には、その重い口を割らせる手だてが一つもない。

ため息を吐きつつ、ポケットの中の五百円硬貨を取り出し、指で弾くと、それをキャッチした。

こんなことをしても、解決することなど一つもないのに——。

諦めと共に歩き出した永瀬は、硬貨をポケットに仕舞い、代わりにスマートフォンを確認した。

天海からショートメッセージが届いていた。今から二時間ほど前に受信したものだ。色々とバタバタしていて、気付かなかったようだ。

〈岸谷翔太郎さんが、事件に関係する情報を持っていると言っています。会って話を聞いてみます〉

「何てことを……」

天海は、もう警察官ではないのだ。不用意に単独で近付くのは危険だ。

永瀬は天海のスマホに電話を入れたが、コール音が鳴り響くばかりで繋がることは無かった。

21

「母さん」

翔太郎は、声を上げながらゆっくりと目を開けた——。

部屋はいつの間にか暗くなっていた。

夜になっていたようだ。頬にフローリングの冷たい床を感じる。

フローリングの床に横たわり、眠ってしまっていたらしい。

頭蓋骨を内側から押し広げられているような、不快な痛みがある。

天海の首筋を撫でていたところまでは覚えているが、そのあと、どうなったのか、酷く記憶が曖昧だ。

――そうだ。天海。

彼女が、自分の寝ている隙に、部屋を出て行ってしまったのではないか――という不安に駆られたが、それは杞憂だったようだ。

彼女はソファーに凭れた姿勢のまま、そこにいた。

「ぼくの母さん」

安堵と共に、改めて、天海の首筋に触れようとしたところで、異変に気付いた。

天海の首の周りに、うっ血したような痕が出来ていた。まるで、首を絞められたかのように――。

それだけではない。元々、白かった彼女の肌が、さらに色を失っている。

まるで――死んでいるかのように。

ああ。きっとそうだ。

彼女は――天海は死んでいるのだ。

首を絞められて死んだのだ。他の二人の女と同じように。こんなことをするのは、間違いなく父だ。

また、ぼくから大切なものを奪ったのだ。

言い知れない哀しみに、全身の力が抜け、その場に頽《くずお》れそうだったが、父に対する激しい憎悪で踏み留まった。

これまで、復讐心より、母を取り戻すことを優先させていたが、それは間違いだったらしい。

あの男を——父をこの世から消し去らなければ、ぼくに安息の地はない。

「ようやく、目を覚ましたようだね——」

闇の中から低く、地鳴りのような声が湧いて来た。

慌てて視線を向けると、部屋の入り口のところに、一人の男が立っていた。

暗くて、その顔をはっきりと捉えることが出来ない。それなのに、なぜか目だけが、爛々《らんらん》と輝きを放っているように見えた。

「お前は誰だ?」

翔太郎が問うと、男は天海が倒れているソファーまで歩み寄って来て、彼女の髪をそっと撫でた。

「止せ!　彼女に触るな!」

翔太郎は、男の腕を摑んで押しのけた。

男は、激怒する翔太郎を見て、楽しそうに笑みを浮かべてみせた。

この男——何処かで見たことがある気がするが、何処だったのかは思い出せない。もしかしたら、父が付けた監視とは、この男かもしれない。

そして、監視だけでは飽き足らず、翔太郎から天海を――母を奪い去った。

「お前が、彼女を殺したのか？」

翔太郎が問うと、男は再び笑みを浮かべた。

「お父上に頼まれたのです」

――やっぱりそうだ。

そうやって、また自分から奪うつもりなのだ。許せない。許せない。許せない。

「あいつは何処にいる？」

翔太郎は、男に詰め寄ろうとしたが、途中で動きを止めた。

男の手には、刃渡り十五センチほどのサバイバルナイフが握られており、その切っ先が、翔太郎に向けられていたからだ。

「まだ、ご自分の立場が分かっていらっしゃらないようですね」

男が静かに言う。

「立場？」

「そうです。私は、お父上から二つの依頼を受けています。一つは、彼女を殺すこと。そして、もう一つは、あなたを殺すこと――」

「ぼ、ぼくを殺すだって？」

「そうです」

「あの男は、実の息子を殺せと言ったのか？　そんな……」

動揺する翔太郎を見て、男は三度笑った。

「何を仰います。自分の妻を殺すような男ですよ」

「………」

「信じられないというなら、コチラに証拠もあります」

男の左手には、スマートフォンが握られていた。器用に片手でそれを操作すると、音声が流れて来た。


〈分かりました。息子を、殺して下さい――〉


それは父の声だった。

この男が父の指示で、自分を殺しに来たというのは、紛れもない事実のようだ。

不思議と落胆はなかった。それはきっと、父に愛されていないという自覚があったからだし、父なら、自分の身を守るために、それくらいのことはやると分かっていたからだ。

「お父上は、今は株主総会の会場に向かっています。総会が始まる前までに、あなたを殺すように指示されています。些末なことを、片付けておきたいということでしょう」

翔太郎は、自分の体温が、かっと上昇するのを感じた。

――些末と言ったか？　息子を殺すことを、些末なことだと。

そうやって、常に他人を蔑み、見下してきた。実の息子でさえ、ただの道具としてしか捉えていない。

このまま、あの男の思惑通りになるなんて冗談じゃない。何とかして、一矢報いてやる。

だが、目の前にはナイフを持った男がいる。

正面からやり合ったところで、刺し殺されるのは目に見えている。向こうはプロだろうし、そもそも翔太郎に格闘技の覚えはない。

――やはりダメなのか。

諦めかけた翔太郎だったが、ふとこの状況から逃げ出す方法を思い付いた。

翔太郎は、男に背中を向け、ベランダへと通じる窓へと走ると、勢いよく窓を開けて外に出る。

ベランダの柵から、下を見下ろす。

この部屋は三階にある。飛び降りて逃げようと考えていたのだが、この高さだと怪我をするかもしれない。

振り返ると、男がゆっくりとこちらに歩み寄って来る。

急いで距離を詰めないのは、翔太郎が、この高さから飛び降りることが出来ないと高を括っているからだろう。

その油断に付け入るしか、今の翔太郎に生き残る術はない。

翔太郎は、ベランダの柵によじ登り、勢いよく飛び降りた――。

一瞬の浮遊感のあと、足に強い衝撃があった。バランスを崩し、そのまま地面に倒れ込む。

痛みはあったが、何とか立ち上がることが出来た。骨折はしていないようだ。地面がアスファルトでないことが幸いした。

振り返ると、ベランダからあの男が、じっとコチラを見ていた。

早く逃げなければ――そう思った矢先、男が翔太郎に向かって何かを投げた。腕をかすめ、地面に刺さったそれは、男がさっきまで持っていたナイフだった。

危うく、この切っ先に貫かれるところだった。

うかうかしていられない。翔太郎は、突き刺さったナイフを手に取ると、痛みを堪えながら駆け出した。

――許せない！

足を進める毎に、父に対する怒りがどんどん増していく。

あの男は、いつだってぼくから大切なものを奪う。母を、紗良を、未奈を、そして今度は天海まで……。

父は、その度に「お前の為だ――」と言う。

あたかも、ぼくを守っているかのような発言だが、そんなものは言い訳に過ぎない。あの男は、保身の為に、ぼくから多くを奪って来たのだ。

それが証拠に、今度は、ぼくの命さえ、奪おうとしている。

もう、何一つ奪わせるものか。その為には、こちらが奪えばいい。父から、あらゆるものを奪ってやる。

翔太郎は、強い決意とともに、ただひたすらに走った――。

22

ギャルソンとの電話を終えた文雄は、後部座席のシートに凭れ、軽く目を閉じて浅い眠りについていた。

翔太郎が夢に現れた。

まだ五歳かそこらの子どもの頃の翔太郎が、笑みを浮かべながら「パパ」と駆け寄ってくる。

文雄は、そんな翔太郎を強く抱き締めた。それだけで、心が満たされていく。

これまで、会社を大きくするために、走り続けてきた。だが、それが本当に文雄の求めたものなのだろうか？　こんな風に、息子を抱き締めるだけで、幸せだったのではないか？

そう思った矢先、腕の中の翔太郎は、突如として女へと姿を変えた。

文雄を見上げるその女の目は、じっとりと濡れていて、蔑みに満ちていた。言葉に出さなくても、お前は無価値だと言っているのが分かる。

「そんな目で見るな――」

文雄は、その視線に恐怖を覚えた。このままでは、自分が消えてしまうと思った。だから、女の首に手を回し、力を込める。

柔らかい肌に、指が食い込んでいく。

女は、微かに口を開き、文雄を見続ける。まるで、嘲るように、誘うように、或いは、そのどちらでもなく――。

はっと息を呑みながら、文雄は目を開けた。

いつの間にか、夢と現《うつつ》の狭間に落ちていたようだ。

首の周りに大量の汗をかいている。文雄は、それを拭いながら小さく息を吐く。

「嫌な夢だ」

——本当にそうか？

あれは、文雄自身が望んでやったことではないのか？

口げんかの延長で、感情の抑制が利かなくなり、妻の首を絞めているとき、言い知れぬ快感を覚えたのではないか？

妻だけではない。翔太郎がマンションに監禁していた紗良を見つけたとき、最初は金銭で口を封じようとした。

だが、あの紗良は、文雄を口汚く罵り、警察に通報すると言った。

その蔑みに満ちた目を見たとき、妻にそうしたときのような激情が、腹の底からわき上がり、気付いたときには、その首を絞め上げていた。

仕方がなかった。

もし、あの女が告訴していれば、とんでもないスキャンダルに発展し、文雄は再起不能なまでに追い込まれることになる。

だから、死んでもらうしかなかった。全ては妻が、あの女が悪いのだ。

——未奈のときは、そうではなかったはずだ。

耳の裏で声がした。

文雄は、自らの両手に目を向ける。

指先が微かに震えている。恐怖からではない。己の業に気付いたからこそ、戦慄したのだ。

未奈のときは、紗良とは違った。彼女は、全てを黙っていることを約束し、命乞いをして来た。

それなのに——文雄は女の首を絞めて殺したのだ。

掌を通して、命が消えて行くのを感じながら、これまで味わったことのない、恍惚とした感情を抱きさえした。

自分の母を求めて、次々と似た女を連れて来ては監禁してしまう翔太郎は、常軌を逸していると思う。だが、そうして連れて来た女たちの首を絞めて殺した自分はどうだ？

同類ではないか。いや、それ以上の歪みを抱えている。

自分はギャルソンに翔太郎の始末を依頼した。本当に歪んでいるのは、自分だというのに――。

考えたところで意味はない。文雄は、もう戻れないところまで来ているのだ。

「岸谷様――」

不意に呼びかけられ、文雄は目を開けた。

いつの間にか、運転席と後部座席を隔てるパーティションが下りていた。ルームミラー越しに、運転手の目が見えた。

「何だ？」

文雄は、苛立ちを込めて運転手に聞き返す。

「間もなく、株主総会の会場に到着します」

「そうか」

「その前に、一つ確認したい点がございます」

粘っこく張り付くような声だった。

「スケジュールなら把握している」

「そうではありません。先日、起きた女性二人の連続殺人事件について――です」

急に飛び出して来た話題に、文雄は肝を冷やす。

だが、それはすぐに疑念へと変わった。普段、運転手の男が話しかけてくることは皆無と言っていい。それが、急に口を開いたかと思えば、殺人事件の話題とは、いったい何を考えている。

何れにしても、相手をしても意味がない。

「私には関係のないことだ。それに、そんなゴシップに割く時間はない」

文雄がぴしゃりと言うと、運転手は僅かに目を伏せた。

「岸谷様は、認識がズレていらっしゃるようです。連続殺人は、ゴシップなどではありません。人が死んでいるのです。本来、変わらぬ今日を生きるはずだった人たちが、理不尽に命を奪われているのです。断じて」

「何？」

ゴシップではありません――と運転手が言った。

「いったい何を言っている？　何時《いつ》、何処で、誰が死のうと、私の与り知らぬことだ」

「いいえ。そういう訳にはいきません」

「私は知っています」

運転手が、小さく笑ったのが分かった。

「お前が、何を知っているというんだ？」

質問を投げかけながら、心臓が激しく拍動する。

額に、掌に、粘度の高い汗が滲む。

「被害者となった女性たちが、誰に殺されたのか――その真相を知っています」

「何を言っている？　犯人は、もう逮捕された」

「スケープゴートです。あなたの羊だ」

　――本当に、真実を知っているというのか？

　いや、動揺するようなことではない。どうせ、強請《ゆす》りたかりの類いだろう。適当なことを並べて、脅そうとしている。冷静に対応すれば、どうということはない。何れにしても、この運転手は解雇だ。

「つまらない言いがかりは止めてもらいたい。何をどう勘違いしているのか知らないが、私が事件に関与しているという証拠などない」

　毅然と言ってやったのだが、それでも運転手は笑みを消さなかった。

「あなたは、悪魔と呼ばれた男のことを、知っていますか？」

「悪魔？」

　確か、そんな男がいたな。

　現職の警察官でありながら、四人もの人間を凄惨な手口で殺害した鬼畜。

「世間では、彼は猟奇殺人犯として扱われていますが、実際はそうではありません。彼が行ったのは、正義の裁きです」

「人殺しを正義とは、ずいぶんと屈折しているな」

「あなたには及びません」

「貴様！」

　文雄は、声を荒らげたが、運転手に怯む様子はなかった。

その蔑みに満ちた目を止めろ。運転中でなければ、後ろから首を絞めて、殺してやりたい。

「話を戻します。悪魔と呼ばれた男——阿久津誠は、特殊な体質を持っていました。触れた人やモノに残留する記憶の断片を感じ取り、追体験できるのです。サイコメトリーなどという言い方もします」

「バカバカしい」

「私も、最初はそう思いました。ですから、彼を自分の手許に置いて観察しました。その結果、彼が本物であると確信したのです」

——こいつは、さっきから何を言っているんだ？

「まるで、阿久津という男を、知っているかのような口ぶりだな」

「ええ。知っています。あなたも、一度だけ彼に会っています」

「は？」

「阿久津は、あなたの身体に触れ、そこに残留する記憶を見ました。そして、あなたの所業を知ったのです」

「そんなはずはない」

強く否定した。そもそも、阿久津という男は、既に死んでいる。会えるはずがないのだ。

「お気付きになっていないだけです。彼は、巧妙に紛れることが出来る男ですから」

「いい加減にしろ！」

「あなたの息子の翔太郎さんは、ずっと死んだ母親を求めていた。そして、偶然にも二人の女性と出会った。母の面影を持った女性。翔太郎さんは、その女性を自分の部屋に招き入れました。

彼は、母を求めていた。しかし、その女性たちは男女の関係を求めていた」

「………」

「翔太郎さんは、彼女を守ろうとした。あなたから――」

「………」

「だから、自分の部屋に閉じ込めたんです」

「何の話だ」

「分かっているでしょ。あなたは、ご自身の妻を殺害しています」

「違う。あれは、五十嵐という男が……」

「ですから、彼は、あなたの羊なのです。あなたは、翔太郎さんが女性を監禁していることを知った。こんなことが、表沙汰になれば、破滅だ。追い詰められたあなたを、その女性は激しく罵った。蔑みに満ちた目で睨まれたあなたは、心の底にある欲情を目覚めさせた。そして――」

「止めろ！」

文雄は堪らず叫んだ。

これ以上は聞きたくない。聞く必要がない。聞くべきではない。

拒絶するほどに、掌に女の肌の感触が蘇ってくる。柔らかくて、滑らかな肌――それを、絞め上げているときに感じた、突き上げるような欲情。

「貴様、その話を何処で知った？」

文雄は、気持ちを落ち着かせる意味も込めて聞き返した。

その途端、ルームミラーに映る男の笑みが、大きく歪んだ。それは、酷く冷たい表情だった。

「今の発言――お認めになるのですね」

指摘されて、文雄は自分の軽率さを呪った。今のような訊ね方をしたら、運転手の言葉が真実であると認めているのと同じだ。

焦りはしたが、それはすぐに収束した。別に、慌てる必要はない。言葉尻をとらえて勝ち誇っているだけだ。別に、文雄は何かを明言した訳ではない。

「ふざけるな！　全部、お前の妄想に過ぎない！」

「まだ、否定するのですか。強情な人ですね。あなたには、二つの選択肢があります」

「選択肢だと？」

「一つは、これから警察に出向き、真実を話す」

「おれは何もしていない！」

大声で否定したが、運転手はまるで聞こえていないかのように、先を続ける。

「もう一つは――破滅です」

運転手は振り返り、身体を乗り出すようにして告げた。

間近で見た運転手の顔は、まるでベールを被っているかのように、薄い靄がかかって見えた。

文雄に向けられた目は、狡猾で冷酷な毒蛇を思わせる。噛み付かれたら最後、強烈な神経毒が、身体を蝕んでいく。

気付くと、車はいつの間にか株主総会が開催される、ホテルの前で停車していた。

しばらく放心してしまった文雄だったが、やがて思考を取り戻す。

この運転手が、何を何処まで知っているかは分からないが、話を聞く限り、これといった証拠がある訳ではなさそうだ。

あの連続殺人事件の捜査は、五十嵐が犯人だということで、既に終わっているのだ。大した証拠もなく、警察が再捜査をすることはない。

この運転手に関しては、コンシェルジュに託そう。彼らからしても、邪魔になる存在だろうから、秘密裏に処理してくれるはずだ。

その考えに行き着いたことで、自然と冷静さを取り戻した。

「お前は、今日限り解雇だ」

文雄は運転手に告げると、ドアを開けて車の外に出た。

ホテルのエントランスでは、秘書が待っている。軽く手を挙げて応えたところで、何者かが、文雄の前に飛び込んで来た。

その顔を見て、文雄は愕然とする。

「しょ、翔太郎……どうして、お前がここに？　死んだはずだ……」

発してから、しまった――と思ったが、もはや手遅れだった。

文雄の言葉を受けた翔太郎の目に、黒い炎が宿ったような気がした。それは、激しい憎悪の象徴でもあった。

「やっぱり、あんたはぼくを殺そうとしたんだな」

翔太郎は真っ直ぐに、文雄の前まで歩み寄って来た。

逃げなければ――そう思ったのだが、身体が動かなかった。自分の足に、妻がすがりついていた。

これは、ただの幻覚だ。

分かっているのに、どうすることも出来なかった。

左の脇腹に強烈な痛みが走った。

見ると、腹にナイフが刺さっていた。

翔太郎の笑い声が響く。

膝の力が抜け、文雄はその場に倒れ込んだ。

地面に這いつくばっている妻と目が合った。彼女は、蔑みに満ちた視線を文雄に向けている。

――そんな目で見るな。

文雄の声は、翔太郎の歓喜の笑い声に掻き消された。

23

永瀬の前に座る翔太郎は、粘着質な笑みを浮かべていた――。

目の焦点が合わず、何処を見ているのか分からない。髪が乱れ、薄ら髭の生えた顔には、前に会ったときの面影はない。

「岸谷翔太郎さん。改めてお訊きします。この二人の女性を、ご存知ですね」

永瀬は、デスクの上に被害者である紗良と未奈の写真を並べて置いた。翔太郎は、一度写真に視線を落としたあと、改めて永瀬に向き直る。

「し、知っていまぁす」

薬物使用を疑うほどに、呂律が怪しい。

「どういう関係ですか？」

「母さん……」

「何です？」

「ぼくの、母ぁさんにぃ、なってくれるかもしれない人たちでしたぁ……」

「それで彼女たちを監禁したんですか？　そんな馬鹿げた理由で――」

隣にいた玲香が、興奮気味に棘のある口調で責め立て始めたので、永瀬は慌てて彼女を制した。

玲香にとっては、馬鹿げた理由かもしれない。

だが、翔太郎にとってはそうではない。彼は、真剣にそうだと信じたのだ。似ている女性が、やがて自分の母になってくれる――と。

翔太郎は、ふふふっと急に笑い声を上げたあと、「母さんだ」と天井を指さした――。

まるで、蝶でも追いかけるように、しばらく視線を漂わせていた翔太郎だったが、急に真顔に戻ったかと思うと、うー、うー、と唸り声を上げ始めた。

「全然、話になりませんね」

玲香がため息混じりに言う。

窘めたいところだが、永瀬も同感だった。ホテルからの通報を受けて、永瀬が駆け付けたときには、翔太郎は血塗れの状態で突っ立ったまま、ヘラヘラと笑っていた。

その異様な表情に、思わず息を呑んだ。

すぐ傍らには、腹を刺された状態の文雄が這いつくばっていた。

すでに救急車が手配されており、文雄は救急搬送された。一時は意識不明の重体だったが、今は持ち直して集中治療室で処置を受けている。

翔太郎が、この状態なのだとすると、詳しいことは、文雄の回復を待ってから、彼に事情聴取を行うしかなさそうだ。

不可解なことは、それだけではなかった。

現場には、音声データの入ったSDカードが残されていた。聴いてみると、そこに録音されていたのは、文雄と運転手らしき男との会話だった。

その内容は驚愕のものだった。過去二件の殺人事件において、被害者を監禁したのは、息子の翔太郎だったが、実際に絞殺したのは、文雄だというのだ。

さらに、死体の処理に関しては、別に担当した者がいることが暗示されていた。役割分担が行われていたということになる。

死体処理を行った人物が、何者なのかは、今に至るも不明のままだ。

何れにしても、五十嵐は冤罪だったということになる。だとすると、やはり五十嵐は自殺ではなく、他殺という線が濃厚になる。

果たして真壁は、何処まで知っているのか？　もしかしたら、彼こそが——。

いや、分からないことは、それだけに留まらない。

一番の謎は、あの音声データは、いったい誰が用意したものなのか、ということだ。そして、文雄と会話していた運転手は、何者なのか？　運転手は、臨時に雇った人材らしく、履歴書に書かれていた項目は、全て出鱈目で、今も尚、消息が摑めていない。

おまけに、運転手の声は、ＡＩのプログラミングを使って加工されており、そこから辿るのは至難の業だ。

この正体不明の運転手が、文雄を罠に嵌めたことだけは確かだ。単なる善意とも思えない。では、その目的は、いったい何なのか？

そして、天海の証言も不可解だと言わざるを得ない。

彼女は翔太郎の部屋に行ったものの、途中で眠ってしまったのだと証言している。気付いたときには、彼の姿が消えていたのだ――と。

天海が、嘘を吐いているなどと思いたくはないが、証言として信憑性に欠ける。

分からないことが、あまりに多過ぎて、頭が混乱しそうだ。

「一旦、出る」

永瀬は、席を立って取調室から廊下に出ると、壁に背中を預けて舌打ちをした。

何だか酷く嫌な予感がする。

ポケットに手を突っ込み、五百円硬貨を取り出す。

「あなたの仕業ですか？」

硬貨に訊ねてみたが、返答があるはずもなかった――。

24

男は、鼻歌を歌いながら病院の廊下を歩いた――。

看護師の服を着ているので、男を不審に思う者は一人もいない。

男は、予め入手しておいたＩＤカードを使って、集中治療室のロックを解除して中に入った。

男の他にも、数人の医者と看護師たちの姿があった。関係者のふりをすれば逆に目立たない。

事前に警備室に侵入し、防犯カメラの録画も止めてあるので、後から確認したところで、男の侵入に気付く者もいないだろう。

男は、幾つも並ぶベッドの中に、目当ての人物を見つけ、ゆっくりと歩み寄って行く。

酸素マスクを付けられ、点滴と生体情報モニターに繋がれている。息子に腹を刺され、息も絶え絶えになっている哀れな男——岸谷文雄。

意識は、辛うじてあるらしく、薄い目を開けながら、苦痛に悶えていた。

男が近付くと、半開きの目に恐怖の色が浮かんだ。

こんな状態でも、男が誰なのか理解したようだ。

「そうです。ギャルソンです」

ギャルソンは、文雄の耳許に顔を近付け、囁くように言った。

何をしに来たのか理解したらしく、声を上げようとしたが、言葉を発することは出来なかった。

「あなたを、処分するようにと、コンシェルジュからの指示を受けました。本当は、美しく創造して差し上げたいところですが、五十嵐さんと同じようにいたします。殺人を気取られてはいけませんので」

「……………」

「お気持ちは分かりますが、諦めて下さい。私は、あなたに大変、楽しませて頂きました。感謝します」

　その謝意に偽りはない。

　文雄が殺し、コンシェルジュに死体の処理を依頼したことで、ギャルソンは彼女たちとの甘美な時を過ごすことが出来たのだ。

　だが、だからといって、温情をかけるような気持ちはない。文雄が死んだところで、楽しみが永遠に奪われる訳ではない。また、別の宿泊客が訪れるだけのことだ。

「行ってらっしゃいませ――」

　ギャルソンは、そう告げると、文雄の点滴に一滴の薬物を混ぜた。

　文雄の目が恐怖で見開かれたが、何とも思わなかった。後は、この一滴が、文雄の心臓を止めてくれる。

　心臓発作ということで、処理されるだろう。

　ギャルソンは、何事も無かったかのように、文雄のベッドに背を向けて出入口に向かった。

　集中治療室を出る寸前、生体情報モニターが、異常を知らせる警報を鳴らし始めた。

　仕事を滞りなく完遂したことに満足しながら、ギャルソンは集中治療室を後にした――。

　廊下を進み、更衣室に足を運び、着替えを済ませると、そのまま従業員通用口から外に出た。

　少し冷える。

　背中を丸めながら、徒歩でアパートへと向かう道すがら、ふと考えを巡らせる。

　本当なら、ギャルソンは翔太郎を殺害する予定だった。いや、彼だけではなく、天海も一緒に、殺害する手筈になっていた。

事件性が無いように、二人は車の事故に見せかけるはずだったのだが、どういう訳か、その前に翔太郎が、文雄を刺すという事件を起こしてしまった。

偶発的に、そうなったとは思えない。そこには、何者かが介在した痕跡がある。それはいったい誰なのか？

今頃、コンシェルジュが探っているだろうが、もし、こちらの存在に気付いているようであれば、色々と厄介なことになる。

などと考えているうちに、自宅のアパートに辿り着いた。

築年数も古いし、建て付けも甘いが、真上に住む五十嵐の言動を注意深く観察することが出来た。証拠品を五十嵐の部屋に運び込むのも容易だった。

五十嵐の死後は、現場検証をしている警察の動向を探るのにも役立った。

部屋のドアを開け、玄関で靴を脱ぎ、狭い廊下に立ったところで、違和感に気付いて振り返る。

閉まったドアの前に、一人の男が立っていた。

薄暗かったが、そこに立つ人物に見覚えがあった。大学の清掃員の男だ。確か、この前、スマートフォンを拾ってくれた。

いつものような作業服ではなく、黒いスーツに身を包み、両手に革の手袋を嵌めている。

「あの。ここ、おれの家なんですけど」

ギャルソンが言うと、清掃員の男は、わずかに目を細めた。

「それは知っていますよ。赤坂さん」

男は静かにそう言った。

「知っている?」

「他にも、たくさんのことを知っていますよ。あなたが、死体を解体していたことも」

「なぜそれを?」

「多分、それは私が悪魔だからです」

「悪魔?」

自ら悪魔を名乗るとは、いったい何者だ?

「そうです。あなたには幾つか訊きたいことがあります」

「お、おれは、何も知らないっすよ」

「いいえ。知っているはずです。コンシェルジュとは、いったい何者ですか?」

悪魔と名乗った男が、ゆっくりと赤坂に歩み寄って来る。

「何を言っているのか、おれには、さっぱりです」

おどけてみせたが、この男には通用しない。それは、彼の目を見れば分かる。彼の瞳は全てを呑み込んでしまいそうなほど暗く、そして冷たかった——。

「言わないのであれば、あなたの記憶に訊きます」

男は、そう言うと革の手袋を外した。

これは逃げられない。そう悟った。コンシェルジュの秘密を漏らせば、赤坂に待っているのは、死なんて生易しいものではない。

その先のことを想像しただけで、背筋が凍りついた。

こうなれば選択肢は一つしかない。

赤坂は、さっき文雄に使った薬の入った小瓶を取り出すと、それを一息に飲み干した。
効果はすぐに現れた——。
心臓に強烈な痛みが走り、真っ暗で、冷たい闇に赤坂の意識は呑み込まれた——。

第二章　飽食

1

真っ白い皿に載った、肉の塊を見て、田村健吾《たむらけんご》は軽く吐き気を覚えた——。

ブルーに焼かれたその肉は、表面にだけ焼き色が付き、切断面は鮮やかな赤色で、脂の混じった血が染み出ている。

普段なら、食欲をそそるのだが、さっきから胃が痙攣するように収縮を繰り返している。

「どうしたのですか？　食べないのですか？」

向かいに座る、大沢一郎《おおさわいちろう》が声をかけてきた。

恰幅がよく、恵比寿《えびす》様を思わせる柔和な顔立ちをしているが、政界では豪腕として名を馳せ、与党の幹事長まで務めた男だ。今は、地盤を息子に譲り、引退した身ではあるが、その影響力は絶大だ。

「すみません。あまり食欲が無くて……」

「そうですか」

大沢は、にっこりと笑うと、フォークに刺さった肉を頬張った。

品のいいスーツを着てはいるが、それとは対照的な咀嚼《そしゃく》音が、田村の神経を余計に疲弊させる。

「あなたに食欲が無いのは、秘書のことが原因ですね」

大沢は、肉を飲み込んだ後に、さらりと言った。

――やはり知っていたか。

既に耳に入っているのであれば、下手に隠し立てをしない方がいい。そんなことをすれば、田村の立場が益々悪くなる。

「誠に申し訳ありません」

田村は、テーブルに額が付くほどに頭を下げた。

激しい叱責が飛んでくるかと思っていたのだが、意外にも返ってきたのは、大沢の笑い声だった。

おそるおそる顔を上げると、大沢がとんとんとおでこを指で叩いた。

一瞬、何のことか分からなかったが、すぐに合点がいった。

田村が自分のおでこに触れた指を見ると、肉汁に混じった血が付着していた。頭を下げた拍子に、料理におでこがついてしまったようだ。

「謝る必要はありません。もう起きてしまったことです。問題は、それをどう解決するかです」

大沢は、肉をもう一口食べながら言う。

「はい」

「それで、あなたの秘書は、あれをどうすると言っているのですか?」

「マスコミに売ると言っています」

「それは、マズいですね」

大沢は軽い調子で応じたが、状況の深刻さは、田村以上に分かっているはずだ。

もし、秘書が持つデータがマスコミに流出した場合、その影響は現政権を巻き込んだ一大スキャンダルに発展する。

現職議員である大沢の息子はもちろん、引退しているとはいえ、大沢自身に及ぼす影響も計り知れない。

警察に圧力をかけたとしても、世論の非難が高まれば、抑えが利かなくなる。

「私が、責任を持ってデータを回収します」

田村は、膝の上で拳を握り締めながら言った。

「どうやって回収するのですか？」

「それは……」

具体策を問われると、言葉に詰まってしまう。

「闇雲に動いたところで、何も解決しません」

「しかし……」

「安心して下さい。データを回収するために、既にこちらで動いています。あなたが、気に病むことは何もありません。全てコンシェルジュが処理してくれます」

「コンシェルジュ……」

大沢が小さく頷いた。

コンシェルジュは、ホテルの総合世話係を指す言葉だが、おそらく言葉通りの意味ではないはずだ。

「あなたは、詳しく知る必要はありません。全ては、無かったことになります」

大沢が、そこまで言うのだから、田村が何かをする必要はないのだろう。

ずっと心に溜まっていた澱《おり》が、流れ落ちていくようだった。気を抜いたせいか、胃がぐるぐるっと音を立てる。

それを聞いて、大沢がまた声を上げて笑った。

「食べなさい」

大沢に促され、田村は「はい」と応じると、ナイフとフォークを手に取り、皿の肉料理を口に運んだ。

あまりの美味しさに、舌が震えるようだった。

すっかり冷め切っていたが、それでも、これまで味わったことのない上質な脂が口の中に広がった。

牛の肉だと思っていたが、この味は、もっと違うもののようだ。

「存分に味わって下さい。これは、あなたにとってセイサンになるのですから――」

大沢は満足そうに言う。

田村は、「はい」と応じながらも、〝セイサン〟の意味が分からなかった。〝精算〟でもないし〝生産〟とも違う。

「そうだ。ワインを注文しましょう」

大沢が指で合図すると、ウェイターがボトルを運んで来て、田村のワイングラスに赤ワインを注いだ。

いや、ワインにしては、色が濃い気がする。粘度も高いように見える。

「二十年ものです」

大沢が「どうぞ」という風に、すっと田村のワイングラスを指し示した。

田村は、ワイングラスを手に取り、口に近付けたところで動きが止まってしまった。

ワイングラスから漂う香りは、芳醇な果実のものではなかった。まるで鉄錆びのような、独特の香りだ。

色、粘度、香り——その全てが、これはワインではないと言っている。

「飲まないのですか？」

大沢が訊ねてきた。

口許に笑みを浮かべているが、細められた目は酷く冷淡だった。

こうなると、田村には選択肢がない。たとえワイングラスの中身が、猛毒であろうと、飲まなければならない。

田村は、意を決してワイングラスの中の液体を一気に飲み干した。

鉄錆びのような味とともに、生臭さが鼻に抜ける。

そうか。さっき大沢が言っていた〝セイサン〟とは、〝聖餐〟のことだと、今さらのように思い至った——。

2

画面に映っているのは、厨房と思しき場所だった——。

家庭用のそれとは異なり、ステンレス製の業務用冷蔵庫があり、コンロも四つ横並びに設置されている。

流し台や作業台のスペースも広く、ここが飲食店の厨房だということが分かる。

咳払いの後、男の顔がフレームインしてくる。

尖った鼻に、ぎょろっとした目をしていて、薄い唇からは、突き出た前歯が覗いている。

ガサガサとマイクに直接触れたような雑音がして、画面が揺れる。男が、カメラの画角を調整しているようだ。

やがて、納得のいく画角になったのか、男は後退りながらカメラと距離を取った。

画面に男の全身が映る。

男は料理人らしく、白いコックコートを着ていた。長身で手脚の長い彼には、よく似合っている。

「やあ。皆さん。こんにちは──」

男は、指で鼻を擦《こす》ったあとに、笑みを浮かべながら、カメラに向かって語りかけてきた。

地声なのか、或いは作ったものなのかは分からないが、滑稽なほど高い声だった。

「コムニオンの料理教室へようこそ」

男は両手を広げて笑みを浮かべてみせる。

「まず、コムニオンについて説明しなければなりませんね。コムニオンとは、キリスト教における聖餐──つまり最後の晩餐のことですね。後に、それを再現した儀式のことを指します。本来の意味を考えると、少し仰々しい感じもしますが、私はコムニオンという言葉の響きが気に入っています」

一息吐いてから、男はさらに続ける。

「余談は、これくらいにして、今日は、皆さんにとっておきの料理のレシピをお教えします。安心して下さい。レシピ自体はとてもシンプルで、時間も、それほどかかりません。ただ一つだけ、材料の調達が、少々厄介かもしれませんけど――」

男はじっとカメラを見据えた後、クツクツと肩を震わせながら笑った。

意味は分からないが、どうやら男なりのジョークだったらしい。

「では、早速、始めて行きましょう」

男は一段、声を大きくして言うと、ステンレス製の業務用の冷蔵庫の前に移動して、その扉を開ける。

「今日は、とてもいいモノが入っているんですよ」

中から一キロほどの肉の塊を取りだし、無造作に作業台の上に置いた。

適度に脂身のついた、綺麗な肉だった。

「まず用意するのは、牛で言うところのサーロインの部位の肉です。――え？　牛じゃないのかって？」

男は耳に手を当てて、カメラの方に傾ける。

視聴者の声を聞いているかのような間を空けたあと、「残念――」と首を左右に振る。

「この肉は、牛のものではありません。さて、ここで問題です。これは、いったい何の肉でしょうか？」

そう言ったあと、男はチクタク、チクタク――と声で時を刻み始める。

「豚？　ブブー、不正解。鳥？　いやいや。こんなに大きな鳥はいないでしょう。いや、いるか？　でも、鳥じゃない。羊も外れです」

男は軽快な口調で言うと、再び時を刻み始める。

チクタク、チクタク——。

「さあ、答えられる人はいるかな？　ヒントは、とても身近な生き物の肉です。多分、皆さんは牛や豚よりも日常的に目にしていると思いますよ」

チクタク、チクタク——。

やがて、男は「ブブーッ」と声高らかに告げる。

「正解者は誰もいませんでしたね。本当は、教えたくないんだけど、視聴者諸君には、特別にこれが何の肉かを教えてあげよう。これは——」

男が言いかけたところで、画面が大きく揺れた後、ブラックアウトした。

3

「田村議員の捜査は、真壁君の担当でしたね」

そう切り出したのは、真壁の向かいに座る直属の上司の伊達浩太《こうた》だった。

狡猾で計算高く、決して本心を見せることがない。一部では、黒イタチなどと渾名されている。

噂では、以前、特殊犯罪捜査室を束ねていた大黒の同期で、ライバル関係にあったらしい。

登庁するなり伊達に呼び出され、こうして会議室で顔を合わせたのだが、いきなり田村の話題を出されるとは思ってもみなかった。

田村は、若手の国会議員で、先日、自宅で首を吊って死んでいるのが発見された。

「はい」

「進捗はどうですか？」

「田村の体内からは、睡眠薬が検出されています。彼が、かかりつけの医師から処方してもらったもので、苦しみを和らげるために服用したと思われます。遺書も残っており、その中に、彼が政治資金を不正に使用していたことが記載されているので、その辺りが自殺の動機だというのが、大方の見方です。ただ――」

「では、解決ですね」

伊達が、目を細めて笑った。

この状況だけみれば、そういう判断になるだろう。しかし、真壁には、どうしても気になることがあった。

「そうですが、一つ引っかかることがあります。それで……」

「解決ですね」

伊達が、再び同じ言葉を発した。

声量はさっきと同じなのだが、その声には、比較にならないほどの強い圧を感じた。

自然と真壁の掌に汗が滲む。

どう答えるべきか判断に迷ったものの、このまま自分の中にある疑問に、蓋をすべきではないと判断した。

「田村の前日の行動には、幾つか不審な点が……」

「解決ですね」

伊達は三度《みたび》言った。

真壁を見据える視線に鋭さが増す。敢えて口にするまでもなく、これ以上、余計なことを喋るなというメッセージが伝わってくる。

どうして、こうまでして早期決着をさせたいのか？　その裏には、田村の死に関連して、隠しておきたい何かがあるということだろう。

それは、伊達自身の意思なのか、或いは、もっと上からの指示なのか。

「私は……」

「これが最後です。解決ですね」

伊達の口調が変わった。

さらなる反論をすれば、真壁に処分を下すことは辞さない。そんな思惑が見え隠れする。

それでも——警察官として、自分の意思を押し通すべきなのだろう。だが、真壁には、それが出来なかった。

ここで伊達に逆らえば、職を失うことにもなり兼ねない。自分一人ならいい。だが、真壁には大学生の妹がいる。せめて、彼女が卒業するまでは、泥水を啜ってでも、組織にすがりつかなければならない。そう思い直した。

気付いたときには、真壁は「はい。この件は終わりです」と口にしていた。

「それは良かったです」

伊達が表情を緩めた。

自分より大きな存在に忖度《そんたく》し、考えを曲げ、臭いものに蓋をする。これでは、真壁が軽蔑した上司とまるで同じではないか。

己に対する嫌悪感が湧いたが、同時に自分という人間の限界を知った気がした。

――何が正義だ。

理想を掲げ、自分の道を貫くことが、いかに勇気の要ることなのかを、思い知らされた気分だ。あの男は――永瀬は、日々、こんな痺れるような苦痛の中で、闘っていたのかと思うと、腹の底で黒くぬめぬめとした感情が渦巻くのを感じた。きっと、これは嫉妬なのだろう。

「沼田《ぬまた》君」

伊達が声をかけると、会議室のドアが開き、沼田竜司《りゅうじ》が入室してきた。

沼田は、華奢な体格で、表情に乏しく、幽霊のように存在が希薄だ。狭い額の右側には、大きな傷跡がある。

彼は、キャリア組で、出世頭だったのだが、五年ほど前に交通事故を起こした。居眠り運転で対向車線に飛び出し、走って来た軽自動車と正面衝突した。額の傷は、そのときに負ったものだ。

事故の相手は、一時昏睡状態に陥ったものの、幸いにして一命を取り留めた。

だが、それ以来、沼田は出世コースから外れることになった。自暴自棄になったらしく、一時は反社会勢力と繋がりがあるとか、良からぬ噂が出回ったこともあった。それを、拾ったのが伊達だった。

沼田のような男の、何が気に入ったのかは分からないが、忠犬のように伊達に尽くしていると、もっぱらの評判だ。

沼田は伊達の横に立つと、彼に一冊のファイルを手渡した。

「先ほど、報告が上がってきました。人間のものと思われる、白骨死体が発見されたそうです。真壁君には、こちらの捜査に当たってもらいます」

伊達は、沼田から受け取ったファイルを、真壁に差し出しながら言った。

「承知致しました」

真壁は、伊達の指示に素直に応じた。

不思議な感覚だった。一度、屈してしまうと、急に心が楽になった。そして、抵抗感も抱かなくなる。沼田もまた、同じ心境なのかもしれない。

「それから、もう一つ――」

立ち上がろうとした真壁を、伊達が呼び止めた。

「何でしょう?」

「今回も、特殊犯罪捜査室が出しゃばってくることが、予想されます」

「はい」

それはそうだろう。特殊犯罪捜査室は、真壁がいる捜査一課とは違い、独立部隊のような部署だ。

独自の判断で捜査に関与することを許されている。

「彼らは、事件を混乱させる傾向があります。そうなると、迷惑する人たちが大勢います。彼らが捜査一課の邪魔をしないように、真壁君に、コントロールしてもらえると、非常に助かります」

要は特殊犯罪捜査室のメンバーを、監視しておけということなのだろう。

「可能な限り、注意しておきます」

真壁は、そう言うと一礼してから会議室を後にした。

かつて真壁が抱いていた理想は、今は欠片も残っていなかった。自分は、沼田と同じように、ただの犬に成り下がってしまった。

そのことを自覚すると、自然と真壁の頬が緩み、笑みが零れた——。

4

現場は、郊外の繁華街にあるゴミ集積所だった——。

ゴミ回収に来た作業員が、黒いビニール袋に入った不審なゴミを発見した。この地域は、条例で半透明のゴミ袋を使用することになっている。回収しないで放置しようとしたが、ゴミ袋を触ったとき、固い物が入っている感触があり、念の為に中身を確認したところ、頭蓋骨をふくむ、人骨と思しき物が入っていることが分かり、警察に通報した。

永瀬は、這いつくばるようにして作業を続ける鑑識官を見ながら、ポケットに入っていた五百円硬貨を取り出し、それを指先で弄ぶ。

気持ちが落ち着かないときの癖のようなものだ。

「永瀬さん。また、車の中に忘れていましたよ」

部下の玲香が、永瀬にスマートフォンを差し出してきた。

少しでも早く現場を確認したいと気持ちが逸るあまり、覆面車両の中に、スマートフォンを置きっ放しにしてしまったようだ。

このところ、集中力を欠いているせいか、同じようなことを繰り返し、都度、玲香に指摘される始末だ。

「すまない」

永瀬は、スマートフォンを受け取りながら答える。

「さっき鑑識から聞いたんですけど、被害者は男性のようです」

「そうか」

「やっぱり殺人事件でしょうか？」

「決めつけるのは早い」

永瀬は、ため息交じりに言った。

現状では、まだ死体遺棄だ。殺人に切り替えるかどうかは、死因の特定を待ってからになるだろう。

「そうですね。でも、なんでこんなところに、人骨を遺棄したのでしょうか？」

「分からん」

永瀬は首を左右に振った。

遺棄するなら、山奥に埋めるとか、海に沈めるとか、方法は幾らでもある。ゴミ捨て場に、ゴミとして遺棄した犯人の意図が分からない。

「永瀬さん。少し疲れているみたいですね。眠れていないんじゃないですか?」

玲香がちらりと永瀬に視線を向けながら言った。

「いや。そんなことはない」

否定の返事をしてみたが、図星だった。

このところ、永瀬は眠れない日々を過ごしている。前回の事件を引き摺っているのだ。

一応の解決はみたが、あの事件には、不審な点があまりに多過ぎる。その背後で、得体の知れないものが蠢《うごめ》いている。そんな予感がしてならない。

色々と思考を巡らせているうちに、時間ばかりが経過して、睡眠時間を削ることになってしまっている。

「嘘を吐くのが下手ですね。目の下に隈《くま》を作って言うことじゃありませんよ。阿久津事件の資料を持ち出してもいるようですし」

玲香の言葉に、永瀬は反論することができなかった。

玲香が、特殊犯罪捜査室に配属されたとき、少数精鋭のはずの部署に、人数合わせの人材を宛がわれたと思い落胆したものだ。だが、永瀬のその考えが、誤りであることは、すぐに分かった。

彼女は、単に優秀な刑事というだけでなく、傍らで永瀬を支え続けてくれた。

永瀬が、単独で好き勝手に動き回ることが出来るのも、玲香のフォローあってのことだ。

「もし、何か引っかかっていることがあるなら、私にも話して下さい」

玲香が続けてそう言った。

「別に、何もないさ。それより、今は目の前の事件に集中しろ」

永瀬は、自分に言い聞かせるように言う。

前回の事件で、引っかかることがあるのは事実だが、それに囚われていては、見るべきものを見失うことになる。

「そうですね。早期で解決する為にも、例の先生に相談するのも、ありだと思いますよ」

玲香が、何気ない調子で言った。

「例の先生?」

「元、特捜の魔女です」

その異名を出されて、天海のことだと気付いた。

「まだ、死体遺棄の段階だ。必要はない」

「会ってみたかったんですけど」

玲香が、不服そうな顔をする。

「どうしてだ?」

「個人的な興味です。永瀬さんの心を奪ったのが、どんな女性なのか、知りたいと思ったんです」

「彼女は、そういう対象ではない」

かつて、天海に好意を抱いていたのは事実だが、望みのない想いに、いつまでも振り回されるほど子どもではない。

「では、私にも可能性はあるということですね」

悪戯っぽく笑った玲香の顔は、いつもよりさらに幼く見えた。

「何の話だ？」

「何でもありません。また厄介な人が来ましたよ」

玲香は、すぐに笑みを引っ込め、永瀬に目配せをする。それに釣られて、視線を向けると、真壁がこちらに向かって、歩いて来るところだった。

「何か、新しい発見はありましたか？」

真壁は、笑みを浮かべながら声をかけてきたが、その目には、永瀬に対する敵意を感じる。

「いえ。今のところ何も——」

「そうですか」

「そちらは、どうなんですか？」

「情報が出れば、そちらにも流しますよ」

真壁の言葉を額面通りには受け取れない。現に、前回の事件のとき、真壁と五十嵐が関係者であったという事実が隠蔽されていた。

それだけではない。先日、若手議員が自宅で首吊り自殺をした事件があったが、その時も、特殊犯罪捜査室に情報が下りてこなかったばかりか、早々に自殺という結論での幕引きを図った。

何か大きな力が働いているのではないかと勘繰ってしまう。

そして、その中心にいるのは、目の前にいる真壁ではないか？　単なる勘に過ぎないが、永瀬はその疑念を拭うことが出来ずにいた。

「こんなことを言っても、信じてもらえないかもしれませんが、私は特殊犯罪捜査室には期待しているんです」

真壁の言葉は、到底、信じることが出来ない。

「ご冗談を」

「本気ですよ。永瀬さんは、勘違いをしているようですが」

真壁はそれだけ言うと、踵を返して歩き去った。

——勘違い？

それは、いったいどういうことだ？　何を勘違いしているというんだ？　考えてみたが、結論を導き出すことは出来なかった。

「相変わらず感じ悪いですね」

玲香のぼやきで、はっと我に返る。

今は、真壁の言葉の真意など、どうでもいい。

「彼には、彼の立場がある。警察内部で揉めていても、何も始まらない」

永瀬は自分に言い聞かせるように言うと、前を向いた。

5

銀行のＡＴＭで、通帳に記帳をしたのだが、残高は変わっていなかった——。

「くそっ」

新村《にいむら》は、思わず声に出す。

後ろに並んでいた中年の男性が、聞こえよがしに咳払いをしてきた。

早くどけ——と言いたいのだろう。苛立ちが増幅して、殴りたいという衝動に駆られたが、睨み付けるに留め、ＡＴＭの前から離れた。

銀行の外に出た新村は、スマートフォンを取り出し、登録してある番号に電話を入れる。しばらくのコール音の後、電話が繋がったのだが、すぐに留守番電話に切り替わってしまった。

そのまま切ろうとも思ったが、それでは状況が変わらない。

「新村です。約束の金が振り込まれていません。至急連絡を下さい。そうでないと、あのデータはマスコミに渡ることになりますよ」

そうメッセージを残して電話を切り、ため息を吐いた。

「くそっ」

もう一度、吐き出すように言ってから、新村は歩き始めた。

留守電には、データをマスコミに渡すと脅しを入れたものの、新村に本気でそれをやる気はない。

世間では勘違いされがちだが、週刊誌にスキャンダルを売ったからといって、莫大な謝礼が入ってくることはない。

新村も、一度は入手したデータを、週刊誌に売ることを考えたのだが、提示された謝礼は、小遣い程度のものだった。

週刊誌にスキャンダルを提供する連中の多くは、一攫千金を夢みているのではなく、嫉妬や復讐、あるいは正義感といった感情から行動しているらしい。

復讐したいという気持ちはある。

新村は、政治家になるという高い志を持ち、あの男――田村の秘書として働いていた。

田村は二世の政治家だ。親の地盤を受け継いだだけのボンボン議員の典型のような男だった。

目上の議員の太鼓を持ち、演説では根拠もなく耳触りのいいことを並べ立てる。

そうやって、自尊心を磨り潰したことで生まれるストレスを発散するかのように、秘書たちには理不尽に当たり散らす。

新村は、田村のかっこうのターゲットとなり、昼夜関係なく呼び出され、無理難題を押しつけられるのは当たり前。重箱の隅を突《つつ》くように、細かいミスを指摘され、理不尽に怒鳴り散らされたことも、一度や二度ではない。

それでも、新村は将来の為だと割り切り、何とか食らいついていた。

それなのに――だ。

あの男は、自らが働いた不正を、秘書の記入漏れとのたまい、全ての責任を新村に押しつけた挙げ句に解雇したのだ。

別の事務所に入ろうにも、不正をした秘書というレッテルは致命傷となり、今に至るも無職のままだ。

将来の目標も、完全に潰えてしまった。

あの男には、報いを受けてもらう必要がある。

新村は、そう考え、事務所に侵入して、あの男のパソコンの中から、犯罪の証拠となるデータを盗み出したのだ。

このデータをマスコミに流せば、あの男は失職するだけでなく、世間からの非難に晒されることになるだろう。

いや、騒ぎはその程度では済まない。

新村が持つデータは、与党の幹部たちが、新興の宗教団体から、莫大な献金を受け取っていたうえに、彼らに様々な便宜を図っていたという証拠の数々だ。

マネーロンダリングが常態化していた他、かつてそれを告発しようとした議員を、殺害したことを仄めかすメールデータまであるのだ。

政治資金規正法違反とか、そういう次元の問題ではない。新興宗教団体との癒着に殺人事件が加われば、彼らは次の選挙で政権を維持することは出来なくなるだろう。

もしかしたら、田村自身が消されることになるかもしれない。

想像しただけで笑いがこみ上げてくる。

だが——。

仮にそうやって復讐心を満たすことが出来たとしても、自分の生活が困窮していたのでは意味が無い。

あの男からは、むしり取らなければならない。これまで虐げられてきたのだから、新村には、そうする権利があるはずだ。

新村は、足を止めて親指の爪を噛んだ。

鬱屈した感情のせいで、思いがけず力が入り、親指から血が滲んだ。

傷口を舐めると、血の味が口の中に広がった。

再び歩き出そうとしたところで、スマートフォンが振動した。あの男から連絡がきたのかと思い、慌てて確認したが違った。

マッチングアプリからの通知だった。

6

「本当に久しぶりね」

喫茶店に入った天海志津香は、窓際の席に座っている英子《えいこ》に声をかけた。

大学時代の友人である英子から、「会って話したいことがある」と連絡がきたのは、昨日のことだった。

講義の時間を避ければ、比較的時間を自由に使えることもあり、すぐに予定を立て、こうして大学近くにある喫茶店で顔を合わせることになった。

「大学卒業以来だから、七年ぶりだね」

英子は、すぐに立ち上がり笑みを浮かべた。

涼やかな目元をしていて、クールビューティーな印象の英子だが、こうやって笑うと、途端にかわいらしくなる。

このギャップが、彼女の魅力の一つでもある。

「そっか。七年か……」

天海は、感慨とともに口にしながら、英子の向かいの席に座った。

この七年、色々とあったのだが、こうして昔の友だちと顔を合わせると、そういう色々が、全部無かったかのように、感覚が過去に戻ってしまう気がする。

英子とは、ゼミが一緒だったことと、選択している講義が似通っていたこともあり、自然と一緒にいるようになった。

天海は、それなりに周囲に合わせてはいたが、元々大人数ではしゃぐタイプではなかった。だから、同じように落ち着いた雰囲気の英子とはウマが合った。

卒業後は、お互いの時間が合わず、疎遠になってしまっていた。

「もう七年も経つんだね」

「何か、英子前より綺麗になった」

「そんなことないよ。何だか日々、仕事に追われているだけな気がする。天海はどう？　警察は大変なんじゃないの？」

英子の言葉が、天海の胸をチクリと刺す。

大学卒業以来ということもあって、英子は現在の天海の状況を知らないのだ。

「実は、警察は辞めたの」

「そうなんだ」

英子の声に落胆が滲んでいる。

「ちょっと、色々とあってね。今は、大学で臨時講師をやらせてもらってる」

「そっか……」

英子の声は、益々弱くなり、俯いてしまった。

「それで、今日はどうしたの？　何か困ったことでもあった？」

ここに来るまで、結婚の報告とか、そういう話だと思っていたのだが、今の英子の反応を見る限り、話の内容は楽しいものではなさそうだ。

英子は睫《まつげ》を伏せ、しばらく黙っていたが、やがて意を決したように語り出した。

「実は、相談したいことがあったの……」

「何？」

聞き返しながらも、声のトーンの深刻さからして、何らかの事件に関わるものだろうことは容易に想像できた。

だから、天海が警察を辞めたと聞いたときに、落胆の反応を見せたのだ。

「妹と連絡が取れなくなっているの」

「妹さんと？」

英子の妹は、学生時代に一度だけ顔を合わせたことがある。

天海が英子のアパートに行ったときに、東京観光を兼ねて遊びに来ていた英子の妹が部屋にいたのだ。

当時中学二年生だったはずなので、今は大学生くらいだろう。名前は、確か優希《ゆき》だった。

「うん。高校を卒業した後、東京の大学に進学したの。しばらくは、私と一緒に住んでいたんだ」

「そうなんだ」

「だけど、ちょっと前に妹と大喧嘩しちゃって……部屋を出て行っちゃったの」

「喧嘩って何が原因だったの？」

天海の記憶する限り、英子と優希は仲のいい姉妹だった。それに、英子は誰かと喧嘩するようなタイプではない。

「多分、私がいけないの。最近、妹がパパ活っぽいことをやっていたみたいで……それで、強く問い詰めちゃったから」

「パパ活……」

マッチングアプリなどを使って、生活に余裕のある年上の男性とデートをしたり、肉体関係を持ったりすることで、金銭的な援助を受けるというやつだ。

呼び方こそ違うが、いつの時代でも、そうしたことは起こる。

「私も言い過ぎたと思うけど、でも、そういうのって危ないじゃない。だから心配で」

「そうだね」

英子の気持ちは、痛いほど分かる。

天海も警察にいた頃、軽い気持ちでパパ活をした末に、犯罪に巻き込まれた子たちを嫌というほど見てきた。中には、命を落とすようなケースもある。

素性のはっきりしない男と、密室で会うのは、想像している以上に危険なことなのだ。

「妹が出て行った後、何度か電話したんだけど出てくれなくて。メッセージは、既読になるけど、全然返信がなくて……」

英子は、目に浮かんだ涙をハンカチで拭う。

「そうだったんだ……」

「昨日警察にも行ったんだけど、事情を話したら、事件性がないって言われちゃって……」

確かに、その状況なら警察は動かないだろう。

突如として、姿を消したならともかく、優希と連絡が取れなくなったのは、英子と喧嘩したという明確な理由がある。

残念ながら、自分の意思で連絡を絶っているという判断になる。大々的な捜査は行われないだろう。

だからこそ、英子は天海に相談を持ちかけてきたというわけだ。

警察官である天海なら、優希を見つける為に、何かしら行動を起こしてくれると考えたに違いない。

「妹さんとは、いつから連絡が取れなくなっているの？」

「三週間くらい前から……」

思った以上に、時間が経過している。

「どうして今になって？」

もし、心配しているのだとしたら、家を出てすぐに行動を起こしても良さそうなものだ。それが、三週間も期間を空けてから、捜そうと思った理由は何なのか？

「私も最初は、喧嘩の延長で家を飛び出しただけだって思ってたの。だけど、昨日、こんな物が家に届いて――」

英子が、バッグから白い封筒を取り出して、テーブルの上に置いた。

「見てもいい？」

天海が訊ねると、英子が頷く。

封筒を手に取って確認する。表面には、英子の名前と住所が書かれている。裏面には、〈優希〉という名前が書かれていたが、住所は記されていなかった。

中身を確認してみる。てっきり、手紙の類いだと思っていたのだが、中から出て来たのは、マイクロSDカードだった。

指で摘まんで観察してみる。特別な物ではない。市販されている、ごくありふれた物だ。

「これだけ？」

天海が訊ねると、英子は再び頷いた。

「急に、ただそれだけが送られてきたの。これが何なのか分からなくて、妹にメッセージを送ったの。既読は付いたけど、返信は無かった」

英子の説明を聞きながら、改めて封筒の方に目を向ける。二日前の消印が押されている。渋谷《しぶや》の郵便局のものだ。

「中身は確認した？」

天海が訊ねると、英子は困ったように眉を顰《ひそ》めた。

「一応、見てみたんだけど、空っぽだったの」

「空っぽ？」

「うん。データが開けなかったとかじゃなくて、フォルダーは空だったの」

空のマイクロSDを、どうして送ってきたのか？　考えるほどに、その理由が見えなくなって行く気がした。

「分かった。私に協力出来ることがあれば、何でもする」

天海は、考えるより先にそう言っていた。

「え？」

英子が驚いたように顔を上げた。

「警察は辞めたけど、伝《つて》を当たることは出来るし、経験を活かして、私なりに捜すことも出来ると思うから。ただ、やれることは限られているから、あまり期待しないでね」

「ありがとう……」

英子がすがるような視線を向けてきた。

単に連絡が取れなくなっているだけならいいが、いきなり空のマイクロＳＤカードが送られてきたというのは引っかかる。

「きっと大丈夫よ」

天海は、英子を慰めながらも、嫌な胸騒ぎを覚えていた。

7

「わざわざ、足を運ばなくても、結果が知りたいならメールで送るぞ」

永瀬が玲香と一緒に病院の執務室に顔を出すと、デスクに座っていた佐野が、迷惑そうに表情を歪めた。

以前まで、佐野はそんなことは言わなかった。

前回の事件の際、玲香と阿久津事件に対する見解の相違から、険悪な空気になってしまった。

そのことを引き摺っているのだろう。

正義感の強い玲香からしてみれば、阿久津の存在は忌むべきものだろう。だが、彼には別の側面もある。佐野は、それを知っているからこそ阿久津を支持する。

どちらが正しいということではない。双方の立場が違い、信じるものが異なるというだけだ。

――おれは、どっちだ？

永瀬の頭にそんな疑問が浮かんだ。

玲香や佐野のように、白黒つけることが出来ず、中間を行ったり来たりしている自分の意思の弱さに嫌気が差す。

いや、今はそんなことを考えても始まらない。

「そう邪険にしないで下さい」

永瀬は、取り繕うように笑ってみせた。

「別に邪険にしてるわけじゃない。効率の話をしているんだ」

「それは分かりますが、効率だけで判断するなと、大黒さんからきつく指導を受けたものですから」

もちろん嘘だ。

永瀬は、前任の特殊犯罪捜査室の室長であった大黒からは、何一つ指導を受けたことはない。

それでも大黒の名前を出したのは、そうすれば佐野が態度を軟化させるという目算があったからだ。

佐野は、阿久津だけでなく、大黒のことも崇拝している。

「例の白骨死体の件だな」

佐野は、軽く舌打ちをしながらも、説明を始める。

「骨の形状からして、男性のものであることは確実だ。年齢は、多分、四十代くらいだろう」

永瀬は、佐野の近くにある椅子に座り、相槌を打ちながらメモを取る。玲香にも座るように促したが、彼女は立ったまま動かなかった。子どもじみた態度だが、まあ仕方ない。

「死因は判明しているんですか？」

「この状態では、はっきりしたことは分からん。ただ、頭蓋骨に大きな陥没がある」

「強い衝撃があったということですね」

「生きているときか、骨になってからなのかは、判断できんがな」

「身許についての手掛かりは？」

「ない。幸い、頭蓋骨が残っているので、歯の治療痕から辿れば、何か出るかもしれん」

「しかし、白骨化しているのですから、死亡したのは、かなり前ですよね。データが残っていればいいのですが……」

「そうとも言い切れない。この死体は、自然に白骨化したものではない」

「違うのですか？」

「骨の状態からして、かなり新しいものだ。骨には肉片も付着していて、その状態を見る限り、骨から肉を削ぎ落としたんだろうな」

「削ぎ落とす……」

その光景を想像し、永瀬は吐き気をもよおした。

玲香も、思わずといった感じで口に手を当てて顔を背ける。

「吐くなら、部屋の外にしてくれ」

佐野が挑発的に言うと、玲香は「平気です」と答え、表情を引き締めた。

無理しているので、顔色が優れない。だが、妙な気遣いをすれば逆効果だ。玲香は自分の能力を軽んじられていると判断するだろう。

「削ぎ落としたというのは、どういうことですか？」

永瀬は、気を取り直してから訊ねる。

「文字通り、何らかの器具を使って、骨から肉を削いだんだ。骨に、複数の傷が付いていることからも間違いない」

「どうして、そんなことを……」

「それに答える前に、この写真を見てくれ」

佐野が、Ａ４サイズの写真を永瀬に渡してきた。骨を拡大した写真だった。

「これは？」

「上腕骨の継ぎ目を拡大した写真だ。ちょうどこの部分だな。妙なことに気付かんか？」

佐野は、自分の左腕の上腕をぽんぽんと叩きながら訊ねてきた。

――妙なこと？

永瀬は、写真をじっと観察するが、よく分からなかった。玲香に目を向けるが、彼女も分からないらしく、首を左右に振った。

「分かりません」

永瀬が答えると、佐野は赤いペンを取り出し、骨の一部を丸印で囲った。

囲われた部分を注視すると、そこには点々と小さな傷が確認出来た。その傷は半円を描いているように見える。

「これも、肉を削ぎ落とすときに付いた傷ですか」

「多分、これは歯形だ」

「歯形？」

「そうだ。形状からして、人間の歯形だ」

その言葉の意味することに戦慄した。

胃酸が逆流して、食道を焼いていくような痛みを覚えた。

「つまり、誰かがこの骨を嚙んだということですか？」

聞き返しながらも、永瀬は声が震えた。

「そうだ」

「何の為に？」

「言わんでも、分かるだろ」

「カニバリズム……」

玲香が、真っ青な顔で呟いた。

カニバリズムとは、人間が人間を食べる行為や、そうした習慣を持つことを意味する。

語源は、スペイン語のCanibales（カリブ海）に由来する。当時、その地域の人々は、人を食べる習慣があると言われていた。もちろんデマだが、そこから人間を食べる人のことを、カニバルと呼ぶようになった。

かつては、実際にそういう習慣のある部族もいたとされている。難破した船の船長が、飢餓で乗組員を食料として食べたという話も聞いたことがある。だが、それらは、全て遠い昔の異国での話だ。

「現代社会において、カニバリズムだなんて……」

人肉を食べることで罹患する、クールー病の存在が知られるようになってから、人肉を食すという禁忌を犯す者は、ほとんどいないはずだ。

永瀬が、信じられない思いで口にすると、佐野が呆れたように鼻を鳴らして笑った。

「何を言っている。人が人を喰ったという事件は、これまで幾度となく起きているだろうが。一九八一年のパリの人肉事件もそうだし、東京と埼玉で起きた連続幼女誘拐事件でも、犯人が人肉を喰ったと証言している」

「………」

「今回の事件において、人肉を喰ったかどうかは、定かではないが、少なくとも骨を嚙んだのは間違いない」

「犯人は食べる為に、被害者を殺害した――ということですか?」

永瀬は、再び喉元まで這い上がってきた酸っぱい液体を無理に吞み込んだが、それで不快感が消えることはなかった。

「そこまでは分からん。殺して処理に困って、喰おうとしたのかもしれない。ただ、ゴミ捨て場に遺棄してあった理由も、カニバリズムであると考えれば、筋が通ると思わんか？」

佐野が暗い目で問いかけてきた。

犯人にとって、骨は食材の廃棄部分だったというわけだ。だから、ゴミ捨て場に遺棄したと考えれば、筋が通るような気がする。

「専門家に、意見を伺う必要があるかもしれませんね」

玲香が涙目になりながら、静かに言った。

8

ブラックアウトした画面に、再び男の顔が映し出された——。

男は、カメラ位置を調整した後に、改めてキッチンの前に立つと、指で鼻を擦り、咳払いをしてから話を再開する。

「失礼。ちょっと機材トラブルがありました。話を再開しましょう。えっと、何の話だったかな……。そうそう、何の肉かってことだったね」

男は、まるで今思い出したかのように、ポンッと手を打ってから続ける。

「分かった視聴者の方はいるかな？」

男は、手を擦り合わせながらじっとカメラを見つめる。

蛍光灯のせいか、男の顔色がどんどん青ざめていくように感じる。

時間にして十秒ほど置いたところで、男は「では、正解を発表しましょう！」と声高らかに宣言すると、冷蔵庫の前まで移動した。

「どぅるるるるる……」

男は、ドラムロールを真似ながら、肉の塊を取り出したのとは別の冷蔵庫の扉に手をかけると、

「じゃじゃーん」という声とともに、一気にそれを開けた。

薄い照明に照らされる冷蔵庫の中には、人間の生首が置かれていた。

四十代と思しき中年の男性のものだった。

それだけではない。切断された腕や足までもが、冷蔵庫の中の棚に並べられている。

まるで、熟成させているかのように――。

「そうです。これは、人間の肉です！」

男は、冷蔵庫の中に入っている生首の頭を、ポンポンッと無造作に叩いた。

「この男が誰かって？　わざわざ話すほど、大した男じゃありませんよ。自分勝手で、弱者を見つけては喚き散らす――そういう類いの男です。生きていても、害にしかならない。粗大ゴミのような男です。でも、食材になってしまえば、生きているときの人格なんて関係ありません。ただの肉なのですから。まあ、こうして、食材になることが出来たのですから、世の中のためにはなりましたね」

男は、そう言いながら冷蔵庫の扉を勢いよく閉めた後、覗き込むようにカメラに顔を近付けてきた。

「皆さんの近くにも、害悪になる人っているでしょ。品位の欠片もない、クソみたいな連中です。そんなつまらない人間関係に頭を悩ませるのは時間の無駄だと思いませんか？　解決方法は簡単

です。そういう連中は、殺して食材にしてしまえばいいんです」

男は、大口を開けて笑った。

しばらく、笑い続けていたが、不意に男の顔から表情が消えた。

「但し、皆さんが人肉を入手する場合、少しだけ注意点があります」

男は声のトーンを変えて、人差し指を立てる。

「それは、殺害する方法ですね。殺す前に恐怖を与えてしまうと、ストレスで肉が固くなってしまいます」

男は、唇を舐めて濡らし、置いてあった包丁を手にしてから話を続ける。

「ストレスを与えず殺すには、頭部に一撃を入れて、失神させた上で、心臓を刺して失血死させるのが一番効率がいいです。まぁこれは余談でしたね。すみません。というわけで、料理の方に入って行きたいと思います」

男は、そう言うとキッチンカウンターの上に載った肉の塊と向き合った。

9

天海は、小さくため息を吐き、椅子の背もたれに身体を預ける。

テレビからは、繁華街で白骨死体が発見されたという、凄惨なニュースが流れていた。

出来れば、この手の事件からは距離を置きたい。そう思っているなら、テレビを消せばいいのに、なぜかそれが出来ない。

大黒からも指摘されたが、自分は警察に戻りたがっているのだろうか？

「そんなはずはない」

天海は、そう呟くと、デスクに置いたマグカップを手に取り、紅茶を口に含む。冷め切った紅茶は、酷く苦く感じた。

マグカップをデスクに戻したところで、にゃーっと鳴きながら、猫のマコトが足にすり寄ってきた。

「どうしたの？」

天海が声をかけると、マコトはぴょんと膝の上に乗り丸くなった。

額を撫でてやると、マコトは目を細くして、ごろごろと喉を鳴らし始める。

そうしながら、天海は思考を巡らせる。マイクロＳＤカードの中身を確認してみたが、英子が言っていたように、データは何も入っていなかった。

英子の妹は、どうして空っぽのマイクロＳＤカードを送ってきたのか？　そこには、必ず何かしらの意味があるはずだ。

データではなく、マイクロＳＤカード自体に、何かしらの仕掛けが施してあるという推測を立ててみたが、すぐに却下した。物理的な仕掛けを施すには、あまりに小さすぎる。再び、ため息を吐いたところで、ふと思いついた。

英子の妹は、マイクロＳＤカードの中に、データを入れたが、敢えてそれを削除した上で、封筒に入れて送ったのではないか？

削除されたデータを復元することが出来れば、英子の妹の行方を摑む手掛かりになるかもしれない。

確か、削除したデータを復元させる方法があったはずだ。

天海が、マコトの額を撫でるのを止めると、抗議するように顔を上げた。「ごめんね」と詫びてから、ネットで検索を始める。

すぐに、その手順がヒットした。

ネットで書かれている通りの作業をやってみると、ファイルが一つ復活した。

これは大きな収穫だ。

だが、データを開こうとしたところで、パスワードを要求されて手詰まりになってしまった。

思案していた天海だったが、ふと大学時代の友人である、浜野《はまの》のことを思い出した。

すぐに他人を見下す悪癖はあるが、パソコンなどに滅法強かった。卒業後は、ゲーム会社に入社して、セキュリティーを担当していたはずだ。

彼なら、ロックを解除する方法を知っているかもしれない。スマートフォンで、浜野に問い合わせのメッセージを送った。

再びマグカップを手に取ろうとしたところで、湯気が立ち上る新しいカップが目の前に差し出された。

顔を向けると、天海の傍らに阿久津が立っていた。

天海の紅茶が冷めていることに気付き、新しいものを用意してくれたようだ。

阿久津の穏やかな笑みには、悪魔と呼ばれた片鱗はない。環境さえ変われば、彼は悪魔ではなく、人として生きていけるのだ——ということを、この一年で痛感した。

このまま、二人でひっそりと暮らし、年老いていく姿を想像するだけで、心が満たされる。

「ありがとう」

礼を言いながら、マグカップを受け取った。

一瞬、お互いの指先が触れあう。

阿久津は、手で触れることで、そこに宿る記憶を追体験するという、特殊な体質を持っている。

二人で暮らし始めた頃の阿久津は、知られたくないこともあるだろうと、常に革の手袋をして生活していたが、今では外している。

天海が止めさせたのだ。

どんなに注意しても、一緒に生活していれば、触れてしまうことはある。無理に避けようとすることで、軋轢《あつれき》が生まれてしまう。むしろ、天海は阿久津が自分の全てを理解してくれているという安心感を抱いている。

当然、それを嫌がる人も多いだろう。人間は、秘密を持つ生き物だから。でも、天海はそうは感じていない。

阿久津になら、自分の何を知られても構わないと思っている。

ただ、天海の方は、阿久津のことを完全に理解することが出来ない。それが、もどかしい。

きっと、天海のそんな考えも、阿久津は分かっているのだろう。

マグカップの温かい紅茶を口に含む。

深みのある味が舌に広がり、芳醇な香りが鼻に抜ける。気が抜けて、思わず肩を落として息を漏らした。

「少し疲れているみたいだ。休んだ方がいい」

阿久津が言った。

彼の声は、天海の耳に心地よく響く。

「そうしたいんだけど、そうもいかないの」

「大学の仕事では無さそうだね。何かのトラブル？」

阿久津は、そう訊ねてきた。

本当は触れたときに記憶を感知して、分かっているのだろうが、相手が言葉にしないことは、知らないこととして振る舞うのは、阿久津なりの優しさなのだろう。

だから、天海も言葉で大学の友人である英子の妹の優希と、現在連絡が取れなくなっていることと、突如としてマイクロSDカードだけが送られてきたことを伝えた。

話を終えると、阿久津はすっと天海の前に手を差し出した。

「そのマイクロSDカードを」

阿久津が目を細めながら言う。

「でも……」

「私なら、友人の妹さんを見つけることが出来るかもしれない」

確かにその通りだ。

記憶を感知する阿久津の能力であれば、マイクロSDカードに触れることで、優希の記憶の断片を垣間見ることが出来る。

それは、優希の消息を掴む上で、この上なく有力な情報になり得る。

だが、渡す気にはなれなかった。もし優希が、単なる失踪ではなく、何かしらの事件に巻き込まれていたとしたら?

阿久津が触れることで感知する記憶は、その対象者が感じた五感全てで、その中には痛覚も含まれている。死者に触れた場合は、その時に感じた痛みや恐怖をも、味わうことになる。

優希に、万が一の事態が起きていた場合、感覚の中で、阿久津を殺すことになるのだ。

「大丈夫です。何かあったとしても、慣れていますから」

そう言った阿久津の言葉は、痛々しかった。

痛みや恐怖に慣れるはずなどない。それが証拠に、うなされている阿久津を毎晩のように見ている。

眠りながらも、大量の汗をかき、唸り、苦しんでいる。

起きているときは、平然としているが、天海には、それが単なるふりである気がしてならない。

阿久津の中に蓄積された、死の記憶は、少しずつ彼を蝕んでいる。

それは、やがて大きな病巣となり、阿久津自身を人でない何かに変えてしまう。そんな気がしてならなかった。

だから、少しでも彼を、そうした穢れから遠ざけておきたい。

「心配しないで。私が何とかするから」

「そうやって、全てを自分一人で抱え込むのは、悪い癖ですよ」

「それは、あなたもでしょ」

「そうかもしれませんね」

阿久津が、優しい笑みを浮かべた。

――ああ。ダメだ。

この人の言葉には、逆らえない。たとえ、それが、彼自身を傷つけることであったとしても、その望みを叶えてやりたい。

そんな風に思ってしまう自分は、歪んでいるのだろうか？

阿久津は、天海からマイクロＳＤカードを奪うように取り上げると、それを指で摘まんだまま、そっと目を閉じた。

彼の瞼が、僅かに痙攣している。阿久津は、頭の中で何かを見て、そして感じている。

しばらくして、阿久津が目を開く。

「彼女は、高級ホテルのバーに出入りしていたようです――」

阿久津は静かにそう告げた。

10

新村は、都内にある老舗高級ホテルの中にある、バー〈moaie winsk〉に足を運んだ――。

秘書をしていた時に、このホテルを何度か訪れたことがあり、最上階にバーが入っていることは知っていたが、実際に足を運んだのは初めてだ。

間接照明に彩られたシックな空間で、窓から望む煌びやかな眺望は、美しいのひと言に尽きる。ぱっと見回した感じ、客の年齢層も高く、落ち着いた雰囲気がある。

新村が入り口に立つと、「いらっしゃいませ」とウェイターが声をかけてきた。

モダンな制服を着ているが、酷く痩せていて、声に張りがなく、ぼそぼそとした口調のせいか、何処となく見窄《みすぼ》らしい印象がある。

店内の雰囲気がいいだけに、不釣り合いに感じる。

「予約した新村です」

名前を告げると、「お待ちしていました」と首だけを動かして頭を下げた。接客態度は不満だったが、敢えて口にすることはなかった。

ウェイターの案内で、カウンター席のスツールに腰掛ける。

ウェイターが立ち去ったところで、酒棚の前に立ったバーテンダーが「何にしましょう?」と穏やかな笑みを浮かべながら声をかけてきたが、「連れが来てからで」と断った。

友人と待ち合わせているのであれば、先に一杯やっているところだが、これからここに来るのは、マッチングアプリで知り合ったユキだ。

マッチしたのは数日前だが、それ以来、連日メッセージのやり取りを続け、こうして会う機会を設けることが出来た。

これまでも、マッチした相手と会うことはあったが、ぺちゃくちゃと自分のことばかりを喋る、ろくでもない女たちばかりだった。

スペックだけで新村を判断しているのが、メッセージから透けて見えていた。

それが証拠に、秘書の肩書きを持っていた時には、嫌というほどメッセージが来ていたのに、ステータスを休職中に変えた瞬間、誰も新村と会おうとはしなくなった。

心底、嫌気が差し、退会しようかと思っていたときにマッチしたのがユキだった。彼女が、新村の人間性に興味を持ってくれていることは、メッセージから伝わってきた。

年齢は新村より二十歳下だが、年齢差などどうでもよくなるほど、彼女とのやり取りは楽しかった。

会うのは、今日が初めてなのに、新村は既に彼女に恋をしていた。

ただ、それは新村の一方的な感情ではないはずだ。ユキもまた、新村に対して特別な感情を抱いてくれているのが分かる。

スマートフォンを取り出し、マッチングアプリにアップされた、ユキの写真を改めて見つめる。はにかんだように笑う彼女の顔を見ているだけで、ついついこちらも表情が緩んでしまう。

田村の件で、ささくれ立っていた気持ちが、少しだけだが落ち着きを取り戻していく。

と、そのとき、ガシャンッと何かが倒れる音とともに、新村の背中に濡れているような冷たい感触が広がった。

振り返ると、床にグラスが散らばっていて、さっきのウェイターが四つん這いになっていた。どうやら何かに躓《つまず》き、運んでいたグラスを落としてしまったらしい。ウェイターは、慌てて割れたグラスを拾い上げている。

「ちょっと」

新村が声をかけると、ウェイターは手を止めて顔を上げた。

「はい?」

「おれのジャケットが、濡れているんだけど」

新村は、ジャケットを脱ぎながらウェイターに声をかけた。

濡れているのは、ジャケットだけではなかった。下に着ていた白シャツにも、染みが出来ている。

「大変失礼しました」

ウェイターは、ボソッと言っただけで、再び床の掃除を再開した。

その言動に、新村の怒りは一気に沸点を超えた。

「床を拭くより、先にやることがあるだろう」

新村は声を荒らげる。

だが、ウェイターは、何のことだか分からないらしく、きょとんとした顔で「はあ……」と気の抜けた返事をする。

「だから、お前のせいで、おれの服が濡れたんだよ！　いったい、どう責任を取るつもりだ！」

新村がそう言うと、ようやく事態を察したらしく、ウェイターは布巾でジャケットを拭こうとする。

「何考えてんだ！　それは、床を拭いたものだろ！」

「え？　そうですけど……」

「そうですけど──じゃないだろ！　お前は、床を拭いて汚れた布巾で、おれのジャケットを拭くのか？」

「申し訳ありません」

ウェイターの謝罪からは、誠意がまるで感じられなかった。

騒ぎになったことで、店内の客たちの視線が新村に集中した。注目を集めている。そのことで、新村は引っ込みがつかなくなった。

「謝って済む問題じゃないだろ。これから、人と会うというのに、このジャケット、どうしてくれるんだ？」

「申し訳ありません」

「だから！　謝っても、問題は解決しない！　現状をどう解決するかの方が、重要なんだよ！　おれは、その解決方法を提示しろと言っているんだ！」

新村の言葉を聞いた、他の客たちがひそひそと何事かを囁き合う。

新村の放つ言葉の正しさに、感心しているに違いない。新村は、間違ったことを言っていないのだから。

周囲の人々が、新村のことを後押ししてくれているような気さえした。

「お客様。大変申し訳ございませんでした。仰ることは、ごもっともでございます」

さっきまで、カウンター内で酒を作っていたバーテンダーが、いつの間にか新村の前に立っていた。

「だから、謝罪は意味がないんだよ」

「仰る通りでございます。当ホテル内には、クリーニング施設がございます。そちらで、早急にクリーニングをさせて頂きます。その間、大変、ご不便をおかけすることになりますが、代わりの衣装をご用意させて頂きます。それとは別に、改めて謝罪をさせて頂きたいと思います」

「最初から、そう言えばいいじゃないか」

「ご指摘頂き、誠にありがとうございます――」

バーテンダーは、そう言うと腰を折って頭を下げた。

新村も怒りを収めようとしたのだが、ふとさっきのウェイターが視界に入った。彼は、口を尖らせ、ぎょろっとした目でこちらを睨んでいた。

――どうして、おれが睨まれる？

自分のミスで、客にドリンクをぶちまけておいて、その態度は何だ⁉ 鎮まりかけていた怒りが再燃した新村だったが、それを爆発させることはなかった。

ユキが店に入ってきたのが見えたからだ。彼女は、新村の姿を認めると、慌てて駆け寄って来た。

「どうかしたんですか？」

ユキが、心配そうに新村の顔を覗き込む。

その顔は、写真で見るよりも、はるかに綺麗だった。白い肌も、真っ直ぐに通った鼻筋も、写真以上だった。何よりつぶらで愛くるしい瞳は、見ているだけで顔が火照《ほて》ってくる。

同時に、この状況が急に恥ずかしくなってきた。

せっかく、こうしてユキに会えたというのに、大人げなく怒鳴り散らしたのでは、幻滅されてしまう。

「いや。何でもないんだ。ちょっとした事故で、ジャケットにドリンクがかかってしまってね」

新村が軽い口調で言うと、ユキは「大丈夫ですか？ 怪我は？」と心配そうに声をかけてくれた。

真っ先に、新村の身体の心配をしてくれる。こういうところが、ユキが他の女と違うところだ。

「いや。大したことないよ。ジャケットが濡れてしまっているけど、許してくれるかな?」

「濡れている新村さんも、かっこいいですよ」

「上手いな」

「でも、風邪を引いたらいけないので、ちゃんと乾かした方がいいと思います」

「そうだね」

新村は、笑顔で応じながら、今日が素晴らしい夜になることを予感していた。

11

永瀬が玲香と向かったのは、神泉学院大学にある天海の部屋だった——。

玲香の提案もあり、天海に意見を聞こうとアポイントメントを取り、この場所を指定された。

ノックをすると、すぐに「どうぞ」と天海の声が返ってきた。

ドアを開けて中に入ると、こちらを向く形で置かれたデスクに向かっていた天海が顔を上げた。

「すみません。狭いところで」

そう言いながら天海が立ち上がり、こちらに歩み寄ってきた。

確かに広くはないが、彼女の人格を表すかのように、整理整頓されていて、落ち着きのある空間だった。

「いえ。お気になさらず。彼女は、私の部下で四宮です」

永瀬は、まず玲香を天海に紹介する。

「四宮玲香警部補です」

玲香は、警察手帳を提示しつつ名乗り、「お噂は兼々《かねがね》」と付け加えた。

「特捜の魔女のこと？」

天海は、笑みを浮かべつつ軽い調子で言った。

「あ、いえ」

「いいのよ。警察内で私にまつわる噂といったら、それしかないから」

「あれは、天海さんに対する僻《ひが》みです。私は、永瀬さんから、天海さんがいかに優秀な人材であるかを聞かされています」

玲香が天海に向けた真っ直ぐな視線から、それが取り繕ったものではなく、偽りのない言葉だと分かる。

「過大評価ですよ」

天海は、はにかんだように顔を伏せた。

「いえ。私は、そうは思いません。こうして、お会いして、永瀬さんの評価が間違いでないことを痛感しました。それに、天海さんは、とても魅力的な方です。永瀬さんが心奪われる理由も分かります」

「何を言っているんだ」

永瀬は、慌てて玲香の言葉を遮った。

玲香は、永瀬が天海に特別な感情を抱いていると思い込んでいる節があったが、まさかこの夕イミングで本人に告げるとは、思ってもみなかった。

「四宮さんは、とても真っ直ぐな方ですね。とにかく、座って下さい」

妙な空気になりかけたのだが、天海が上手く取り繕ってくれた。

永瀬は、指示された通りに、デスクの前にある四人がけのテーブルに玲香と並んで座った。

天海は、その向かいに腰掛ける形になった。

「ちょっとバタバタしてしまって、わざわざご足労頂いてしまい、申し訳ありません」

アポイントを取るにあたって、天海の講義と私用の都合で、当初予定していた日時からずらすことになったことを、詫びているようだ。

「いえ。無理を言ったのは、こちらですから。お忙しそうですね」

「大学時代の友人との、個人的な用件もあったもので……。それで、今回はどうされたのですか？」

「実は、また天海さんのお力をお借りしたいと思いまして」

「私が手助けできるようなことは、ありませんよ」

「そんなことありません。先日の事件のときの天海さんの分析は、実に的確でした」

「そうでもありません。事実は、想像していたよりも、はるかに複雑なものでしたから……」

確かに、あの事件の真相が複雑なものであったことは事実だ。それでも、犯人の一人に対する分析結果は、怖ろしいほどに正確だった。

まるで、その人物が事件に関与していることを、知っていたかのように——。

「いえ。天海さんの分析が、事件解決の一助になったことは、間違いありません。実は、現在発生している、ある事件についてご意見を伺いたいと思ったんです」

永瀬は、断りの口実を切り出される前に、強引に話を進める。

「どんな事件ですか？」

「はい。先日、繁華街のゴミ集積所で、男性のものと思われる、白骨化した遺体が発見されました」

「ニュースで見ました。白骨化しているということは、かなり古いものということですか？」

天海は、気乗りしない口調ではあるが質問してきた。

どんなに拒絶しても、彼女の中にはまだ警察官としての意識がある。それを実感しつつ話を続ける。

「最初は、そう思っていたのですが、佐野さんの鑑定の結果、自然に白骨化したものではなく、肉を削ぎ取られた痕跡があるそうです」

「…………」

「それだけでなく、骨に人間のものと思われる噛み痕も……」

永瀬の説明に反応して、天海は大きく目を見開いた。

「カニバリズム」

「その可能性が極めて高いそうです」

「そうですか……」

「もし、犯人の目的が、殺して食べることだとすると、次の犯行が起こる可能性も高いです。そこで、捜査に協力して頂けないかと」

永瀬は、身を乗り出すようにして言ったが、天海は俯いて沈黙してしまった。

「天海さんにご協力頂ければ、犯人の早期逮捕に繋がるかもしれません」

黙っている天海に焦れたのか、玲香が口を挟む。

「残念ですが、今回のケースは協力が難しいと思います」

長い沈黙の後、天海が言った。

彼女からは、言葉以上に強い拒絶の意思を感じる。

「なぜですか？」

「単純に、カニバリズムの犯罪の研究実績が無いからです。あまりに特殊な犯行なので、私の持っている知識では、手に負えないといったところです」

天海にしては、歯切れが悪い。

実績が無いから、協力出来ないという理由も、何だか言い訳がましい。

「特殊な犯罪であることは間違いありませんが、殺人ということに変わりはありません。資料から見えてくる犯人像も、あるのではないでしょうか？」

「確かにそうかもしれませんが、セオリーに当て嵌めることが難しいです。正確な分析にならないと思います」

「それで、構いません。これ以上、新たな被害者を出すわけにはいかないんです」

永瀬が強い口調で主張すると、天海は小さくため息を吐いた。

「分かりました。何処まで出来るか分かりませんが、あくまで参考程度ということで良ければ」

渋々ではあるが、天海が承諾の返事をしてくれた。

「ありがとうございます」

「それと、私からも一つ、お願いがあるのですが、それを聞いて下さいますか？」

「私で役に立てることであれば」

「実は――」

天海が出した条件とは――彼女の友人の妹である優希という女性が、現在、連絡が取れなくなっているのだという。警察は、事件性は無いと判断していることから、これといった動きを見せていない。何とか、特異行方不明者として、捜査を進められないか――というものだった。

管轄は違うが、伝を使って捜査を進めるように働きかけることは出来るはずだ。

「分かりました。色々と当たってみます」

「ありがとうございます」

「これが、資料になります」

永瀬は資料を取り出し天海に手渡す。

「後で目を通しておきます」

「こちらも、進展があったらご連絡します」

永瀬は、そう言って立ち上がった。

玲香が先に部屋を出て行く。永瀬も、それに続こうとしたところで、天海に声をかけられた。

天海は、「余計なお世話ですけど」と前置きした後、「彼女の気持ちに、気付かないふりをするのは、可哀想ですよ」と言った。

その言葉が何を意味するのか、永瀬には理解出来なかった。いや、そうではない。天海が指摘した通り、永瀬は、玲香が好意を寄せてくれていることに気付いていながら、知らないふりを続けている。

公私混同すべきではないと考えている部分はある。だが、だとしたら、余計にはっきりとさせ、仕事に邁進すべきなのに、ただ先延ばしにしている。

何れにしても、どう返答していいのか分からず、永瀬は苦笑いを浮かべて部屋を出た。

「綺麗な人でしたね」

廊下に出るなり、玲香が目を細めた。

「何がだ?」

永瀬は、歩みを進めながら応じる。

「特捜の魔女です」

「その呼び名は止めろ。今の彼女は警察官じゃない」

「そうでしょうか? 私には、彼女は警察に戻りたがっているように見えましたけど……」

「いや。その気はないはずだ」

天海は、ようやく平穏を手に入れたのだ。彼との思い出を抱きながら、静かに暮らしていくべきだ。

——なら、どうして事件を持ち込む?

耳の裏で声がした。

慌てて振り返ったが、作業服を着た清掃員がモップをかけているのが見えただけで、他には誰もいなかった。

おそらく、今のは永瀬の心の声なのだろう。

天海に平穏な日々を――と思いながら、事件を持ち込む心の矛盾が生み出した幻聴だ。

「どうかしたんですか?」

玲香に訊ねられ、「何でもない」と応じると、永瀬は再び歩き出した。

「そういえば、最後に、何の話をしていたんですか?」

建物を出たところで玲香が訊ねてきた。

――彼女の気持ちに、気付かないふりをするのは、可哀想ですよ。

天海の言葉が、頭の中でリフレインされる。

「四宮が優秀な人材だという話をしていたんだ」

永瀬が誤魔化すように言うと、玲香は口を押さえて笑った。

「永瀬さん。本当に嘘が下手です。浮気とか、気を付けた方がいいですよ」

楽しそうに言う玲香の顔を、直視できなかった。

多分、永瀬が玲香の気持ちに気付かないふりを続けるのは、自分の彼女に対する想いが、曖昧だからなのだろう。

――まるで、思春期だな。

永瀬は、自分の中にある子どもじみた感情を自嘲しつつ、それを振り払うように歩調を速めた。

12

「狭くて散らかっているけど――」

新村は、そう言いながらユキを部屋の中に招き入れた。

狭いのは事実であるが、部屋はきっちり掃除してある。こういうこともあるかもしれないと、昨日のうちに部屋は綺麗に掃除しておいたが、正解だった。

本当は、お洒落な家具や小物で彩りたかったところだが、時間が無くてそこまで手が回らなかった。

「凄い綺麗にしてあるじゃないですか」

「そう？」

「はい。私、男の人の部屋に入るのは初めてですけど、もっとこう散らかっているのかと思っていました」

ユキは、そう言って笑みを浮かべた。

頰がほんのり染まっているのは、アルコールのせいなのか、それとも、感情の揺れ動きからくるものなのか。できれば後者であって欲しい。

バーでの時間は、本当に楽しいものだった。

ユキと会う前にトラブルはあったものの、それまで鬱積した気分を吹き飛ばすものだった。

若い女というのは、相手に興味を失った瞬間、全く無反応になったりするものだ。

他人を理解しようという寛容性もないし、知見を広げようという好奇心もない。そうした女たちと話をしていると、自然と苛立ちが募るものだが、ユキは違った。

ユキは、新村の話をよく聞いてくれた。冗談を言えば笑い、これまでの実績を語れば、凄いと褒め称えてくれた。

彼女が知らないであろう話題を出しても、真っ直ぐ目を見て、何度も頷いてくれた。

話をしているだけで、気持ちが良くなってしまい、それこそ喉が嗄《か》れるほどに喋り続けた。

二時間ほどバーに滞在して、店を出た後、ユキの方から「もっと新村さんとお話がしたい」と言ってきた。

別の店を探すことも考えたのだが、新村の頭の中を、ユキとの次の展開が過《よぎ》った。

そこで、冗談めかして「家、この近くなんだ」と言ってみると、ユキは「行ってみたいです」と答えた。

はしゃいだ調子ではなく、僅かに視線を伏せたその態度から、彼女もまた、新村との次の展開を期待しているのだということが伝わってきた。

そして、今に至るというわけだ。

だが、焦ってはいけない。

敢えて大人の余裕を見せることで、ユキの同年代の男たちとの違いを分からせる必要がある。

「どうぞ。座って」

新村は、ユキにソファーに座るように促すと、キッチンに向かい、ワインとワイングラスを持って部屋に戻った。

「凄い。家にワインがあるんですね」

ユキが感嘆の声を上げたので、気分がよくなった。

「二十年ものの赤ワインだよ。産地も知りたい？」

新村は、普段はワインなど呑まない。もっぱら発泡酒だ。ワインは、今日の為に用意した。今語ったうんちくも、店員の受け売りだ。

「新村さんって、何でも知っているんですね」

「そう？　これくらい誰でも知っていると思うけど」

「そんなことないです。知識も豊富だし、ユーモアもあって、大人の男性って感じです」

新村は、ユキの心地いい言葉を聞きながら、ワインのコルクを開けると、それぞれのワイングラスに注いだ。

違いなど分からないが、一応、ワイングラスを揺らして、香りを楽しむふりをした後、ユキとグラスを合わせて乾杯した。

ワインを含む、ユキの唇を見ているだけで、下半身がもぞもぞとしてきた。

ユキと視線がぶつかる。

彼女は、何も言わなかった。艶のある唇をわずかに開き、潤んだ視線を向けてくる。

このまま勢いで抱き締め、唇を重ねたとしても、ユキは嫌がったりしないだろう。むしろ、彼女もそうなることを望んでいる。

だが、それでは性欲に溺れた中年男になってしまう。

「そうだ。いいものがあるから、ちょっと待ってて」

新村は、そう言うとキッチンに舞い戻り、昨日のうちに用意しておいたチーズを部屋に持って来る。

「美味しいから、是非食べて」

ユキに勧めたあと、新村はワインを口にした。

酸化したせいだろうか？　さっきまでとは、明らかに味が違っていた――。

13

天海は、都内の老舗高級ホテルにあるバー〈moaie winksk〉に足を運んだ――。

営業開始の十七時までは、あと一時間あるが、準備などで従業員は既に出勤しているはずだ。

店内に足を踏み入れると、バーテンダーの格好をした男性が、「申し訳ありません。営業は、十七時からになります」と声をかけてきた。

ちょうど都合がいい。

「すみません。実は、客として来たわけではなく、お伺いしたいことがあるんです」

天海が、このバーに辿り着いたのは、阿久津がマイクロSDカードに残っていた、優希の記憶を感知することで、バーを訪れていたという事実を摑んだからだ。

飲み物の載ったコースターに記された店名からこの場所を特定することが出来た。

阿久津曰く、彼が感知することが出来る記憶というのは、全てではない。はっきりと伝わるのは、その人にとって印象深い事象なのだそうだ。

今回のように、物に残留したものを感知することも出来るが、その場合は、酷く曖昧な情報だけになってしまうのだという。

故に、あのマイクロSDから感知することが出来たのは、優希がバーで男性と会っていたという断片的な映像だけで、詳細を知ることは出来なかった。

それでも、英子の妹にとって、重要な何かだったからこそ、マイクロSDにバーでの記憶が残っていたはずだ。ならば足を運んでみる価値はあると考えたのだ。

「訊きたいこと――ですか?」

バーテンダーの男性は、困惑したように首を傾げる。

まあ、こういう反応になるのは、致し方ない。警察だと嘘を吐けば、素直に話に応じてくれるかもしれないが、バレたときに面倒だ。

友人の妹と連絡が取れなくなっていて、その女性が、このバーで男性と一緒にいるところを目撃したという話があり、それを確かめに来た――と虚実入り交じった話をする。

バーテンダーは、信じてくれたらしく、「そうでしたか」と大きく頷いた。

「この女性なんですけど、見覚えはありますか?」

天海は、訊ねながら予め英子から貰っていた、優希の写真をバーテンダーに見せた。

バーテンダーは、写真を手に取って、しばらく見つめていたが、やがて何かを思い出したらしく、「あっ」と声を上げた。

この反応――。

「見覚えがあるんですね」

天海は手応えを感じて前のめりになる。

「はい」

「間違いありませんか？」

「そう言われると、あまり自信がありませんけど、四日くらい前に、似た女性が来店したのは覚えています」

「その時のことを、詳しく教えて下さい」

「実は、店でちょっとしたトラブルがあったんです」

「トラブル？」

天海が眉を顰めると、バーテンダーの男性は、慌てて顔の前で手を振った。

「いや。この女性が——ではありません。お連れの男性の方です」

「連れの男性？」

「はい。彼女と待ち合わせをしていた男性です」

阿久津が見たのは、その男性だろうか。

「どんなトラブルがあったんですか？」

もしかしたら店でのトラブルが、優希と連絡が取れなくなっている原因かもしれない。

天海の気配が変わったことを察したのか、バーテンダーの男は、「いや、そんな大層なものではないですよ」と慌てた調子で言ってから、説明を始めた。

「うちのウェイターが、写真の女性と待ち合わせをしていた男性に、飲み物をかけてしまったんですよ」

「飲み物——ですか」

「はい。何かに躓いて転んでしまったらしく、その拍子にばしゃっと」

バーテンダーは肩をすくめた。

トラブルと言うから、大きな騒ぎを想像していたため、若干、拍子抜けした感はある。

「そうでしたか……」

「その男性は、ウェイターの対応が気に入らなかったようで、『どうしてくれるんだ！』と騒ぎ始めて、ぼくが慌てて仲裁することになったんです。そこに、ちょうど、写真の女性がいらっしゃって」

「それで、どうなったんですか？」

「女性が現れたことで、その男性は機嫌を直して、その後、二人で二時間ほど飲んでから店を出て行きました」

「その男性の名前とかは、分かりますか？」

その女性が、優希だとすると、二人はその後も一緒に行動していた可能性が高い。行き先を知っているかもしれない。

「クリーニングとか、お詫びがあるので、連絡先は聞いていますけど……」

バーテンダーが言い淀んだ。

その先は、わざわざ言わなくても分かる。個人情報にあたるものを、許可なく教えることは出来ない。

「分かりました。もし、お手数でなければ、私が写真の女性について、話を聞きたいと言っている旨を、その男性に伝えて頂けないでしょうか？」

「どうしてそこまで？」

「先ほども申し上げた通り、その女性は、現在、連絡が取れなくなっています。その男性から話が聞ければ、居場所が摑めるかもしれません」

天海の切実な訴えに、バーテンダーの男性は「分かりました」と応じてくれた。

名刺の裏に、携帯電話の番号を書いてバーテンダーの男性に渡すと、彼の方もメモに〈渡辺雄《わたなべゆう》馬《ま》〉という自分の名前と、連絡先を書いて渡してくれた。

礼を言って立ち去ろうとした天海だったが、もう一つ訊ねたいことを思い出して足を止めた。

「あの。トラブルの発端となった、ウェイターの方からも、話を聞いておきたいのですが、今日はいらっしゃいますか？」

天海が訊ねると、渡辺は苦い顔をした。

「いや。あのトラブルがきっかけかどうか分からないんですけど、すぐに辞めてしまったんです」

「え？」

「最初から、馴染んでいなかったんですよね。元々は、有名なレストランでシェフの見習いをやっていたらしいんですけど、色々と問題を起こして辞めてしまったそうです」

「そうですか……」

同じ飲食業界でも、シェフとウェイターとでは、仕事の内容がまるで違う。合う、合わないは当然出てくるだろう。

「うちでも、ミスが結構多くて、上から怒られることは多々ありましたね」

「出来れば、その方とも連絡を取りたいんですが……」

無関係かもしれないが、それでも、一通り話を聞いておきたいというのは、刑事の頃からの変わらない癖のようなものだ。

「分かりました。聞いてみます」

「よろしくお願いします」

天海は、丁寧に頭を下げてからバーを後にした。

14

優希は、テーブルに突っ伏すようにして眠っている男の肩を突《つつ》いてみた——。

反応はなかった。

——本当に寝ているのだろうか？

思い切って肩を揺さぶってみる。男は「うぅん」と声を上げたものの、起きる気配はなかった。

深い眠りに入っているようだ。

優希は、立ち上がったところで、改めて男に目を向ける。正対している時は気付かなかったが、頭頂部の頭髪が、かなり薄くなっている。必死に若作りしているが、肌の色艶もくすんでいて、まともに見れたものではない。

会話の内容も、酷いものだった。何を話していたとしても、最終的には、自分がいかに優秀かという話にすり替わる。

素直に他人を褒めることは絶対にしない。自分こそが正しくて、異なるものは全て間違っている。そんな独善的な考えが透けて見えた。

正直、何度も「黙れおっさん！」と、罵倒してやりたくなったが、それを押し殺して、男に笑みを浮かべ続けた。

無理に笑顔を作り続けたせいで、頰の筋肉が痛い。

紳士を気取ってはいたが、下心を隠しきれていないのも、気色が悪かった。舐め回すように向けられる視線は粘着質で、思い出しただけで鳥肌が立つ。

こんな人が、政治家を目指して、秘書をやっていたなんて、到底信じられない。いや、もしかしたら、政治家というのは、こんな人種しかいないのかもしれない。だから、日常的に醜聞が報道されている。そんな連中が政治をやっているのだから、貧困や差別が生まれるのは必然だ。

優希が苦行に耐えたのには理由がある。

睡眠薬で眠っている間に、さっさと終わらせ、こんなむさ苦しい部屋から早々に逃げ出そう。

優希は、男の脇に置いてある鞄を、そっと引き寄せる。

一瞬、男が身体を起こしたような気がして、慌てて動きを止めて視線を向ける。男は汚い鼾《いびき》をかきながら、突っ伏したままだった。

額に冷たい汗が浮かび、このまま何もせずに逃げ出すことも考えたが、すぐに考えを改める。

ここで優希が逃げてしまったとしても、彼が責めることはないだろう。優しく「大丈夫だよ」と言ってくれるはずだ。

でも——。

失望するに違いない。

彼に、そんな顔はさせたくない。彼の為に、出来ることは、何でもやってあげたい。

優希は、これまで何の不自由もなく生活していた。両親も、姉も優しかった。友人もいた。だけど、ずっと心の底でズレのようなものを感じていた。

自分でも、上手く表現できないけれど、自分の居場所は、ここじゃない——という漠然とした違和感のようなもの。

サイズの小さい服を、無理矢理着せられているような、圧迫感によく似ている。今になって思えば、守られているという安心感故に感じる息苦しさだったのかもしれない。

水槽で育った魚が、海に憧れるのと同じように。一時的なものだと、ずっと我慢していたのだが、段々と耐えられなくなった。

水槽の外に出てみたいという欲求は、日に日に増していった。

そんなときに、大学の友人からパパ活を勧められた。見ず知らずのおじさんと、肉体関係を持つことに嫌悪感があり、最初は断った。

だけど、食事だけの相手にすればいいと言われた。年上の男性と話をすることで、知見も広がるし、就活をする上で、人脈が広がるとも言われた。現に、その友だちはパパ活で知り合った社長の伝で、広告会社の内定を貰っていた。

その話を聞いて心が動いた。

何より、お金が魅力的だった。別に、贅沢をしたかったわけではない。一緒に暮らしている姉と少し距離を置きたかった。だけど、そのためにはお金がいる。旅行にしても、引っ越しにしても、どうしてもお金が必要になる。

そうやって、こっそり始めたパパ活だったが、姉にバレてしまった。

食事をしているだけで、やましいことはないと説明したが、姉は納得しなかった。古い考えで、優希のことを罵った。

その姿を見ていて、優希は姉と一緒にいるときの息苦しさの正体に気付いた。

姉は優希のことを、大切に思っているのではなく、自分の庇護下に置いておきたいだけだ。観賞魚のように水槽に入れて、眺めて満足しているに過ぎない。

気付いたときには、優希は姉の家を飛び出していた。

そんな時に、出会ったのが彼だった。

彼と一緒にいると、これまで窮屈に感じていた世界が、嘘のように一変した。

自分は自分のままでいいのだ——と素直に思えるようになった。

彼と一緒にいることで、自分の生き方を取り戻したと感じた。それは、今までの人間関係から解放されることでもあった。

もし、彼に見放されれば、またあの窮屈な世界に戻らなければならない。

それは、優希にとって恐怖でしかなかった。

だから——。

彼の希望には応えなければならない。

たとえ、それが自分自身を偽ることになったとしても、この世界は、守らなければならない。

——あれ？

それでは、これまでと同じじゃないか。

そんな考えが頭に浮かんだ。

すると、途端に姉の英子のことが恋しくなった。口うるさかったけれど、それは、彼女なりの愛だった。私を閉じ込めることで、守ろうとしていたのだと、今なら分かる。

私が、どんなに突き放したとしても、姉はきっと私を追いかけてくれる。だけど、彼は違う。

私が、何処かに行ったとしても、追いかけてくることはないだろう。

だから、こうして必死に縋《すが》っている。

自由を得ようとして、辿り着いた先は、孤独だったのかもしれない——。

だけど、今さら後戻りは出来ない。

優希は男の鞄の中から、目当ての物を取り出すと、急いで部屋を出た。

夜の道を歩きながら、彼にメッセージを送る。

その瞬間、優希は自由ではなく、束縛されているような窮屈さを感じていた。

15

「捜査の進展は、ありましたか？」

永瀬が廊下を歩いているときに、真壁に声をかけられた。

これまで、あまり言葉を交わしたことが無かったにも拘らず、最近、よく声をかけられる。

「いえ。今のところ、何も摑めていません」

「本当ですか？」

真壁は、疑いの目を向けてくるが、何も隠し立てはしていない。

現状、犯行現場からは、犯人に繋がる証拠は見つかっていない。天海に犯人像の分析を頼んではいるが、今のところ何の返答もない。

前回の対応が早かったことで、期待してしまう部分もあるが、彼女も片手間にやっていることなので、急かすことは出来ない。

「本当です。そちらはどうなのですか？　何か摑めましたか？」

真壁たち捜査一課は、人員を割いて近隣への聞き込みと、防犯カメラのチェックに当たっているはずだ。

目撃情報などが出れば、捜査は大きく前進する。

「既に、ご存知かもしれませんが、被害者の身許が判明しました」

「そうだったんですか！」

初耳だった。

情報が落ちてこないのはいつものことだが、こうも隠されると、ろくに捜査を進めることすらできない。

「ええ。歯の治療痕で照会をかけたところ、一致するデータが見つかりました。DNA鑑定などの詳しい作業は、これからですが、ほぼ間違いないでしょう」

「被害者は、どういう男なのですか？」

「新村政近《まさちか》。年齢は四十三歳。都内のアパートに住む、無職の男です」

「そうですか」

「今のところ、分かっているのは、ここまでです」

「それが事実であることを願います」

永瀬が皮肉混じりに言うと、真壁は気分を害したらしく、頰を引き攣らせた。

「永瀬さんは、何か勘違いをしています」

「先日もそう仰っていましたが、どう勘違いしているのですか？」

「別に、私は永瀬さんに敵意は持っていません。私が、あなたに抱いているのは、羨望ですよ」

「羨望？」

意味が分からなかった。

どうして、真壁に永瀬を羨ましがる必要がある？　階級が永瀬の方が上だからか？　いや、真壁の言いようは、そんな些末なことではない気がする。

「前回の事件でもそうでした。組織というのは、スケールメリットがあるというのは事実ですが、その分、しがらみも増えるものです」

「何が言いたいのですか？」

「個人の感覚では動けない――ということです。上に許可を取り、部下の同意を得てからでないと、ろくに捜査をすることも出来ない」

「そうかもしれませんね」

「感覚ではなく、ロジックのみで動く必要があるのです。もちろん、加味しなければならないのは、それだけではありません。上層部の面子や権力闘争に振り回されて、思うように動けなくなることは、永瀬さんもご存知でしょう」

「ノーコメントです」

永瀬は、過去の自分を思い返して苦笑いを浮かべた。

「ときどき思いますよ。私の仕事は、治安を守ることではないのか――ってね」

真壁の言わんとしていることは理解出来る。だが、どうして、このタイミングで永瀬にこんな話をしているのかが分からない。

「いったい何の話を……」

「先日、若手議員が自殺をした事件を担当しました。ただ、その自殺には、不審な点があったんです」

二世議員の田村のことだ。

あの一件は特殊犯罪捜査室に一切、情報が下りて来なかった。

「不審な点とは何です？」

「その議員は、自殺を図る前に、高級ホテルにあるバーに足を運んでいるんですよ」

「死ぬ前に、酒を呑みに行くということは、あり得るんじゃないですか？」

酒好きであれば、死を覚悟したとき、最後に好きな酒を呑みたいと思うのは、自然な行動のような気がする。

「酒が好きであれば、そうでしょうね。でも、その議員は、下戸だったんですよ」

「え？」

「下戸の人間が、最後に足を運ぶのが、バーというのは、どう考えても不自然ですよね」

「確かに」

「しかし、上に言わせれば、それは感覚に過ぎないそうです。遺書という確固たる証拠がある。しかも、その遺書の中では、自らが政治資金を不正に運用していたことが告白されている」

「………」

「こうした事実を繋ぎ合わせると、自殺だという結論は正しいように感じます」

そこまで口にした真壁は、一瞬だけ視線を漂わせ「でもね――」と話を続ける。

「私は、それでも、その議員がバーに足を運んだことが、引っかかるんですよ」

話すうちに、真壁の目からみるみる生気が失われていくように感じられた。

そこに浮かぶ色は、失望であるような気がした。

ただ、それは推測に過ぎない。真壁の中にある感情など、真壁にしか分からない。永瀬は、どう返答したらいいのか判断がつかず、ただ呆然としてしまった。

二人の間に、妙な沈黙が流れた。

やがて、それを打ち破るように、真壁のスマートフォンが鳴った。

「はい。真壁です」

電話に出た真壁の声には、さっきまでの暗さはなく、班長としての威厳があった。

相手の声までは聞こえなかったが、真壁の表情が、みるみる強張っていくことから、ただならぬ事象が発生したのは間違いない。

電話を切った後、真壁は真っ直ぐに永瀬に視線を向けた。

「新たな白骨死体が発見されました――」

「何ですって?」

「同一犯の犯行かどうかは、定かではありませんが、前回と同様に、ゴミ集積所に遺棄されていたそうです」

真壁は、それだけ告げ足早に永瀬の前を立ち去った。

だが、すぐに何かを思い出したらしく、永瀬の方に舞い戻ってくると、手に持っていたファイルの束を、ぐいっと押しつけてきた。

「これは?」

受け取りながら訊ねる。

真壁は、「見れば分かります」そう言い残して、再び歩き去った。

困惑しながらも、ファイルを開いてみると、さっき真壁が言っていた議員の自殺に関する資料だった。

事件の関係者の中に知っている名前を見つけた。

白骨死体となって発見された男――新村政近には、田村健吾の秘書を務めていた時期があった。

――これは、単なる偶然か?

いや、真壁はそうでないと思ったからこそ、この資料を永瀬に渡してきたのだ。しがらみを持たない永瀬であれば、捜査が出来ると信じて――。

彼の言うように、永瀬は真壁のことを見誤っていたのかもしれない。

16

英子から電話があったのは、天海が午後の講義の為に準備をしているときだった——。

急いではいたが、何かあったのではと考え、手を止めて電話に出る。

「もしもし」

〈妹から、連絡が来たの〉

明らかに興奮した英子の声が聞こえてきた。

「本当に？」

〈うん。今朝、ようやくメッセージの返信が来たの。気持ちの整理が付かなくて、連絡出来なかったけど、元気にしてるって……〉

「そうなんだ」

〈今は、目黒《めぐろ》にある一軒家で、友だちとシェアハウスをしているんだって。喧嘩のことも、ごめんねって謝ってくれたの〉

そこまで言ったところで、英子は泣き始めてしまった。

張り詰めていた緊張の糸が切れ、感情の抑制が利かなくなっているのだろう。

〈何か、色々と動いてもらったのにごめんね〉

英子が、しばらくして鼻を啜りながら言った。

「全然気にしないで。何にしても、無事で良かった」

紛れもない本心だ。

失踪人の捜査などにおいて、あっけない幕切れを迎えることはよくあることだ。

嫌な予感がしていただけに、拍子抜けした感はあるが、むしろ、こっちの方が望ましい。

〈ありがとう。今日、妹がシェアハウスしている家に行って、これからのことを、色々と話すことになってるの〉

「詳しい場所は何処？　時間が合えば、私も一緒に行くよ」

久しぶりの再会だ。話し難いこともあるだろう。こういうときは、第三者が間に立った方が、上手く進むこともある。

〈目黒の東山《ひがしやま》の方みたい。一緒に来て欲しい気持ちもあるけど、一人で行くべきだと思うから〉

「分かった。何かあったら、遠慮なく言ってね」

〈ありがとう。全部、天海のお陰だよ〉

「私は何もしていないから」

謙遜ではなく、それが事実だった。

〈そんなことないよ。私、不安で、不安で仕方なかったから、天海の言葉が、もの凄く支えになった〉

「少しでも力になれたなら、良かった」

〈本当にありがとう。また連絡するね〉

英子は、そう言ってから電話を切った。

天海は目を瞬かせた後、天井を見上げて長いため息を吐いた。

永瀬にも、色々と動いてもらっているので、後で詫びの電話を入れておこう。頼まれていた分析結果も上げなければ。

天海は、考えを巡らせながら、急いで講義の準備をすると、研究室を出た。

無事に見つかったという報せを受けたことで、気が抜けてしまったからなのか、蓄積していた疲労が一気に噴出したせいか、講義中に些細なミスを連発した。

範囲を間違えたり、せっかく学生が質問してくれたのに、その内容を聞いていなかったことで、妙な空気になってしまった。

そんな状態で講義を終え、天海は部屋に戻った。

椅子に座り、背もたれに身体を預け、しばらくぼんやりとしていたが、こんなことではいけないと気を取り直し、永瀬から受け取った資料を開いた。

ゴミ集積所に放置されていた白骨死体——。

佐野の鑑定によると、自然に白骨化したのではなく、肉を削ぎ落とされた痕跡がある。しかも、骨に人間のものと思われる噛み痕が残っていた。

想像しただけで、吐き気をもよおす。

それは、単にグロテスクだからというだけでなく、同族を食すという禁忌を犯した者に対する嫌悪が混じっているように思う。

だが——。

自然界に目を向けてみれば、同族を食べる生き物は意外と多い。

カマキリなどは、交尾した直後にメスがオスを喰い、栄養源としているし、飢餓状態になれば、生き残る為に同族であったとしても、その肉を食べることは、むしろ自然なことなのかもしれない。

考えが、暗い方に引き摺られそうになっていることに気付き、天海は首を振って思考を戻す。

現在の日本において、飢餓状態でやむを得ず、人間を食べるなどというケースは、まず存在しない。

犯人像を冷静に絞り込んで行く必要がある。

改めて、資料に目を向けたところで、天海のスマートフォンが鳴った。登録されていない番号だった。

出ないでおこうかと思ったのだが、はっと思い出し、慌ててスマートフォンを手に取る。

「天海です」

〈あ、渡辺です〉

思った通り、電話をしてきたのは、バーテンダーの渡辺だった。

「先日は、突然、色々とお訊きしてしまい申し訳ありません」

謝罪の言葉に続いて、捜している人物が見つかったことを告げようとしたのだが、それより先に、渡辺が話を始めた。

〈トラブルになったお客さんの方とは、連絡が取れなかったんですけど、元従業員とは、連絡が取れました〉

「そうですか。実は……」

〈元従業員の名前は、飯野《いいの》といいます。話をするのは、全然、構わないと言っていました。何で

も、あの後、例のお客さんと色々とあったみたいで……〉

天海の言葉を遮るように、渡辺は早口に言った。

「え？　そうなんですか？」

〈はい。詳しくは聞いていませんけど、飯野の方も、何か引っかかることがあるようで……〉

「分かりました。話を聞きに行ってみます」

今さら、話を聞いても——と思う気持ちが無いわけではない。ただ、直感として、このままにしてはいけないと感じた。

渡辺から飯野の電話番号と住所を聞きながら、メモを取った。礼を言って、電話を切った後、改めてメモを見て、妙な胸騒ぎを覚えた。

飯野の住所は目黒区東山だった。確か、英子の妹の優希が、シェアハウスをしているのと同じ場所だ。

地名が一致しているだけなのだが、何となくこれが偶然とは思えなかった。

17

優希は、バーカウンターのスツールに腰掛けた。

夜の深い時間帯ということもあり、店内に人の姿はほとんど無かった。微かに流れる音楽の中に、囁き合う人の声が混じっている。

優希はバーテンダーに、オレンジジュースを注文した。

アルコールは、元々あまり好きではない。あの男といる時は、無理して呑んだものの、気分が悪くなるだけで、高揚感などはまるで感じられない。体質的に合わないのだろう。思えば、姉の英子もそうだった。

やがて、オレンジジュースが、優希の前にコースターとともにそっと置かれた。

優希はそれを一口飲んでからため息を吐く。

部屋に、あの男を放置してきてしまったが、本当にそれで良かったのだろうか？　目を覚ました後、自分の鞄から大事なものが盗まれていることに気付き、優希を追ってきたりはしないだろうか？

様々な不安が、首をもたげてきたが、もう後戻りは出来ない。

「待たせちゃったね」

耳許で優しい声がした。

はっと振り返ると、そこには彼が立っていた。

それだけで、がんじがらめになっていた心が、一気に解放されたような気分になる。

「全然」

優希が小声で答えると、彼は「ここを出よう」と、再び耳許で囁いた。

近付いたときに、鼻を掠《かす》める彼の体臭は、どんな香水よりも、優希の心を落ち着かせてくれた。

彼は、優希に優しく微笑みかけると、そのまま店を出て行く。

すぐにその背中を追いかけたい衝動に駆られたけれど、優希はぐっと堪える。彼と会うときにはルールがある。それを守らなければ、彼との関係が破綻してしまう。

優希は、オレンジジュースの入ったグラスを指でなぞり、表面の水滴を掬《すく》い上げる。

濡れた指が、優希の心を鎮めてくれる。

そうやって時間を潰し、十五分ほど置いてから優希は、ウェイターを呼んで会計を済ませると、席を立った。

そのままホテル内の廊下を進み、エレベーターで地下に下りる。それから、幾つもの通路を曲がった先にある部屋が、彼との待ち合わせ場所だった。

食品倉庫として使われている部屋で、人の出入りはほとんどない。

ドアノブを捻ると、彼が予め鍵を開けておいてくれたので、すんなりと開いた。

青白い蛍光灯に照らされた室内は、冷蔵庫の中にいるように冷えている。奥には、ステンレス製の扉があって、その向こうは肉類を保管しておく冷凍庫になっている。

その扉の前に、彼が立っていた。

彼に近付くほどに胸が高揚し、抑えが利かなくなった。気付いたときには、駆け足でその胸に飛び込んでいた。

「大丈夫だった？」

彼が、優しく声をかけてくれた。

それだけで、これまで抱えていた不安は、全部消し飛んだような気がする。

「うん。ありがとう」

優希は、笑みを浮かべながら答えた。

「頼んだものは、持ってきてくれた？」

彼が優希に囁く。

優希はバッグの中からUSBメモリーを取り出し、それを彼に手渡した。

「ありがとう。一応、確認しておくけど、これの中身は見た？」

「見てない」

優希は即答した。

嘘ではない。中身を確認する為に、ファイルを開こうとしたのだが、ロックがかかっていて出来なかった。なので見ていないというのは事実だ。

ただ、優希は、そのデータをマイクロSDカードにコピーして、ここに来る前に封筒に入れて、英子に送っておいた。

データは念のため削除しておいた。これで英子が不用意に開くことはないだろう。後でデータの復旧は出来る。

なぜ、そんなことをしたのか？　自分でもよく分からない。彼のことを信じている。だけど、何かとても嫌な予感がして、万が一のときの保険をかけたのだ。

それは、あの男からデータを盗むという、犯罪行為に加担させられたことに対してではなく、もっと根本的な疑念だったような気がする。

「嘘はよくないね」

彼が、笑いながら言った。

「え？　私、嘘なんて――」

「大丈夫。別に怒っているわけじゃないんだ。君が、データを見ていたとしても、見ていなかったとしても、結果は同じだから」

「私は……」

「いいんだ。君は、ストレスを感じる必要はない。そういう感情は、肉を固くしてしまうからね」

――どういうこと？

困惑する優希の髪を、彼がそっと撫でた。

そして、ゆっくり顔を近付けて唇を重ねる。

溶けるような優しいキスだった。

彼の唇が離れた刹那、優希は首の後ろに強烈な痛みを感じたが、それはほんの一瞬のことだった――。

18

繁華街にあるゴミ集積所は、青いビニールシートで覆われていた。

何人もの鑑識官が、這いつくばるようにして作業を行っているが、場所が場所だけに、前回同様、証拠を見つけるのは至難の業だろう。

「今回は、女性だそうですね」

永瀬の隣に立った玲香が、呟くように口にした。

骨盤の形状からして、女性である可能性が高いという情報は、既にもたらされている。

「ああ」

「男性と女性で、味が違うんですかね……」

独り言のように言った玲香の顔は、血の気が引いていて、極寒の地に放置された後みたいだった。

「分からん」

永瀬は、そう答えるしか無かった。

牛などでいえば、雄と雌、大人の牛と仔牛とで味が違うらしいが、人間にそれが当て嵌まるかなど知る由もない。

想像することは出来るかもしれないが、それを考えることすら憚られる。

何れにしても、これは同一犯の仕業と見て間違いないだろう。捜査を急がなければ、次の犠牲者が出ることになる。

だが、何処から手を着けたらいいのか、正直、分からないというのが本音だ。

——いや。そうじゃない。

アプローチならあるではないか。そのヒントを、真壁が与えてくれた。一件目の被害者は、新村という政治家の秘書をやっていた男だった。そして、新村を雇っていた議員の田村は、自殺をしている。

現状では、全く関係のない事件ではあるが、この二つを繋げることが、事件解決の為の最短ルートの気がする。

「難しい顔をしていますね」

玲香が、心配そうに永瀬の顔を覗き込んできた。

「いや。何でもない」

「そろそろ、信頼してくれてもいいんじゃないですか？」

「信頼？」

「はい。私は、そんなに頼りになりませんか？」

「頼りにしている。もちろん信頼も」

「でも、いつも何か隠し事をしています。何を訊いても、『何でもない』『大丈夫だ』そればかりです。私は、永瀬さんと心中するくらいの覚悟が出来ています。中途半端な信頼を得るくらいなら、いっそ役立たずだと言ってもらった方が楽です」

玲香が、挑むような視線を向けてきた。それでいて、目には涙の膜が張っている。

何がきっかけかは分からないが、これまで我慢していた感情が、爆発したのだろう。いや、きっかけなんて無い。

ただ、積み重なった感情が溢れ出したに過ぎない。

天海には忠告されていたのに、永瀬はそれに耳を貸さなかった。その結果として、玲香を追い詰めていたのかもしれない。

とはいえ、この状況で何と言えばいいのか分からなかった。

気まずい空気を追い払うように、真壁がこちらに向かって歩み寄ってきた。そのお陰で、永瀬と玲香を包んでいた不穏な空気は、一旦収束する。

「また、事件を引っ掻き回さないで下さいよ！」

永瀬の前に立った真壁が、あからさまに敵意を剝き出しにしながら言う。さっきの態度との違いに困惑したが、彼の態度が演技であることに気付いた。

周囲の人間に、永瀬との仲の悪さをアピールしているのだろう。

「引っ掻き回したつもりはありませんがね。言いがかりは止めて頂きたい」

永瀬は、真壁の意図に応えるように、敵意のある言い方をした。真壁は「どうだか」と皮肉交じりに言いつつ、ずいっと永瀬に顔を寄せた。

「被害者の身許が判明しました」

真壁が永瀬の耳許で囁いた。

「もうですか？」

永瀬も声を低くして聞き返す。

「現場付近から、被害者のものと思われる免許証が見つかりました」

「いや、しかし……」

免許証が見つかったとはいえ、それが本人のものであると特定することは出来ないはずだ。何せ、死体は白骨化しているのだ。顔を判別できる状態ではない。

「現場で見つかったものは、もう一つあります」

「もう一つ？」

「二次元バーコードです」

「二次元バーコードって、スマホとかで読み取るアレですか？」

「はい。免許証と一緒に二次元バーコードが印字されたカードのようなものが残されていました」

「どういうことです？」

「とにかく、二次元バーコードにアクセスして頂ければ分かります。ただ、上からは、特殊犯罪捜査室には情報を落とすなと言われていますので、それはご承知おき下さい」

真壁は、そう言うと隠すようにしながら、永瀬に折り畳んだ紙を渡すと、何事も無かったかのように歩き去った。

「あの人、最近、感じが変わった気がします」

玲香が真壁を見送りながら言う。

さっきまでとは違って、いつもの彼女に戻っていた。色々と混乱してしまうが、永瀬はそれを胸の底にぐっと押しとどめた。今は、そういうゴタゴタしたものに、頭を悩ますときではない。

まずはこの二次元バーコードを確認すべきだ。

ただ、真壁が内密に渡してくれたのだから、他の捜査員がいるこの場でというのは拙《まず》い。

「行くぞ」

永瀬は、玲香を促し現場を離れると、近くに停車してあった覆面車両の運転席に乗り込んだ。

玲香は、助手席に乗り込む。

永瀬はスマートフォンで、真壁から渡された紙に印字された二次元バーコードを読み込む。飛んだ先は、動画を閲覧できるサイトだった。

スマートフォンをタップして、動画を再生させる。

映し出されたのは、キッチンのような場所だった。家庭のそれではなく、レストランのように設備の整った場所だ。

古くはあるが、綺麗に掃除が行き届いているのが分かる。

そこに、一人の男が姿を現した。彼は、にたっと陰湿な笑みを浮かべた後、鼻を擦ってから話を始めた。

〈今日は、新しい食材が手に入りましたので、まずは、それを皆さんに披露したいと思います〉

男は、朗らかな口調でそう言うと、背後にある業務用の冷蔵庫に歩み寄り、勢いよく扉を開けた。

冷蔵庫の中には、人間の生首が置かれていた。

いや、首だけではない。切断された腕や足が、冷蔵庫の中の棚に詰め込まれていた。

永瀬は、思わず動画の再生をストップした。

これから、何が起こるのかは、わざわざ見るまでもなく想像がつく。この世で、もっともおぞましい料理が始まるに違いない。

隣に目をやると、玲香が身体をくの字に曲げて、口元を押さえていた。

この犯人は、自分の犯行の様子を記録しただけでなく、それをweb上にアップしたということか——。

しかも、このサイトにアクセスするのに、パスワードの類いは無かった。つまり、世界中の誰でも閲覧できる状態で、この動画が公開されているということだ。

すぐにサイバー対策班が、動画を削除するだろうが、既に閲覧した人間がいたとしたら、大変な騒ぎになる。

これからのことを想像し、ぞっとするのと同時に、被害者の身許が判明した理由を理解した。

二次元バーコードの印字されたカードは、免許証とともに発見されたと言っていた。免許証の顔写真と、動画の中の生首の顔が一致したということだろう。

真壁から、被害者の名前は聞かされていない。ただ、すぐに分かることだろう。

「待てよ……」

永瀬は、思わず声を漏らす。

この動画に映っている、生首の女性に、見覚えがあるような気がする――。

「あっ！」

永瀬は、すぐに記憶の中にある女性の顔を思い出した。

天海が捜していた優希という名の女性に似ている。

もし、ここに映っているのが優希で、天海が未だに彼女を捜しているのだとしたら、想定外の形で犯人と接触してしまう可能性がある。

玲香も、同じ危険性を感じたらしく、「早く天海先生に――」と口にした。

永瀬はすぐに電話をしたのだが、コール音が鳴り響くばかりで、天海が電話に出ることはなかった――。

19

飯野は、皿の上に載った肉にナイフを入れる――。

レアに焼いてあるので、じわっと脂とともに血が流れ出て皿に広がる。

フォークで肉を刺して口に運ぶ。

旨味を凝縮した脂が、舌の上に広がる。咀嚼した感触も柔らかく、嚙むほどに甘みが増していくような気がした。

ここまで、味に違いが出るのかと衝撃を受けた。

男は筋肉のせいで筋張った感じがしたが、女の場合は、口の中で溶けていくようだ。ただ、飲み込んだ後に、口の中に脂が残る感じがする。

スタンダードに焼いて、ソースをかけただけだが、女の場合は、あっさりした味付けにした方がいいかもしれない。逆に、男は調理法を変えることで、筋張った感触を取り除くことが出来るはずだ。

そうだ。ビーフシチューなどにすれば、筋張った肉の特性を活かせる。いや、この場合は、ビーフではないな。マンシチューとかになるのだろうか？　と、そこまで思い付いたところで、飯野は自分の失敗に気付き、ため息を吐いた。

骨は、肉を削ぎ落としたあと、不要だとそのまま捨ててしまった。だが、あの骨を出汁に使えば、より深みのある味を生み出すことが出来たのに――。

こういうところが、自分のダメなところだ。

シェフの見習いとして働いていた時、幾度となく指摘された。いや、あれはそんな生易しいものではなく、罵倒そのものだった。

改めて考えてみると、罵倒ですらなかったかもしれない。ミスを注意するという口実で、日頃の鬱憤をぶつけていただけだ。

挙げ句の果てに、あのシェフは、飯野に失格の烙印を押して店から追い出したのだ。

何度、殺してやろうと思ったか、分かったものではない。飯野が、それを実行に移さなかったのは、意地に他ならない。

殺すことで憂さは晴らせるかもしれないが、それでは、飯野は負け犬のままだ。あのシェフを見返す為には、飯野自身が彼を超えるシェフになる必要がある。

だから、一念発起して、閉店したレストランを居抜きで購入して、自分の店を持つ準備を着々と進めてきた。

ホテルのバーで、ウェイターとして働いたのも、接客の基本を学ぶ為だ。

飯野はシェフというだけでなく、経営者でもあるのだ。

最初の頃は、思うようにいかないことばかりだった。一番の難題は、看板となるメニュー作りだ。

悔しいことに、どんなメニューを作っても、あのシェフの作ったものの焼き直しに過ぎない。それでは、彼を超えることが出来ない。

壁にぶち当たっていたときに、声をかけてくれたのが、コンシェルジュだった。

コンシェルジュは、飯野に新たな食材を提供してくれた。どんなに高級なレストランであったとしても、決して手に入れることの出来ない極上の食材。

最初に口にしたとき、美味しいとか、そういう感覚を通り越して、衝撃を受け、意識が飛んでしまうのではないかと思った。

同時に、これであのシェフを見返すことが出来るという確信が生まれた。

ただ、どんなに素晴らしい料理を作ったところで、それが広まらなければ意味がない。そこで思い付いたのが、調理風景を動画で撮影して、それをインターネット上に公開することだった。

それが拡散されれば、店に客が大挙して訪れるはずだ。

成功は確実と言っても過言ではない。

飯野の思考は、スマートフォンの着信音によって断ち切られた。

見ると、コンシェルジュからだった。正確には、コンシェルジュの連絡役であるバーマンからだ。

「飯野です」

〈開店の準備は、順調でしょうか？〉

バーマンの声は、年齢にそぐわない落ち着きがある上に、品位も兼ね備えている。

「はい。お陰さまで――」

〈それは、良かったです。今日、連絡を差し上げたのは、コンシェルジュからの提案をお伝えする為です〉

「提案――ですか？」

〈はい。優秀なシェフというのは、食材を自分で仕入れています〉

「そうですね」

こだわりのあるシェフは、流通ルートから購入するのではなく、自分で産地に赴いているという話は、よく耳にする。

〈そこで、飯野さんも、ご自身で食材を仕入れることを検討する時期ではないか――と〉

それは一理ある。いつまでも、コンシェルジュにおんぶに抱っこというわけにもいかない。

ただ――。

「私に出来るでしょうか？」

〈ご安心下さい。いきなりというのは難しいと思うので、次の段階として、食材をそちらに向かわせました〉

「食材を？」

〈そうです。まずは、食材を絞めるところから、やってみてはどうかという、コンシェルジュの気遣いです〉

「何から何まで、ありがとうございます」

〈いえ。あなたの料理には期待しています。間もなく、そちらに届くと思うので、頑張って下さい〉

「分かりました」

その後、バーマンから、届く食材の詳細を聞いてから電話を切った。飯野は、逸る気持ちを抑えながら厨房に向かう。

絞める際、出来るだけストレスを与えないように、一瞬で止《とど》めを刺す必要がある。飯野は、厨房の中から、適した器具を探す。

色々と思案した結果、手にしたのは、肉叩きだった。通常は、叩いて肉を柔らかくするための道具だ。ぶんぶんと何度か振ってみる。

悪くない。これを頭部に振り下ろせば、容易に意識を奪うことが出来るだろう。その後、すぐに心臓を刺して、血抜きをすればいい。

飯野がほくそ笑んだところで、扉が開いて一人の女性が顔を出した。

きっと、彼女がバーマンが言っていた食材なのだろう。飯野は、彼女を笑顔で招き入れると、さっきまで自分が座っていた椅子に座らせた。

女性は、戸惑いながらも椅子に座る。

その女性は、飯野に質問を投げかけてきたが、これから食材を絞めなければならないという緊張から、何一つ耳に入ってこなかった。

飯野は、適当に相槌を打ちながら、女性の背後に立つと、隠し持っていた肉叩きを振り上げ、彼女の頭部に叩き付けた。

ごとっという鈍い音とともに、柄の部分を通して確かな手応えが伝わってきた。

女性は、椅子から滑り落ち、床の上に倒れて動かなくなった。

「出来た」

飯野は、興奮とともに声を上げる。

だが、このままぼうっとしてもいられない。早く次の作業に移らなければ、鮮度が落ちてしまう。

飯野は、女性の両足を摑み、厨房の方に引き摺って行った——。

20

その家は、目黒区の外れの住宅街の中にあった――。

いや、ここを家と言ってしまうのは少し違う。プロバンス風の瀟洒《しょうしゃ》な外観で、一階の入り口の扉は、間口が広く取られていて、隠れ家的レストランといった感じだ。

――本当に、ここで合っているのだろうか？

天海は、改めて住所を確認してみたが、間違い無さそうだ。

入り口に近付くと、扉の取っ手に〈CLOSED〉というプレートが掛けられていた。やはり、ここは店舗のようだ。住居兼店舗ということか。

レースのカーテンがかかった窓を覗き込んでみると、店内には明かりが灯っているのが分かる。

「取り敢えず、中に入ってみる必要があるわね」

天海は、呟いてから扉に手をかける。

鍵はかかっておらず、すんなりと扉は開いた。

板張りの床で、天井からは小さいながらもシャンデリアがぶら下がっている。本来なら、三十人は入りそうなスペースがあるのだが、中央にクロスのかかったテーブルが、ポツンと一つ置かれているだけだった。

「こんにちは――」

天海が奥にある厨房に向かって声をかけると、すぐにコックコートを着た一人の男性が姿を現した。

病的なほどに痩せていて、ぎょろっとした目をした男だった。

天海は名乗ろうとしたのだが、それより先に、コックコートの男が口を開いた。

「ああ。天海さんですね。話は聞いてます。飯野です」

飯野は、人懐こい笑みを浮かべながら言うと、天海に一つだけあるテーブル席に座るように促してきた。

天海は、戸惑いを覚えつつも椅子に座る。

「あの。一つ、伺ってもよろしいでしょうか？」

「ええ。何なりと」

飯野は、気のない返事をしながら、天海の背後に回る。

てっきり、向かいの椅子に座ると思っていたのだが——天海は違和感を覚える。

さっきから、飯野の挙動は明らかにおかしい。それに、僅かではあるが、血の匂いがする。

——マズい。

背後から迫る殺気を感じた天海は、咄嗟に椅子から離れる。

次の瞬間、ガシャンッ——と何かが砕けるような激しい音がした。

見ると、天海が着いていた木製のテーブルが、大きく凹《へこ》んでいた。

飯野が金属の棒のようなものを、振り下ろしたのだ。

あのまま座っていたら、間違いなく、飯野に頭をかち割られていた。安堵したものの、すぐに気を引き締めた。

事態は何一つ解決していない。

理由は分からないが、飯野が天海に危害を加えようとしているのは明白だ。

こちらは、武器を持っていないが、飯野は違う。こうして改めて見ると、彼が所持しているのは、おそらく肉叩きだ。

ハンマーで殴られるのと大差ない。

「逃げないで下さい。ストレスを与えると、肉が固くなってしまうんです」

飯野は、暗い目で言いながら天海との距離を詰めてくると、再び肉叩きを天海に向かって振り下ろした。

何とか躱《かわ》したものの、飯野の動きには、全く躊躇がない。

天海のことを、人間とは見ていないのだろう。

「何で、こんなことをするんですか？」

「そんなこと、食材に説明しても意味ないでしょ」

飯野は無表情に言った。

だが、その言葉で、天海は理解した。

飯野は、天海を食べる為に、こうして襲いかかってきているのだ。永瀬から相談を受けていた、白骨死体遺棄事件の犯人は、飯野に違いない。

こんな風に人を襲い、バラバラに解体して食べていたのだ。

英子の妹の失踪事件を追っていたはずが、気付かぬうちに、カニバリズムに取り憑かれた男に行き着いたというわけだ。

何れにしても、この状況をどうにかしなければならない。

飯野は、天海のことを食用の牛か豚くらいにしか思っていない。到底、説得が通じる相手ではない。

何か方法はないかと、天海は視線を走らせる。

厨房に置かれた包丁に目が行った。あれを手に取ることが出来れば、状況は一気に改善する。

天海は、素早く厨房に駆け出そうとしたが、その動きを飯野に読まれてしまった。

飯野は天海の進路を塞ぐように立つと、肉叩きを振り上げた。

天海は、咄嗟に腕でガードしたが、そんなことをしたところで、腕の骨が砕けるだけだ。そして、防御できなくなったところに、止めの一撃が飛んでくる。

ゴンッと金属で肉を打ち付ける鈍い音がした。

だが、天海に痛みはなかった。

目をやると、床の上に阿久津が倒れ込んでいた。

レストランに飛び込んできて、天海を庇ってくれたようだ。

阿久津の額から、血が流れ出ている。

「しっかりして」

天海が声をかけると、阿久津は「うっ」と小さな呻き声を上げた。

「早く……逃げて下さい」

阿久津が、掠れた声で言う。

冗談ではない。こんなところに阿久津を残して、一人で逃げることなどできない。

天海は、阿久津を助け起こそうとしたが、その間にも、飯野がさらに肉叩きを振り上げて襲いかかってくる。

――しまった。

硬直してしまう天海に反して、阿久津は力を振り絞り、飯野の足にしがみついた。飯野は、バランスを崩してその場に倒れ込む。

阿久津は、そのまま飯野を押さえつけようとして揉み合いになる。

だが、既にダメージを負っている阿久津の動きは緩慢だった。飯野は、それを見逃さず、阿久津の顎先を殴りつける。

その一撃で、阿久津は床に倒れ込んでしまった。

飯野は、肉叩きを握り直すと、再び天海に襲いかかってきた。

天海は素早く身を翻し、そのまま厨房に逃げ込み、包丁を手に取ろうとしたのだが、何かに躓いて転倒してしまった。

痛みを堪えつつ顔を上げると、床に倒れている英子と目が合った。彼女は、頭部から血を流し、絶命しているのがひと目で分かった。

おそらく、飯野に殺害されたのだろう。

英子は妹の優希と連絡が取れたと言っていたが、それは別人からのメッセージに過ぎなかった。

飯野が、優希のふりをして、英子をこの場所に呼び寄せたに違いない。

もし、天海の推測が正しいのだとすると、優希も、もう――。

「ちょこまかと逃げ回らないで下さい。何度も言いますが、ストレスを与えたくないんですよ」

飯野が、天海に迫ってくる。

冗談ではない。食材になどなって堪《たま》るか。友人の仇であるこの男を、警察に突き出さなければ、死んでも死にきれない。

天海は、作業台の脚を力一杯蹴る。

その衝撃で、上に載っていた大ぶりの包丁が落下してきた。

天海は、それを床につく前に手に取ると、飯野の足の甲に突き刺した。

飯野は悲鳴を上げながら、その場に倒れ込む。

天海は、その隙を逃さず立ち上がると、肉叩きを持っている飯野の手を踏みつけ、さらに、その顎先に拳を叩き込んだ。

飯野は、気絶して動かなくなった——。

21

「彼は、大丈夫そうですか？」

応急処置として、阿久津の額の傷口を縫合し、包帯を巻き終えたところで、佐野は声をかけられた。

手を止めて振り返る。

整形手術で顔を変えてしまっているので、戸惑いはあるが、未来を見通しているのではないかと疑いたくなるその目は、間違いなく黒蛇と渾名された大黒に違いない。

「一応、応急の処置はしましたけど、頭ですからね。ＣＴとかを撮って、検査はしておきたいところです」

今、佐野がいるのは、大黒が神父を務める教会の奥にある一室だ。一応、ベッドは置かれているが、治療や検査の為に必要な設備は皆無だ。

大黒から阿久津が怪我を負っているので、来て欲しいと頼まれ、応急処置に必要な物だけを持って飛び出してきたというわけだ。

詳しいことは知らないが、天海を守る為に、鈍器で頭部を殴られることになったらしい。

正直、佐野には意外だった。

阿久津は、常に平静で、中身は機械なのではないかと疑いたくなることが、幾度となくある。

そんな阿久津が、誰かを守りたいという一心で、我が身を顧みない行動に出たと知り、彼もまた、血の通った人間だったのだと、当たり前のことを実感する。

阿久津を変えたのは、間違いなく天海の存在なのだろう。

阿久津が、触れた者の記憶を感知するということを知りながら、しかし平然とその手を取ることができる唯一の女性――。

天海のそういう淀みのない真っ直ぐさに、阿久津は感化されているに違いない。

でも、だからこそ、これ以上、凄惨な事件に関わることなく、平穏に過ごして欲しいと思うが、現実はそう甘くない。

事件の方が、彼らを吸い寄せるのか？　或いは、彼ら自身が事件を吸い寄せてしまうのか？

逃げられない呪縛の中にいる。

「佐野さん。すみませんが、彼を病院に連れて行って、検査をお願い出来ますか？」

大黒の頼みに、すぐに頷くことが出来なかった。

「それは、彼の存在を気取られることなく――ということですよね？」

佐野が問いを返すと、大黒は首肯した。

それが難題だ。かつて悪魔と呼ばれた男――阿久津誠は、世間的には死んだことになっている。戸籍もなければ、保険証もない。かつ、生きていることを気取られれば、すぐさま警察に追われることになる。

「何とかしてみます。しかし、これからも、このままというわけにはいきませんよ」

余計なお世話だと思いながらも、佐野は口にする。

存在を気取られぬように生きていくというのは、想像以上に大変なことだ。

今回のように、怪我を負ったり、或いは病気になったりした際に、必ず問題が発生する。そうなったとき、彼らを手助けする存在がいなければ、やがては立ちゆかなくなる。

「それは、私も承知しています」

大黒が落ち着いた口調で言った。

この表情――。

「何か、考えがあるのですか？」

「それなりに。佐野さんの言うように、今は良くても、この先、我々だけでは対処出来ないケースが出てくることは、明白ですから」

「どうするつもりですか？」

「既に種は蒔いてあります――」

さすが黒蛇と渾名されただけのことはある。佐野などに指摘されるまでもなく、事前に様々な方策を練っているようだ。

佐野が質問を重ねようとしたところで、阿久津が「うっ」と短く呻いた。

意識を取り戻したらしい。

阿久津は、目頭を押さえながら、ベッドから上体を起こそうとする。

慌てて止めに入ったが、阿久津はそれを拒んで起き上がると、ベッドから足を下ろして座った。

まだ、目眩のような症状が残っているようだ。やはり、精密検査は受けた方がいいだろう。

「これから、佐野さんの病院で検査を受けて下さい」

「それはできません。事件は、まだ終わっていません」

大黒の指示を、阿久津が頭を抱えたまま拒否する。

「それは、どういうことですか？」

大黒が訊ねると、ゆっくりと阿久津が顔を上げた。

彫りの深い眼窩《がんか》に影が差していて、彼自身の目が塗り潰されているように見える。

「レストランで格闘したときに、あの男の身体に触れ、その記憶を感知しました」

「それで――」

「酷い……あまりにも……」

呻くように言った阿久津の額には、大量の汗が浮かんでいた。

やがて阿久津は、口を押さえてトイレに向かった。彼が、嘔吐する音を聞きながら、佐野は押し黙るしかなかった。

阿久津が、犯人である男に触れたのだとすれば、彼が何を体感したかは、言葉にするまでもなく分かる。

人間を解体し、料理するという、非人道的なおぞましい行為を、阿久津は追体験したのだ。

それだけではない。おそらく、彼は記憶の中で人を喰ったに違いない。

本人が望んだわけではない。犯人の記憶に触れることで、強制的にその体験を強いられたのだ。

こんなことを続けて、いったいいつまで精神の均衡を保つことが出来るのだろう？

今は、天海が何とか支えているが、阿久津は邪悪な精神実験を施されているようなものなのだ。

やがて、阿久津の精神が崩壊し、本物の悪魔になってしまう。そんな不安に駆られる。

しばらくして、阿久津が死人のような青い顔をして戻ってきた。

「大丈夫なのか？」

佐野が訊ねると、阿久津は「ええ」と応じて、ベッドの上に腰掛けた。

「現場にいたあの男は、二人の人間を解体し、料理して食べています。それだけでなく、優希さんの姉である、英子さんを殺害しています」

阿久津がそう言って僅かに俯いた。

「では、やはり彼が犯人ということですね」

大黒の言葉を、阿久津が「いえ」と否定した。

「彼が食べた二人の人間は、彼が殺したのではありません」

阿久津の声が、狭い室内に反響した。

その言葉の意味は、考えるまでもなく分かる。人を喰った男に、死体を提供した別の人間がいる——ということだ。

「では、いったい誰がやったのですか？」

大黒が問うと、阿久津は「コンシェルジュ——」と絞り出すように答えた。

22

永瀬は、ポケットから五百円硬貨を取り出し、指で弾いた。

レストランの店内には、破損した食器類が放置され、倒れた椅子が床に転がっていて、激しい格闘があったことを窺わせる。

既に、現場検証は終わり、この場に残っているのは永瀬と玲香の二人だけだ。

「彼女の証言を、本気で信じるつもりですか？」

隣に立つ玲香が、不満を隠そうともせずに訊ねてきた。

「筋は通っている」

永瀬は、自然と突き放すような口調になってしまった。

天海によると、英子という女性に頼まれて、彼女の妹の優希の行方を捜していた。その過程の中で、優希が立ち寄ったバーに聞き込みに行った。その際、優希と一緒にいた男性が、ウェイターである飯野と、トラブルを起こしていたことを知り、話を聞く為に、このレストランを訪れた。

そこで、飯野に突如として襲われ、何とか撃退し、警察に通報した——というのが天海の証言だった。

レストランの中には、英子の死体もあった。天海曰く、英子は数時間前に、妹の優希から、メッセージがきたと言っていたらしい。

飯野が、優希から盗んだスマートフォンを悪用し、姉である英子を誘《おび》き寄《よ》せたと考えると辻褄が合う。

だが――。

永瀬も、玲香と同じように釈然としない思いを抱えていた。

「嘘が下手ですね」

玲香がぼそっと言う。

「おれは、嘘など吐いていない」

「いいえ。永瀬さんのことではありません。天海さんです」

「どういう意味だ？」

「もう、気付いているでしょ。天海さんは、一人で飯野を撃退したと証言しています。でも、飯野の方は、もう一人男がいたと言っています」

「…………」

「もし、飯野の証言の方が正しかった場合、このレストランにいたもう一人は、いったい何処に消えたんですか？　天海さんが、そのことを隠す理由は何ですか？」

「…………」

「天海さんは、元は警察官ですよね。このまま捜査が進めば、自分の証言に疑義が出ることは、承知しているはずです。なのに、こんな……」

「憶測だけで語るな」

永瀬は、玲香の言葉を遮った。

自分も同じ疑問を抱えているのは事実だが、口に出すのと、出さないのとでは、大きな違いがある。

「でも、飯野の単独犯で完結って、何か釈然としませんよ」

玲香がなおも言葉を重ねる。

彼女が言う通り、捜査本部は、一連の事件を飯野の単独犯ということで、決着させようとしている節がある。

カニバリズムなどという、常軌を逸した犯罪だ。早急に幕引きしたいという気持ちは、分からないでもない。長引くほどにマスコミは騒ぐし、警察はその対応に追われることになる。

常軌を逸した男が、猟奇的に犯行に及んだことにした方が、丸く収まると考えているだろう。

だが——。

どうしても引っかかる。

それは、玲香とは異なるベクトルの話。真壁が、永瀬にもたらした情報によるものだ。

最初に白骨死体として発見された新村が、自殺した議員の田村の秘書をやっていたことは、単なる偶然なのか？

スマートフォンの着信音が、永瀬の思考を中断させた。

電話をかけてきたのは真壁だった。捜査一課は、今、被疑者である飯野の取り調べに当たっているはずだ。

「永瀬です」

〈今、周囲に人はいますか?〉

真壁の声は、これまで聞いたことがないほどに逼迫していた。

「いいえ。大丈夫です」

永瀬は、そう答えながら、玲香に目配せをしてレストランの外に出た。

吹き抜ける冷たい風に、思わず背中を丸める。

〈飯野が、取り調べ中に服毒自殺を図りました〉

「え?」

真壁の口から発せられた、思いがけない言葉に、永瀬は事態を呑み込めなかった。

〈隠し持っていた錠剤を飲んだ後に、昏倒して、緊急搬送されています〉

「どうしてそんな……」

取り調べ前に、身体検査をやったはずだ。それなのに、薬物を所持していることを、見つけることが出来なかったのはなぜだ?

〈着ていたコックコートの中に、縫い込んであったようです〉

「ということは、警察に逮捕された場合は、自殺することを念頭に置いていた——ということですか?」

〈おそらく、そうでしょう〉

「なぜ……」

そこまでして、隠したい何かが、飯野にはあったということか？

〈理由は分かりません。しかし、自ら命を断つ手段まで準備していたとなると、彼の単独犯というのは、無理があると思っています〉

「同感です」

〈しかし、上層部はそうではありません。もし、飯野が死ねば、それを好都合と考えて、多少の疑問が残ったとしても、強引に事件を収束させるでしょう。言っている意味は、分かりますか？〉

この言いよう。やはり、真壁は、事件の背景に、何か大きな陰謀が蠢いていると考えているのだろう。

そして、それは、議員の田村の死に繋がっている。

〈一応、情報は流しましたが、上からは、相変わらずそちらに流すなと通達されています〉

「分かっています。真壁さんから聞いたということは伏せます」

〈永瀬さんに、押し付けるような形になってしまい、申し訳ありません……〉

真壁の弱々しい声が、永瀬の胸の奥を熱くする。

その短い言葉に、彼の想いが集約されているような気がした。組織に揉まれながらも、真壁なりのやり方で、事件と向き合っている。だからこそ、永瀬に情報を託しているのだ。

それを実感すると同時に、永瀬の中で真壁という人間の見方が、百八十度変わったような気がした。

「気にしないで下さい。お互いに、やれることをやりましょう」

永瀬は、それだけ告げると電話を切った。

今回の事件には、必ず裏がある。そして、その陰には、警察上層部がいるに違いない。だからこそ、強引に事件の幕引きをしようとしている。しかし、もしそうだとすると、永瀬一人では、あまりに荷が重い。

考えを巡らせながら、歩き出そうとした永瀬だったが、それを遮るように、黒い影が立った——。

見覚えのない男だった。

何かとてつもなく嫌な予感がする。

そう感じるのは、その男が放つ異様な気配のせいだろう。男が闇そのものであるようにすら感じる。

警戒する永瀬に向かって、男はゆっくりと歩み寄ってきた。

23

「先日は、ありがとうございました——」

渡辺が酒棚を整理していると、カウンターのスツールに腰掛けた女が、声をかけてきた。

「ああ。天海さんでしたか」

渡辺は、振り返りつつ返事をする。

天海が店に入ってきたときから気付いていたが、今気付いたかのように振る舞った。

注文を訊ねると、天海はカシスオレンジを頼んだ。

意外と子どもっぽいカクテルだと思いながらも、カシスオレンジを作り始める。ただ、隠し味として、睡眠薬を少量だが混ぜておく。

渡辺は「どうぞ」と、天海の前にカクテルをそっと置いた。

「色々と情報を頂き、助かりました」

天海が、グラスを指先でなぞりながら口を開いた。

その仕草には、大人の色気が滲んでいて、性欲をそそられたが、渡辺はそれを笑顔の下に押しとどめた。

「それで、捜している人は、見つかりましたか？」

自分でも、白々しいと思う。

優希がどうなったのかは、誰よりも渡辺が一番知っている。彼女を殺害したのは、渡辺なのだから――。

「残念ながら、既に亡くなっていました」

そこから、天海は訥々《とつとつ》と捜していた優希と、その姉である英子が辿った末路を語った。

その内容に、驚いた態度を取ってみせたが、実際は、渡辺自身が仕組んだことなので、何の感情も動かなかった。

英子に、優希のふりをして、メッセージを送り、飯野のいるレストランに誘き出したのも、飯野に食材を送るので、自分で絞めるように促したのも渡辺だ。

色々と騒ぎ立てられるのは邪魔だったのもあるし、事件を飯野の単独犯とする為には、事件を発覚させる必要があった。

飯野のがさつさであれば、英子を殺害した段階で、様々な証拠を残すことになるだろう。警察は、それをもって飯野を犯人と断定。他の二件の殺人についても、飯野の犯行として処理するという手筈だった。

立案したのはコンシェルジュだ。多少の齟齬《そご》が生じたとしても、警察内部にいるハウスキーパーが、辻褄合わせをしてくれる。完璧な計画だ。

天海に飯野の情報を与えて、レストランに向かわせたのは、飯野の単独犯を印象付けるためだ。元警察官の天海であれば、飯野の犯行に気付くはずだ。その上で、彼を拘束してくれれば、警察を飯野に誘導するという手間が省ける。

彼女は、期待通りの動きをしてくれた。

つい今し方、ハウスキーパーから、飯野が取り調べ中に、服毒自殺をしたという連絡を受けた。薬は、事前に渡辺が渡しておいたものだ。これで、飯野は喋る口を失った。警察は、被疑者死亡で事件を処理することだろう。

「そうでしたか……」

天海の話を聞き終えた渡辺は、どう返答したらいいのか分からない——という表情を作ってみせた。

「実は、今日、こちらに伺ったのは、お訊ねしたいことがあったからです」

天海が、一拍おいてから切り出した。

「何でしょう?」

「これに、見覚えはありませんか？」

天海がそう言って取り出したのは、マイクロSDカードだった。

「さあ？　それは何ですか？」

「見ての通り、マイクロSDカードですが、これは、優希さんから、英子さんに送られたものです」

「そうなんですか」

「優希さんは、亡くなる前に、このマイクロSDを英子さんに送っていたんです。私が、それを預かっていました」

「中身は見たのですか？」

「いいえ。ロックがかかっていて、中を見ることは出来ませんでした」

「そうですか」

渡辺は、平静を装ってはいたが、脇や背中から冷たい汗が流れ出る。

優希がデータのコピーを取って、英子に送っていたのは想定外だった。

「優希さんが、このバーに来たとき、マイクロSDについて、何か話していませんでしたか？」

「いいえ。何も」

「ですよね。ありがとうございます。ちょっと気になるので、こちらで色々と調べてみます」

天海は、礼を言って立ち上がろうとした。

「調べるって、どうするんですか？」

「知人にこういうのに詳しい人がいます。パスワードを割り出す方法も知っているかもしれません」

天海は、目を細めて笑った。

それを見て、渡辺は背筋が凍り付いたような気がした。

この瞬間まで、天海のことを知的で清廉なタイプの女性だと思っていた。だが、今の天海の笑みは、そのイメージを覆すものだった。

まるで魔女――。

このまま、この女を帰してはいけない。

視線を向けると、天海のカシスオレンジの量が減っていた。念の為、睡眠薬入りのカクテルを用意したが、それが有効に働くだろう。すぐに眠らないにしても、普段通りの動きは出来ないはずだ。

「あ、もしかして……」

渡辺は、今、思い出したかのように声を上げた。

「何か思い当たることが？」

天海がすぐに反応した。

「はい。ただ、ここで話すのはちょっと……」

渡辺が周囲を気にする素振りを見せると、天海はすぐに察したらしく「どうすればいいですか？」と訊ねてきた。

渡辺は、カウンターから出て、彼女の傍らに立つと、すぐに店を抜けるようにするので、地下の食品倉庫の前で待っていて欲しい旨を告げた。

天海は「分かりました」と応じると、ウェイターを呼んで会計を済ませ、席を立って歩いて行った。

店を出る前、天海は足許をふらつかせ、何もないのに転倒しそうになっていた。

どうやら睡眠薬が効いてきているようだ。

天海が、渡辺に会っていることを、誰かに告げる可能性は低い。さっき、彼女に身を寄せた際に、バッグからスマートフォンを盗み、連絡手段を絶っておいた。

とにかく、これ以上、余計な動きをされる前に、天海の口を封じておいた方が良さそうだ。

渡辺は、他のスタッフに酒の補充に行くと告げ、アイスピックを隠し持つと、店を出た。

廊下を歩き、エレベーターで地下に移動しながら、天海の殺害方法を検討する。

緊急事態なので、コンシェルジュに相談している余裕はない。まずは、天海を倉庫の中に誘き寄せ、アイスピックで延髄、または心臓を突き刺し、出来るだけ出血が無い状態で殺害する。

その後は、優希のときと同じようにクロークを呼んで、死体を預かってもらい、その後の対応はコンシェルジュの指示に従う。

段取りを反芻したところで、エレベーターが地下に到着した。

そこから、複雑な通路を幾つか曲がると、倉庫の前にいる天海の姿が見えた。扉に背中を預けるようにして、しゃがみ込んでいた。

かなり睡眠薬が効いてきたようだ。

「天海さん。大丈夫ですか？」

渡辺が駆け寄り、声をかけると、天海がゆっくり顔を上げた。

その目は、何処か虚ろだ。

「体調が悪いようですね。まずは、中に入りましょう」

渡辺は、そう言うと天海を誘導して、倉庫の中に入った。

扉を閉め、念の為に内側から鍵をかける。

見ると、天海は壁に寄りかかるようにして、立っているのがやっとという状態だった。

「あなた……あのドリンクに、何を入れたの？」

天海が、掠れた声で訊ねてくる。

さすがに勘がいい。自分が、何処で睡眠薬を入れられたのか、悟ったようだ。だが、もう手遅れだ。

「睡眠薬を少々」

「なぜ？」

「まあ、簡単に言うと、あなたが邪魔になったんです」

「マイクロSDね。あれを奪う為に……」

「正解です」

「渡さないわよ」

天海は、ふらふらとしながらも渡辺を睨み付ける。

「もう手遅れです」

渡辺は、マイクロSDカードをポケットから取り出し、天海に見せてやった。

天海が渡辺にマイクロSDカードを見せた後、バッグの何処に仕舞うかを、ちゃんと確認しておいた。

スマートフォンを盗むついでに、マイクロSDカードも回収しておいたのだ。

「返して……」

天海は、渡辺からマイクロSDカードを奪い取ろうとしたが、足許がおぼつかない状態では、大した抵抗も出来ない。

「残念ですが、お返しすることは出来ません。そして、あなたにも死んでもらいます」

渡辺は、アイスピックを振り上げ、それを天海の心臓に突き立てようとした。

だが——。

振り上げたところで、腕が動かなくなった。

——何だ？　何が起きた？

渡辺が振り返ると、そこには一人の男が立っていた。この男の顔は、資料で目にしたことがある。

特殊犯罪捜査室の刑事で永瀬だ。

「そこまでだ。殺人未遂の現行犯で逮捕する」

渡辺は、抵抗しようとしたのだが、その前に、うつ伏せに押し倒され、手首に手錠をかけられてしまった。

——くそっ！　何がどうなっている？

なぜ、刑事である永瀬が、倉庫の中にいる？　しかも、倉庫の入り口には、鍵をかけておいたはずだ。いったいどうやって侵入してきた？

困惑しながら渡辺が顔を上げると、さらに驚くべき光景を目にすることになった。

さっきまで、ふらふらだったはずの天海が、毅然と立ち、渡辺のことを見下ろしていたのだ。

「な、なぜ……」

「カクテルは、呑んだふりをしただけなの」

彼女は、そう言って濡れたハンカチを取り出した。あれにドリンクを染み込ませて、量を減らしたということか。

「なっ……」

「事前にホテル側には協力要請をしてマスターキーを借りてあったの。タイミングを見て、ここに来てもらったのよ」

「でも、スマートフォンは……」

渡辺が奪ったはずだ。連絡する手段が無かったはずなのに――。

「バーの外で待っていてもらえばいいだけよ。連絡するのに、スマートフォンなんていらないわ」

最初から、天海は渡辺を捕らえるために、バーに足を運び、罠を張っていたというわけだ。

「これは返してもらうわね」

天海は、渡辺からマイクロSDカードを奪い取る。

これで全て終わりだ。間違いなく渡辺は消される。警察に捕まっていようと関係ない。ハウスキーパーは警察内部にいるのだ。

「魔女が……」

渡辺は、絶望とともに天海に吐き捨てた――。

24

教会の扉の前に立った永瀬は、それだけで息が止まりそうだった――。

今なら、引き返すことも出来る。

この扉を開けるということは、後戻り出来ない領域に、足を踏み入れるのと同義だ。

――それでも。

永瀬は、力を込めて教会の扉を開けた。

強い光に目眩を覚えたが、何度か目を瞬かせるうちに、次第に慣れてきた。

「来てくれると信じていました――」

祭壇に立った神父が、小さく笑みを浮かべながら言った。

整形手術により、顔が変わってしまっている。だが、あの目は間違いなく大黒だ。

飯野が服毒自殺を図ったと知らされたとき、大黒は突如として永瀬の前に姿を現した。彼が生きているかもしれないという疑念は抱いていたものの、本当に生きていると告げられて、そう簡単に受け容れられるものではない。

だが、それでも、彼に事件解決に協力して欲しいと請われ、天海を囮にした計画に手を貸すことを承諾した。

犯人を逮捕したいという強い想いがあったのは事実だが、それだけではない。

永瀬は、大黒の後を受け特殊犯罪捜査室の室長として尽力してきた。だが、正直、己の無力さを思い知らされる日々だった。

阿久津の事件以降、警察組織は浄化されたかに思えたが、そんなものは幻想だった。

まるで、そうすることが正しいとでもいうかのように、犯罪捜査よりも、保身を優先する輩が次々と湧いてくる。

精鋭部隊のはずの特殊犯罪捜査室は、いつしか孤立無援の独立部隊に成り下がってしまった。

大黒の存在は、永瀬にとって、そんな状況を打開するための光のように思えた。

「先日は、ありがとうございました」

ベンチに座っていた天海が立ち上がり、永瀬に頭を下げる。

「いえ」

永瀬は、天海から視線を逸らしながら答える。

いつから、大黒たちの生存を知っていたのか？　その質問を投げかけようとしたが、苦笑いとともに口を閉ざした。

訊ねるまでもない。天海は、最初からずっと知っていたのだ。

つまり、永瀬に嘘を吐き続けていた。

今さらそれを責めるつもりはないが、自分の人を見る目の無さにうんざりする。

「逮捕された渡辺からは、情報は引き出せましたか？」

大黒が訊ねてきた。

永瀬は「いえ」と首を左右に振った。

「彼は、留置場の中で何者かに殺害されました——」

今回の事件において、その背景に何があったのか？　それを明らかにする為に、渡辺の証言は重要だった。

だが、彼は取り調べを受ける前に殺害されてしまった。

上層部は、自殺として処理しようとしているが、あれは間違いなく殺人だ。留置所内での犯行なので、警察の内部に、事件に深く関わっている何者かがいることの証明でもある。

だから——。

永瀬は、ここに足を運んだのだ。

事件の背後に蠢く巨悪は、警察内部に深く入り込んでいる。自分では力不足だし、正攻法でどうにかなるとも思えない。

ならば、悪魔の力を借りてでも、それを討つしかない。

「やはりそうですか。敵は、想像以上に厄介ですね」

大黒が、静かに首を左右に振った。

「敵とはいったい何者なのですか？」

「私たちが把握しているのは、コンシェルジュという名称だけです」

「コンシェルジュ……」

「ただ、それが何者であれ、誘き出す手はあります」

大黒は、そう言って指先に摘まんだマイクロＳＤカードを示した。

優希が姉である英子に送り、天海が受け取ったデータ。渡辺は、それを回収するとともに、口封じするために、天海を殺そうとした。

それだけの価値があるデータということだ。

本来なら、警察が証拠として手にすべきものだが、永瀬は回収しなかった。警察内部に敵が入り込んでいる以上、これは大黒たちが持っていた方がいい。

「私に、その敵を誘き出すのを手伝えということですか？」

永瀬が訊ねると同時に、奥のベンチに座っていた男が、ゆっくりと立ち上がった。

黒いスーツに黒い革の手袋を嵌めている。

影になって顔は見えないが、それが誰なのか、すぐに分かった。

「違います」

そう言いながら、阿久津は真っ直ぐに永瀬の方に歩み寄って来た。

死んだはずの男が、こうして歩いている姿を見て、永瀬の中に、やはり驚きの感情は湧かなかった。

死んだと無理に自分を納得させていただけで、心の底では、生きていると信じていたからだろう。

「では、何をしろと？」

聞き返す声が震えたのはなぜなのか？　永瀬自身分からなかった。

「私たちと、共に行きませんか？」

永瀬の前で足を止めた阿久津が、すっと右手を差し出してきた。

警察官である永瀬に、悪魔になれと誘っているのか？　闇を葬るために、永瀬自身が闇になれ

――と。
抵抗が無いと言ったら嘘になる。
だが、気付いたときには、永瀬は阿久津の手を握り返していた。

第三章　審判

1

「で、おれに何の用だ？」

目の前に座った男――神部が気怠げな調子で言った。

左耳が欠損していて、穴だけになっている。事故などでそうなったのではない。彼が自らナイフで切り落としたのだ。まるでゴッホのように――。

なぜ、神部がそのような行動を取ったのか、その心情を推察することは可能だが、共感は出来ない。

神部は、愛する人もいなければ、彼を愛する人もいない。倫理観も皆無に等しい。ただ、何にも縛られず、己の欲求に従い行動を起こす。そういう類いの男だ。

でも、だからこそ、面白いと思う。

世間では、思考して判断し、モラルに沿って生きることが正しいとされている。しかし、それは己の願望や欲求に蓋をして生きているだけに過ぎない。果たして、それを生きていると言えるだろうか？

定められた生き方をなぞるだけなら、人間である必要などないのだ。

「実は、あなたに頼みたいことがあります」

そう告げると、神部が片方の眉をぐいっと吊り上げ、怪訝な表情を浮かべた。

「頼み？　あんた警察の人間だろ。それが、おれみたいな奴に、いったい何を頼むというんだ？」

神部の指摘の通り、私は警察官だ。

にもかかわらず、数多の事件を起こし、閉鎖病棟に措置入院させられている神部に何かを依頼するというのだから、滑稽に映るのは当然のことだ。

しかし——。

「私たちのことを、邪魔する者たちがいます。それを、排除したいと考えています。そのために、あなたのお力をお借りしたいのです」

私の提案に、神部が声を上げて笑った。

耳に砂を擦《こす》りつけられているような、不快な感覚を覚える。神部という男の精神の歪みを、そのまま体現しているようにすら感じる。

「あんた、まともじゃないな」

神部は急に真顔に戻ってから言った。

「まともな人間が、警察官などやっていると思いますか？」

紛れもない本音だった。

犯罪者から市民を守る——そうした綺麗事を平然と口にする連中もいるが、そんなものは方便に過ぎない。

本当に欲しているのは、警察という組織に属することで手に入る特権意識や周囲の羨望といったものだ。いや、それは、まだマシな方だ。正義は我にあり——という仮面を被ることで、己の中にある嗜虐性を犯罪者相手に発散している連中だっている。

それを、悪に対する怒りなどとのたまうのだから質《たち》が悪い。正直、反吐《へど》が出る。

「そりゃそうだ。あんた面白いな」

「お褒め頂いて光栄です」

「だが、その頼み事は断る」

「まだ詳しい条件を提示していません。判断するのは、早いと思います」

「判断材料なら、もうある」

「何です？」

「あんたの鼓動だ」

神部は、私の左胸を指し示した。

「鼓動？」

「そう。とくとくと動くあんたの心臓。さっきから、少しもペースを乱さない。メトロノームみたいに、寸分の狂いもない」

神部は、耳を澄ますみたいに、欠損した左耳に手を宛がった。

そんなことをしたところで、心音が神部に届くはずがない。それでも、神部は聞こえると主張する。この男は、事件を起こす前は作曲家として活動していた。絶対音感だけではなく、並外れた聴力があるらしい。

「仰る通り、私の気持ちは少しも揺れていません。当然、心音に変化も無いでしょう。しかし、それと依頼を断ることとの間に、どんな相関関係があるのですか？」

「あんたには感情がない。そういう奴は信用ならん。それに——面白くない。おれに、新しい音楽を授けてはくれない」

神部は、両手を広げて天井を仰いだ。

私は小さくため息を吐いた。断られることは、最初から織り込み済みだ。神部がどんな能書きを並べようと、最終的に依頼を受けることは分かっている。対象者の名前を出せば、神部も態度を改めるはずだ。

「排除するのが、かつて悪魔と呼ばれた男――だとしても？」

私が言った途端、神部の目つきが変わった。

見るべきものを失い、ただ彷徨《さまよ》っていただけの目が、悪魔というワードに急速に引き寄せられていくのが分かる。

「阿久津は死んだ」

神部が欠損した方の耳の穴に指を突っ込む。

「確かに、そうですね」

「四人も人を殺したっていうから、もっとマシな奴かと思ったが、あれは正義のヒーロー気取りのクソ野郎だった」

神部は、苛立ちからか、指でガリガリと耳の穴を何度もほじくり返す。

皮膚が破れ、彼の耳からつつっと血が滴ってきたが、私はそれを指摘することはしなかった。まして、その行為を止めようとも思わなかった。

「あなたは彼のことを、見誤っているかもしれませんよ」

私が告げると、神部はピタッと動きを止めた。

「見誤る?」

「はい。あなたは、彼の恋人である天海志津香の命を助けることと引き換えに、彼に自殺するように命じた」

「…………」

「そして、彼はその通りに、自ら命を絶った」

「…………」

「でも、それが、あなたを——そして世間を騙すための芝居だったとしたら?」

「芝居だと……」

「そうです。彼は、あなたに屈したふりをすることで自らの死を演出したのです。そうやって、己の罪から逃れ、今ものうのうと生きているとしたら?」

「奴は生きているのか?」

神部が、耳の穴から指を抜き、テーブルから身を乗り出す。

その目は血走っていた。

騙されたことに腹を立てているのではない。神部は歓喜しているのだ。あの男が、単なる正義の味方ではなく、他人を欺くような男であったことに、興奮している。

こんな男だからこそ、利用価値がある。

「おそらく、生きています」

私が告げると、ねちゃっという粘着質な音とともに、神部が笑みを浮かべた。

「奴を殺すのか?」

「ただ殺すことが目的なのだとしたら、わざわざあなたの協力を仰ぐまでもありません」

「痛めつけるのか?」

「それも手ぬるいです。私は、彼の偽善の仮面を剝がしたいと思っています。彼が死ぬときは、悪魔としてではなく、己の感情に呑まれた、憐れで、みすぼらしい犯罪者でなければなりませんから」

私が告げると、神部は腹を抱えて笑い始めた。

何がそんなにおかしいのか、私にはさっぱり分からないが、そのまま黙って神部の笑いが収まるのを待った。

しばらくして、真顔に戻った神部は、ずいっと私の方に顔を近付けた。

「何だ。ロボットかと思ったら、お前も興奮しているじゃないか——」

神部は、私の耳許でそう囁いた。

2

永瀬は、阿久津誠と並んで教会のベンチに腰掛けた。

静謐《せいひつ》な空気に包まれているのは、教会という場所だけでなく、阿久津が放つ独特の空気感によるところもあるだろう。

この教会で再会し、握手を交わした後、阿久津の方から「二人で話しませんか——」と提案してきた。

大黒と天海は、奥の部屋に姿を消した。

永瀬からしてみれば、願ってもない機会だった。阿久津には、訊きたいことが山ほどあった。なぜ、己の死を偽装したのか？　どうして、今まで姿を見せなかったのに、今になって現れたのか？

それなのに、いざ二人になると、何を話せばいいのか分からなくなった。

阿久津の方もまた、自分で誘っておいて、何かを喋るわけでもなく、ただ祭壇に掲げられた十字架を見つめていた。

その視線には、祈りも、畏怖もない。まるで、神に挑んでいるかのようだった。

「永瀬さんは、どうして大黒さんの誘いに乗ったのですか？」

長い沈黙の後、阿久津の低い声が響いた。

その問いに答えるべく、必死に答えを探してみたが、結局、永瀬にはそれを見つけることが出来なかった。

「正直、自分でも分かっていません」

永瀬は、力なく首を左右に振った。

死んだはずの大黒が、永瀬の前に現れ、協力を請われたとき、永瀬は迷いはあったものの、結果的にそれを受け容れた。

今まで彼らに騙されていたことに対する怒りはあったが、同時に、納得もしていた。

彼らは死んだと無理矢理自分を納得させていただけで、永瀬は、阿久津と大黒が生きていることを、望んでいたからだ。

かつて、大黒は権力に屈しない独立した捜査機関である特殊犯罪捜査室を設立することで、それを成そうとしたが、成し遂げることが出来なかった。

永瀬自身も、特殊犯罪捜査室に所属し、痛感したことではあるが、独立した部署を設立しても、結局は警察の組織であることには変わりない。情報の隠蔽を始めとした姑息《こそく》な妨害工作を受けるだけでなく、捜査する上で、法に縛られてしまう。

しかし、罪を犯す連中はルールを守ってはくれない。これでは、いくら抗《あらが》ったところで勝ち目がない。

だから、大黒は自らが死者となって法の外に出たのだ。そうすることで、法を逃れる悪を葬る、影となろうとしたのだ。

そこには、尋常ならざる覚悟があったはずだ。

だが、永瀬はそうではない。今に至るも、迷いの中にいる。阿久津は、そんな永瀬の心情を悟ったからこそ、こうして二人で話す時間を設けたのかもしれない。返答次第では、永瀬を思い留まらせるために——。

「私も同じです」

「え？」

阿久津から放たれた、あまりに想定外の言葉に、永瀬は虚を突かれた。

「私たちがやっていることが、正しいかどうか、未だに判断がつきません」

「そうなのですか？」

「はい」

「では、なぜ阿久津さんは戻って来たのですか？」

阿久津は死んだことになっている。そのまま、天海と静かに暮らすという選択があったはずだ。それなのに、阿久津はこうして舞い戻って来て、事件に関与している。

「それは、怒り故だと思います」

「怒り？」

「はい。この世界は理不尽に溢れています。金や権力がある者たちが、弱者を虐げておきながら、その罪を償うどころか、別の弱者に罰を受けさせる。真っ当に生きている者が報われるのではなく、ずる賢く立ち回った者が得をする」

阿久津の言う通りだ。

一年前の事件の後、警察組織は浄化されたと思ったが、そうではなかった。また、新たな権力者が生まれ、同じことを繰り返す。先日の事件など、まさにその典型だと言えるだろう。トップの首が替わっただけで、中身はこれまでと同じだ。

「阿久津さんは、そうした理不尽を正そうとしているのですか？」

「いいえ。そんな高尚な志ではありません。私は、ただそうした理不尽が許せないのです。だから——怒りなのです」

阿久津の言葉が、永瀬に重く響いた。

「私が大黒さんの誘いに乗ったのも、阿久津さんと同じ、怒りからなのかもしれません」

納得できない。許せない。やり場を無くした怒りの矛先を、大黒に示してもらったからこそ、ここにいるのかもしれない。

だが、永瀬のその言葉に阿久津は拒絶を示した。

「永瀬さんは、同じであってはいけません」

「どうしてですか？」

「大黒さんが、永瀬さんを誘ったのは、あなたに審判を委ねたからだと思います」

「審判？」

「ええ。私たちは怒りに突き動かされて、戻って来ました。ですが、これまでのように、犯人を殺害して、闇に葬るのではなく、別の解決方法を模索しています」

「そうですね」

大黒からも聞かされていたが、阿久津たちは、殺すことを止《や》めた。だからこそ、永瀬も彼らに協力する気になったというところもある。

「しかし、それでも、私たちのやっていることは、違法には違いありません。いつか、己を過信し、それに囚われてしまう日が来るかもしれません。そうなったとき、止める人間が必要なのです」

確かに、阿久津の言う通り、理不尽に対する怒りによって行動していれば、何れは判断を誤る可能性も孕《はら》んでいる。

歯止めをかける存在が必要だという理論も分かる。だが――。

「私に、止められるとは思いません」

それが本音だった。

永瀬一人で、阿久津たちをどうこう出来るとは思えない。

「謙遜ですよ。永瀬さんは、それが出来る人だと思ったからこそ、大黒さんは、あなたを引き入れたのです」

「しかし……」

「悪魔――と呼ばれるのは、私一人で充分です」

阿久津のひと言に、彼の想いが凝縮されているような気がした。

何か問題が起きたとき、阿久津は全ての責任を一人で背負うつもりでいるのだろう。高尚な精神に思えなくもないが、永瀬は、それこそが阿久津の歪みなのだと感じた。

彼は常に罰を受ける日を待ち望んでいる。破滅願望とでも言った方がいいかもしれない。

しかし、それは許されないことだ。なぜなら――。

「もう、あなた一人ではないでしょう」

阿久津には、天海がいる。

それを忘れて、破滅的な思想に走るのは、あまりに自分勝手だ。

「私は、本当は一人でいるべきなのです」

「何を言っているんですか」

「どんな言い訳を並べようと、私は殺人者です。平穏な暮らしなど、望んでいいはずがありません」

阿久津の声が暗く沈んだ。

「しかし……」

「いつかは、罰を受ける日が来るはずです。そうなったときは、後を頼みます」

阿久津は静かに立ち上がり、永瀬が言葉を発する前に歩き出していた。

――そんなことを頼むために、二人の時間を作ったのか？

やはり、阿久津は自らの破滅を望んでいる。いや、そうではない。きっと、彼が望んでいるのは赦しなのだろう。

永瀬は、ただ教会を出て行く阿久津の背中を見送ることしか出来なかった――。

3

「真壁さん――」

真壁が指定されたホテルのロビーに足を運ぶと、沼田が声をかけてきた。

「はい」

「伊達さんがお待ちです。こちらに――」

沼田に案内されるかたちで、真壁は歩き始めた。

「あの――用件は何か聞いていますか？」

真壁は、沼田の背中に向かって訊ねた。

伊達から、深夜に突然呼び出された。しかも、老舗の高級ホテルに。どう考えても不自然な状況だ。何か良からぬことが起きるという予感があった。

「私から答えられることは、何もありません」

沼田は、短く答えると、そのまま廊下を進み、エレベーターに乗り込んだ。

こうなると、黙って従うしかない。

真壁が後に続いてエレベーターに乗り込むと、沼田は最上階のボタンを押した。

エレベーターが動き出しても、沼田は何も喋らなかった。空気が、やけに重く感じる。ウィンチがロープを巻き上げる音が、ささくれ立った精神を削り取っていくようだった。

「妹さんは、お元気ですか?」

エレベーターが、最上階に到着する寸前に、沼田が唐突に口にした。

「え?」

真壁は困惑する。

確かに、真壁には年の離れた妹の翠がいて、現在、同居している。

真壁に妹がいることを知っていたとしても、別に不思議ではない。警察組織は、旧態依然としていて、警察官の家族に関する情報は、筒抜けになっている。だが、問題はそこではない。

なぜ、このタイミングで、翠の話題を出したのか――だ。

間をつなぐにしては遅すぎるし、話題のチョイスとしても、場違いな感じが否めない。

問い質そうとしたのだが、その前にエレベーターが最上階に到着した。沼田が「どうぞ」とエレベーターを降りるように促してきた。

真壁は、もやもやとした感情を抱きながらも、エレベーターを降りる。

改めて前に立った沼田に付き従って、歩を進めた。

「こちらにどうぞ――」

沼田が、カードキーを使ってドアを開けた。

「失礼します」

一礼してから真壁が入ったのは、豪華でシックな造りの部屋だった。おそらく、スイートルームだろう。

大きな窓からは、東京の夜景が一望できる。

部屋の中央に置かれた革張りのソファーに、伊達が腰掛けていた。

沼田はドアを閉めると、ＳＰのように伊達の座るソファーの背後に立った。

「わざわざすまないね」

伊達が、真壁を一瞥《いちべつ》して言う。

なぜ、ホテルの部屋での面会を希望したのか？　疑問はあるが、それをぶつけてはいけない空気だったので、「いえ」と曖昧に返事をするにとどめた。

「座ってくれ」

「はい」

「今日、呼んだのは、留置場で死亡した、渡辺という男の件です。担当は、真壁君でしたね」

真壁がソファーに座るなり、伊達が切り出した。

渡辺は、元警察官の天海志津香に対する殺人未遂の容疑で、永瀬によって現行犯逮捕された。

彼は、都内で白骨死体が発見された事件への関与も疑われていて、取り調べを行うことになっていたのだが、その前に留置場内で死体となって発見された。頸動脈をナイフで切断されたことによる、失血性ショック死だった。

留置場内で被疑者が死亡したという状況は、マスコミの好餌となり、センセーショナルに報道されている。

伊達も、その対応に追われているはずだ。現状の捜査状況を把握しておきたいということだろう。

「はい。現在、捜査を続けています。死亡当日の防犯カメラの映像に、意図的に削除された形跡があり、何者かによって殺害されたと見ています。犯行現場が、留置場であることから、警察内部の犯行の可能性が極めて高いです」

「彼は、自殺しました。そのように正式発表されます」

伊達の言葉の意味を処理しきれず、しばらく返答できずに呆然としてしまった。

「いや……。しかし、現場の状況から考えて、自殺ということはあり得ません」

「どうしてですか？」

――この人は、いったい何を言っているんだ？

「渡辺は、首を切られていました」

「彼が、自分でやったんです」

「それは不自然です。現場に残されていた凶器から、渡辺の指紋は検出されませんでした。自分で首を切ったのであれば、彼の指紋が残っているはずです」

「偶然、付着していなかったというだけでは？」

「しかし、身体検査の段階で、凶器のナイフは確認されていません。第三者の介入は明らかです」

「見落としたんですよ」

伊達は、淀みなく言った。

「そんなはずは……」

「現に、留置場の監視をしていた警察官は、不審な人物は見ていないと証言しています」

「それは……」

偽証だ――と言おうとしたが、思うように言葉が出てこなかった。

真壁を捕らえる伊達の視線に臆したからだ。その先を口に出した瞬間、真壁は警察官ではいられなくなる――そんな圧力が感じられた。

同時に理解した。伊達は、渡辺が自殺ではないことは、百も承知で話をしているのだ。

「渡辺の身体検査を行った担当者とその上司には、何らかの処罰を受けてもらうことになります」

――処罰だって？

渡辺の死を闇に葬るために、正しく職務を全うしていた警察官に罰を与えるなどという理不尽が、まかり通っていいはずがない。

――納得できません！

そう主張して、退席するべきだった。その上で捜査を継続し、事実を明らかにすることこそが、警察官として正しい行動のはずだ。

だが、喉が引き攣って、声を出すどころか、呼吸をするのさえままならなかった。

「この件は、これで決着になります。真壁君も、ご苦労さまでした」

そう言って、伊達が小さく笑みを浮かべた。

――本当にこれでいいのか？

耳の裏で、誰かが叫ぶ声がした。それは、他の誰でもない。過去の自分の声だったような気がする。

「お待ち下さい」

気付いたときには、真壁はそう口にしていた。

「何です？」

「この事件には、明らかに第三者が介入しています。継続して捜査をすべきです」

てっきり激昂されるかと思ったが、意外にも伊達は冷静だった。

小さくため息を吐いた後、「沼田君」と声をかける。それに応じた沼田は、スーツの内ポケットから封筒を取り出し、それを伊達に手渡した。

伊達は、封筒の中身を確認もせずに、黙って真壁に差し出した。

真壁は訳も分からないまま封筒を受け取り、中身を確認してみる。複数の写真が入っていた。

引っ張り出して写真を見た真壁は、思わず背筋を凍らせた。

「これは……」

写真は、駅だったり、コンビニだったり、はたまた、部屋の中だったり、異なる場所で撮影されたものだが、被写体は同じ人物――真壁の妹の翠だった。

「真壁君は、妹さんがいるんですね」

「……」

「君は、他界した両親に代わり、学費を含めて、妹さんの面倒を見ているそうじゃないか。今は、同居しているとか」

「な、なぜ、その話を今……」

「理由はない。ただの世間話だ。君は立派な人物だと褒めているんですよ」

真壁は、ただ戦慄するしかなかった。

明言こそしていないが、こうやって翠の写真を出して来たということは、もし真壁が余計なことをすれば、彼女に危害が加えられることを意味している。

沼田がエレベーターの中で、妹の話を持ち出したのは、この伏線だったというわけだ。

「世間話で、話が逸れてしまいましたね。良からぬ噂を立てる者もいるでしょうが、くれぐれも憶測で余計なことをしないようにお願いします」

伊達はそう続けた。

本当は抗うべきなのだろう。だが、結局、真壁は「分かりました」と絞り出すように言うのが精一杯だった。

——正義は何処にいった?

耳許で再び過去の自分の声がした。

真壁は固く瞼を閉じ、心の内で「黙れ」と過去の己を圧した。

今、真壁の中で起きていることは、決して特別なことではない。かつて、真壁が軽蔑した上司たちも、こうした岐路に立たされて来たに違いない。

そして、今の真壁と同じように、理想を殺し、現実に生きるという選択をしたのだろう。

「それから、以前も話しましたが、特殊犯罪捜査室の動向についても、しっかりと観察するようにお願いします」

「はい」

「このところ、あの部署に情報が漏れている気配があります。くれぐれもご注意下さい」

この言いようからして、伊達は、真壁が永瀬に情報を流していたことを、知っているに違いない。

だから、翠の写真を見せて、真壁に圧力をかけた上で釘を刺したのだ。

「心得ています……」

そう答えるしかなかった。

僅かに残っていた警察官としての矜持さえ、黒く塗り潰されたような気がした。

「話は以上です――」

伊達が、会話の終了を告げたので、真壁はソファーから立ち上がった。

「妹さんに、よろしく」

真壁が部屋を立ち去ろうとしたとき、沼田がボソッと言った。

おそらく、翠を尾行し、写真を撮影したのは沼田だ。目眩を覚えるほどの怒りが湧き上がる。

――穢らわしい目で妹を見るな！

そう言って沼田を殴り倒してやりたかったが、真壁は「ありがとうございます」と感謝の言葉を口にした。

自分は、もう傀儡《くぐつ》になり下がったのだ。

4

「本当に、彼を巻き込んでしまって、良かったのですか?」

教会の奥にある、大黒の私室に入ったところで、天海は質問をぶつけた。

大黒はすぐに返答することなく、椅子に腰掛け、小さく笑みを浮かべてみせた。

整形で顔つきこそ変わっているが、大黒が放つ独特の雰囲気はそのままだ。まるで、彼自身が悪魔なのではないか——と感じることすらある。

「人を殺めずに、罪を暴くためには、彼の協力は必要不可欠です」

長い沈黙のあとに、大黒が言った。

それが、彼が示した新たな道であり、天海たちもそれに賛同した。

阿久津が直接手を下さず、罪を暴けるなら、それに越したことはないと思えた。

だが——。

「確かにそれはそうですが、事実を知る人間が多くなれば、それだけ大黒さんや阿久津さんの生存が明るみに出るリスクも増えます」

永瀬を疑っているわけではない。ただ、繋がりを持ち続ければ、彼の動きを訝《いぶか》しむ者が出てくるのは必然で、そこから、情報が漏れることも、充分に考えられる。

「その時は、その時です」

大黒の言いようが、あまりに楽観的だったことに驚く。

「そんな……」

「私や阿久津さんの死は、所詮偽装したものです。遅かれ早かれ、真実が明るみに出ることになるでしょう」

「でも、それでは……」

「問題は、彼の生存が明かされたときに、世間が彼のことをどう受け止めるか――です」

「それは未知の領域です」

「本当にそうでしょうか？　私たちの振る舞い次第では、彼の存在を、悪魔ではない、別の何かにすることが出来るはずです。しかし、方法を間違えれば、彼は再び悪魔として、追われる身となるでしょう」

今の言いよう――阿久津の生存が明かされることが前提であるかのように聞こえる。

「彼は、もう悪魔にはなりません」

天海がきっぱりと言うと、大黒はふっと表情を緩めて笑みを零した。

「あなたにとっては、そうでしょう。でも、それは阿久津という個人を知っている、あなただからこその判断です」

「何が仰りたいんですか？」

「世間というのは、背景や思いを感じ取ってはくれません。人は、多面性を持つと知りながら、表層に現れたたった一つの事実のみで、人を定義します」

悔しいが、大黒の言う通りだ。

阿久津が人を殺したのは、彼らが法の日をかいくぐった犯罪者であり、野放しにすれば、より多くの命が奪われるからだ。それを止めるために、やむを得ない判断だった。

だが、その背景は世間には伝わらない。現職の警察官でありながら、殺人を犯したシリアルキラーという事実だけが先行し、認知されてしまう。

「だとしたら、やはりこれ以上、事件に関わるのは止めるべきです」

天海が主張すると、大黒がこちらに顔を向けた。

その目は、光さえ呑み込むブラックホールのように見えた。

「本気で、そう考えているのですか？」

返答が出来なかった。

大黒の圧に屈したのではなく、天海自身が己の矛盾に気付いたからだ。

阿久津のことを考えれば、これ以上、彼を苦しめないためにも、事件に関わるべきではないと思う。だが、同時に、犯罪者が野放しになっている理不尽な現状に、強い怒りを覚えてもいる。

そして、それを止めることが出来るのが、阿久津だけであることを知っている。

「私は……」

「彼は、自分の進むべき道を決めたのです。それは茨の道です。あなたに与えられた選択肢は、彼の元を去るか、或いは、共に苦しみを分かち合うか——その二つに一つです」

大黒の言葉に、押し黙るしかなかった。

わざわざ、こんな二択を提示されるまでもなく、どうすべきかは、天海の中でもう結論が出ている。

何があろうと、阿久津と共に道を歩むと決めたのだ。

その先に続いているのは、平穏な幸せではなく、苦痛と哀しみに満ちた地獄なのだろう。それでも——。

「覚悟は出来ています」

天海が返事をすると、大黒は全てを察したように頷いた。

「あなたなら、そう言ってくれると思っていました」

「それで、これから、どうするのですか？」

天海は、気持ちを切り替える意味も込めて、大黒に指示を仰いだ。

「事件の黒幕が、コンシェルジュと呼ばれている存在であることは、間違いありません。その正体を突き止めることが、最優先でしょうね」

大黒の言う通りだ。

英子から受け取ったマイクロSDカードの中のデータに関しては、友人の浜野に依頼して、既にロックを解除して中身を確認してある。

その内容は、キリスト教系宗教団体のヤコブの会と政治家との癒着を示すものだった。ヤコブの会が、政治家たちのマネーロンダリングを請け負い、その見返りとしてあらゆる便宜を図っていた。

ヤコブの会は、悪名高い宗教団体で、霊感商法まがいのやり方で、信者から多額の献金を吸い取っている。そのことで、家族離散や自殺に追い込まれた者たちもいる。かなり根の深い問題だ。

さらには、こうした事実を白日の下に晒そうとした者たちを、事故や自殺を装って、殺害した事実までデータに含まれていた。

しかも、関与している政治家の数は百人を超える。それこそ、一大スキャンダルに発展することは間違いない。個々人が進退を迫られるだけでなく、与党が崩壊しかねないレベルのものだ。

英子の妹の優希が殺害されたのは、このデータに関わったからに他ならない。

そして、彼女たちを死に追いやった犯人は、既に判明しているが、それも実行役に過ぎない。

その背後には、それを指示した黒幕がいる。

その黒幕こそがコンシェルジュ。その正体を突き止め、捕らえなければ、事件の解決はあり得ない。

だが――。

「コンシェルジュとは、いったい何者なのですか？」

これまでの事件の中で、随所にその名前を耳にしているが、今に至るもその正体についてはほとんど何も摑めていない。

「それは、私にも分かりません。そもそも、個人名なのか、組織の名称なのかも判然としません。ただ、一つだけはっきりしていることがあります」

「何ですか？」

「コンシェルジュが、警察の中枢にまで食い込んでいるということです」

「その根拠は何ですか？」

「永瀬が言っていましたね。天海を襲った男――渡辺が、留置場の中で何者かに殺害された――と。そうなると、警察の人間が関与していることは、ほぼ間違いないでしょう」

大黒の指摘通り、警察内部の人間の協力なくして、留置場内での殺人など実行不可能だ。

「どうやって見つけ出すのですか？」

それが一番の難題だ。

永瀬に動いてもらうという方法も考えたが、それはあまりにリスクが高い上に、こちらの動きを気取られることにもなる。

「それについては、阿久津から、既に提案をもらっています」

その先は、説明されなくても、何をやろうとしているのかは、容易に想像がつく。

阿久津を渡辺の死体に触れさせ、その記憶から犯人を割り出すつもりだ。

また阿久津の心が殺されるのかと思うと、突き刺すような痛みが胸に走る。

こんなことを続けていれば、近いうちに阿久津の心が壊れてしまう。他に方法があるはずだ。

阿久津に頼らず、自分たちで証拠が摑めれば、彼を苦しませずに済む。

「彼を止めることは、出来ませんよ」

大黒が、天海の心を見透かしたように言った。

「…………」

「辛い気持ちは分かります。しかし、彼が望んだ道でもあるのです。私たちに出来ることは、ただ見守ることだけです」

「…………」

阿久津の能力に頼らなければ、自分たちは、何ひとつ出来ない。それが、もどかしかった。

こんな気持ちのまま、私は彼と歩み続けることが出来るのだろうか？

大黒の言うように、阿久津の生存が明かされたとき、世間がどんな反応をしようと、隣で彼を支えたいと思う。

だけど、きっと彼はそれを望まないだろう。

それが分かっているからこそ、余計に苦しくなる――。

5

「来たか――」

阿久津がドアを開けると、デスクに着いていた佐野が、ゆっくり顔を上げた。

「ご迷惑をおかけします」

阿久津が頭を下げると、佐野はわずらわしいという風に、顔の前で手を振った。

「気にするな。望んでやっていることだ」

「しかし、こんなことが表沙汰になったら、佐野さんにも害が及びます」

「今さら何を言ってる。お前さんと、大黒さんの死を偽装したときに、覚悟は出来ている」

佐野は何気ない風に言っているが、それが真実でないことは、わざわざ触れるまでもなく分かる。

阿久津たちに協力するということは、犯罪行為に手を貸すのと同義だ。佐野の中で、そのことに対する葛藤があったことは間違いない。その上で、覚悟を決めてくれたのだから、それに応えなければと思う。

「ありがとうございます」

「礼を言われるようなことじゃない。おれも、お前さんたちと同じで、理不尽が我慢ならないだけだ」

「その結果、誰かを殺すことになっても？」

阿久津が訊ねると、佐野の眉がビクッと跳ねた。

「お前さんは、もう殺さないんだろ」

「そうでありたいと思っています」

阿久津とて、好き好んで人を殺してきたわけではない。

誰も殺めることなく、事件を解決できれば、それに越したことはない。だが、そうはならなかった。

権力に守られている者たちは、狡猾に法の目を逃れてしまう。その犯行を止めるには、命を奪うしか方法はなかった。

──本当にそうか？

阿久津の耳許で声がした。

それは、酷く暗い声だった。聞き覚えがある。そう。これは、過去の自分の声だ。

殺す以外の方法が、本当に無かったと言い切れるのか？　殺すことに快感を覚え、言い訳を連ねていただけではないのか？　そんな思いが、頭の中を駆け巡る。否定したいが、そうできない自分がいた。

「大黒さんから連絡を受けている。例の渡辺の死体を見たいんだな──」

佐野が大きく伸びをしながら立ち上がったことで、阿久津の思考は中断された。

「お願いします」

阿久津が応じると、佐野は部屋を出て廊下を歩き始めた。その背中を追いかける。

「さっき、本庁の刑事から連絡があってな。渡辺って男は、自殺ということで処理するそうだ」

佐野が歩きながらポツリと言った。

「佐野さんの見解は、どうなのですか？」

「あれが、自殺なわけあるか。誰でもひと目見れば分かる」

「それでも自殺で処理しようとしているということは、裏に何かある――と見た方がいいですね」

「ああ。その可能性が極めて高い」

佐野は、解剖室のドアを開けて中に入った。阿久津も、その後に続く。

室内はひんやりとしていた。血と消毒液とが混じり合った、独特の臭気が鼻を抜ける。

佐野が電気を点ける。ＬＥＤライトの目映さに、目の前が真っ白になったが、何度か目を瞬かせると、次第に目が慣れてきた。

中央に置かれた解剖台の上に、渡辺の死体が横たわっていた。

「死因はナイフで左の頸動脈を切断されたことによる、失血性ショック死だ。その他に、防御創を含め、目立った外傷がない。正確に頸動脈を切断している手腕から、プロの仕業だな。それと……」

解剖台の前に立った佐野が、説明を始める。

阿久津は、その話を聞きながら、背中を冷たい汗が流れていくのを感じた。

これから渡辺の死体に触れ、彼の死の間際の記憶を感知することになる。平静を装ってはいるが、阿久津にとっては死刑台に立たされているのと同じだった。

視覚のみの映像のような限定的な記憶だけであれば、こんな思いをすることはないのだが、阿久津が感知する記憶の中には、痛みや恐怖といった感覚も含まれる。

死体に触れる度に、阿久津は死を経験しているのだ。冷静でいられる方がおかしい。

「お前さんには、説明の必要がなかったな」

佐野が、呆れたようにため息を吐きながら言った。

阿久津の心が、ここにあらずということが伝わってしまったらしい。

「いえ。そんなことはありません。私が感知できる記憶は、あくまで触れた相手に残るものです。被害者が犯人を見ていない可能性もありますし、自分に何が起きたのか理解する前に、殺されたということも考えられます。充分に参考になります」

取り繕ったわけではない。事実としての阿久津の見解だ。

記憶を感知できるといっても、万能ではない。被害者が見たもの、感じたことしか知ることはできない。

佐野の客観的な視点は、阿久津の感知したものを補完するのに、非常に役立つ。

それに、阿久津の能力を知る者が、それを先回りして何らかの工作をしてくる可能性も、ゼロではない。

阿久津は、解剖台に歩み寄ると、改めて渡辺の死体を見下ろした。

生気の無い目で、じっと天井を見つめている。

左の頸動脈のあたりに、ナイフで切られた痕が見て取れる。自分でやったにしては、傷が深いし、躊躇《ためら》い傷のようなものもない。

佐野の言う通り、その筋のプロフェッショナルによるものである可能性は高いかもしれない。

何れにしても、触れてみれば分かることだ。

阿久津は、両手に嵌めた黒い革の手袋を外し、そっと死体の傷口に触れた。

途端、脳に大きな衝撃が走り、目の前が真っ白になる。

やがて、渡辺の記憶が阿久津の中に流れ込んでくる。

薄暗い留置場の部屋の隅に座っていると、カツカツと床を鳴らす靴音が響いて来る。

その音は、次第に近付き、今いる部屋のドアの前で止まった。

鼓動が速くなり、掌に汗が滲む。

恐怖だ。

そして絶望――。

鍵の外れる音がして、ドアノブが回ったかと思うと、何かが素早く部屋の中に入り込んで来た。

抵抗する間もなく、喉に冷たい刃物が押しつけられた。

頸動脈と気管を切断され、声を出すことも出来なかった。熱い痛みとともに、血がとくとくと流れ出て行く。

意識が遠のく中、視界の中に薄らと笑みを浮かべる男の顔が見えた。

知らない男だった。幽鬼のように、仄暗い目をしていて、右の額に大きな古い傷があった。

切られた首の痛みが、薄れていく。

寒い。

身体が震えるほどに寒かった。

次第に意識は闇に溶けていった――。

阿久津が感知できた記憶は、そこまでだった。

気付くと阿久津は、解剖台の前に座り込んでしまっていた。

自分の意識は覚醒したのだが、未だに首には痛みが残っている気がした。それと、渡辺が感じた恐怖と絶望が、絡みついてくる――。

「大丈夫か？」

佐野が、声をかけてくる。

「ええ。平気です」

そう答えながら、阿久津は佐野の手を借りて何とか立ち上がった。

「顔色が悪いぞ」

「いつものことです」

阿久津は、笑みを浮かべてみせたが、自分でも引き攣ったものになっているという自覚があった。

「そうは言うが、何度もこんなことを続けていたら、精神がもたんぞ」

「大丈夫です」

こうして死に対して苦痛と恐怖を感じることは、悪いことだとは思っていない。これが当たり前になり、何も感じなくなったなら、阿久津は本物の悪魔になってしまうに違いない。

それに、苦痛を味わうことにはなったが、それに見合う成果はあった。

6

永瀬が、天海から連絡を受けたのは、翌日の朝早くだった――。

特殊犯罪捜査室にある自席に座っていたので、このまま話をするのは拙い。永瀬は天海に少し待つように告げて席を立った。

日頃から、単独行動が多いということもあり、永瀬が部屋を出て行っても、特に気にする者はいない。いや、玲香だけは、咎めるような視線を永瀬に向けていたが、それを知らぬふりをして廊下に出た。

「すみません。お待たせしました」

廊下に出て歩きながら、永瀬が話を始める。

〈本当に大丈夫ですか?〉

「ええ。今は、周りに誰もいません」

永瀬は、周囲に人がいないか視線を走らせつつ、廊下の突き当たりのドアを開けて、非常階段に出た。

吹き付ける外の風が、やけに冷たく感じられた。

〈彼が、渡辺に触れました――〉

「それで何か分かりましたか?」

現状、ほとんど手掛かりがない状態だ。正確には隠蔽されている。

阿久津が渡辺に触れ、その記憶を見たのであれば、それはこの上なく、大きな手掛かりになる。

〈渡辺を殺した犯人が、ドアの鍵を開けて留置場の部屋に侵入したのは、間違い無さそうです〉

「やはり、警察関係者――ということですね」

〈おそらく〉

留置場内を、堂々と行き来できるとなるし、警察関係者しか考えられない。

それでも、許可なく侵入すれば、監視役が咎めるはずだ。それも無かったということは、監視役であった警察官も、懐柔されていた可能性が高い。

大黒の言っていた敵――コンシェルジュは、警察組織のかなり深い部分にまで入り込んでいることになる。

やはり、この件は秘密裏に動かなければならない。

「他に、何か分かったことはありますか?」

〈暗くて顔は判然としなかったようですが、右の額に大きな古い傷痕があったそうです〉

「額に傷……」

永瀬の中に、一人の男の顔が浮かんだ。

刑事部長である伊達の右腕と目される、沼田という男だ。彼の額の右には、特徴的な傷がある。

〈心当たりがあるのですか?〉

「はい。額の傷という少ない情報だけなので、確証はありませんが、少し当たってみます」

〈分かりました。ただ、充分に注意して下さい。動きを気取られれば、ただでは済みません〉

「そうですね」

それは、渡辺の件を見れば明らかだ。

コンシェルジュは、渡辺が逮捕されるや否や、容赦なく消したことからも、その非情さはよく分かる。

〈こちらからも、何か分かったら連絡します〉

「お願いします」

電話を切った永瀬は、外階段の鉄柵に身体を預ける。

もし、沼田が犯人だとすると、その上司である伊達が、何も知らなかったということはないだろう。

いや、むしろ伊達が指示役で、沼田が実行犯と考えるのが自然だ。

伊達は黒イタチの異名を取る切れ者だ。各方面に顔が利くし、圧力をかけることも出来る。留置場の監視役を丸め込むことくらいは、容易にやってのけそうだ。

もしかしたら、大黒の言う敵コンシェルジュの正体とは、刑事部長の伊達なのかもしれない。

最初は思いつきに過ぎなかったが、考えを深めるにつれて、それは確信へと変わっていく。

何れにしても、刑事部のことであれば、真壁に探りを入れてみるのも、ありかもしれない。以前の真壁なら、一蹴されたかもしれないが、今の彼なら、何かしらの情報を提供してくれる可能性がある。

それに、真壁はリスクを冒して、永瀬に情報を流してくれている。やり方は違うものの、彼は、彼なりに組織の中で闘っているのだろう。

警察内で、唯一信頼出来る相手と言っていい。

少し前まで牽制し合っていた真壁相手に、信頼という言葉が浮かぶとは、自分でも思ってもみなかった。

「今度は、何を調べているんですか？」

急に聞こえて来た声に、永瀬は驚き、素早く身構える。

視線を向けると、何時の間にか、玲香が非常階段に立っていた。天海との会話を聞かれたか？

いや、それはない。もし、そうなら、永瀬も流石に気付いている。つい今し方、非常階段に足を運んだのだろう。

「いや。何でもない」

永瀬は、苦笑いを浮かべつつ、玲香の脇を抜けて廊下に戻ろうとした。

「待って下さい」

玲香が、永瀬の腕を摑んだ。

「どうした？」

「いい加減、本当のことを話して下さい」

「何の話をしているんだ」

自分でも、白々しいと思う。

玲香が、何を訊ねているのか分かっていながら、惚けてみせる己の厚顔さに吐き気すら覚える。

「いつまで、そうやって逃げ回るつもりですか？」

「別に、逃げ回ってはいない。本当に、何でもない。それだけだ」

「そんなに、私のことが信頼できませんか？」

永瀬を見据える玲香の目が、涙に濡れていた。

哀しみの涙ではない。永瀬に対しての失望からくる涙だろう。

故に、心が大きく揺さぶられる。

玲香は、これまで根気強く、永瀬について来てくれた。多少の不平不満は口にしていたが、それでも、投げ出すことは無かった。

彼女も、彼女なりの覚悟を持って、特殊犯罪捜査室という組織で奮闘しているのだ。

その労に応えるためにも、真実を話すべきかもしれない。

だが、永瀬がそう思ったのは、ほんの一瞬で、すぐに玲香を巻き込むべきではないという結論に至った。

玲香のことは信頼している。だが、真っ直ぐでひたむきな彼女だからこそ、闇に触れさせてはいけないと思う。

阿久津たちに協力するということは、警察官としての矜持を捨てるのと同じだ。

勝手な決め付けになるが、彼女の真っ直ぐさは、法の中にいてこそ活きるものであって、永瀬のように穢れる必要はない。

何より、彼女を危険な目に遭わせたくなかった。もし、玲香に何かあれば、永瀬は冷静ではいられない。と、そこまで考えが及んだところで、永瀬は、自分が彼女に特別な感情を抱いていることに気付いた。

「信頼はしている。何かあれば、すぐに伝える」

そう言うと、玲香は永瀬の腕を摑んでいた手を、ゆっくりと離した。それと同時に、彼女の心もまた離れていくのを、はっきりと感じた。

埋めることの出来ない、大きな溝——。

警察官として、いや、一個人として、彼女の心を繫ぎ留めたいと思う。今、全てを打ち明ければ、それが出来るはずだ。

だが、永瀬はそれを実行に移すことはなかった。

玲香を守りたいと思うからこそ、彼女とは距離を置かなければならない。その結果、離れていくことになったとしても——。

「分かりました。代わりに、永瀬さんにお願いがあります」

玲香が改まった口調で言った。

「何だ？」

「休暇を頂きたいと思います。申請は、後ほど提出させて頂きます」

「いつからだ？」

「今日からでお願いします」

「理由を訊いてもいいか？」

永瀬が問うと、玲香はわずかに首を傾けて、小さく笑みを浮かべた。

「失恋です」

「は？」

「嘘です。ただ、少し疲れてしまったんです」

玲香はそう言って、僅かに目を伏せた。

永瀬には、引き留める権利も資格もない。そもそも、休暇を取りたいと考えるほどに、彼女を追い詰めたのは、誰あろう永瀬自身なのだ。

「分かった」

永瀬が、そう答えると、玲香は一礼してから階段を駆け下りて行った。

——彼女は、もう戻って来ない。

去りゆく玲香の背中を見送りながら、永瀬は漠然とそう感じた。だが、それが最善なのかもしれない。

7

病院の待合室のベンチに座った真壁は、目頭を揉みながら深いため息を吐いた——。

朝から体調が優れなかった。自宅を出る前に、妹の翠からも、何度も休んだ方がいいと心配されたが、無理して登庁した。

だが、頭痛が酷く、凡ミスを繰り返す始末で、結局、許可をもらって病院に足を運ぶことになった。

とはいえ、体調が優れない理由は分かっている。極度のストレスだ。昨晩の伊達との会話が、何度も頭の中を巡り、ろくに眠れなかった。

ストレスなら、病院に来たところで意味はないのだが、それでも一人になりたかった。庁内の空気を吸っているだけで目眩を覚える。

真壁の頭を支配していたのは、これまで信じていた警察という組織から、裏切られたという絶望だ。

――違うだろ。

耳の裏で、過去の自分の声がした。

その通りだと思う。裏切ったのは、警察組織ではない。真壁自身が、己の信念を裏切ったのだ。翠の安全を確保するためとはいえ、渡辺の事件に、明らかな不審を抱きながら、捜査を止め、口を閉ざすという選択をした。真壁も、所詮は同じ穴の狢《むじな》だったことを思い知らされた。

再びため息を吐いたところで、スマートフォンに着信があった。

永瀬からだった。

電話に出るかどうか、迷いが生まれた。今、永瀬と話せば、改めて自分の惨めさを突き付けられることになる。それでも、真壁は待合室を出てから電話を取った。自虐的思考からではない。伊達に与えられた役割を果たすためだ。

〈突然、すみません。永瀬です〉

「どうかしましたか？」

真壁は、動揺している心中を気取られぬように、冷静な口調で訊ねる。

自分の声が、まるで別の誰かのもののように聞こえた。

〈実は、折り入ってご相談したいことがあります〉

「私に――ですか？」

〈はい。留置場で渡辺が殺害された事件についてです〉

心臓が巨大な機械でプレスされたかのような痛みに襲われる。

「あの事件は、自殺ということで決着が付いたはずです。記者発表も行われたと思いますが……」

〈真壁さんは、それを信じているのですか？〉

永瀬の言葉が突き刺さる。

「…………」

〈もし、あの発表に納得しているのだとしたら、もう話すことはないので、電話を切らせて頂きます〉

永瀬は、真壁に問いかけている。お前はどっち側の人間なのか——と。

真壁は乾いた唇を舐めてから、「納得などしていませんよ」と慎重に答えた。

〈真壁さんなら、そう言うと思っていました〉

永瀬の声には、安堵が滲んでいた。

きっと、真壁を信頼してくれているのだろう。少し前なら、喜んだかもしれないが、今は苦しいだけだ。

「それで、何か分かったのですか？」

〈はい。おそらく、渡辺を殺害したのは、警察内部の人間です〉

あれを殺人と仮定するなら、そうでなければ話が通らない。ただ、そんな単純な推理を披露するために、電話してきたわけではないだろう。

「永瀬さんは、心当たりがあるのですか？」

〈私は、沼田さんが容疑者の一人だと思っています〉

永瀬がきっぱりと言った。

「沼田さんが犯人と考える根拠は、何ですか？」

〈すみません。それについては、まだ話すことが出来ません〉

「また、お得意の隠蔽ですか？」

責めるような口調になってしまった。

こうもころころ態度を変えたのでは、永瀬も困惑するはずだ。

〈違います。沼田さんが容疑者であるというのは、信頼出来る筋からの情報ですが、その出所や根拠については、まだお話しすることが出来ないんです〉

「で、ただ情報を渡すためだけに連絡したのですか？」

〈いえ、違います。出来れば、沼田さんが事件に関与しているか否かを見定めるためにも、協力して頂きたいと。私より、真壁さんの方が沼田さんに近いですし、色々と引き出せる情報もあるかと思います〉

「つまり、情報の出所は教えられないが、私に協力して身内を探れ――ということですか？」

意図せず、皮肉めいた口調になってしまった。

〈そうなります……。無茶苦茶なことを言っているのは、承知しています。しかし、この事件をこのまま終わらせることは出来ません〉

――お前が羨ましいよ。

真壁は、内心で呟いた。

永瀬と自分とで、いったい何が違ったのだろう？　どうすれば、自分も永瀬のように、迷いのない生き方が出来たのだろう？

「分かりました。こちらで、分かる範囲で沼田さんのことを当たってみます」

真壁が答えると、永瀬は〈ありがとうございます――〉と一際大きな声で応じた。

〈それから、もう一つ〉

「何ですか？」

〈真壁さんは、コンシェルジュという言葉を聞いて、何か思い当たることはありますか？〉

「ホテルの宿泊客の要望に対応する世話係のことですよね。それがどうしたのですか？」

〈いえ。思い当たる節がないなら、それでいいんです〉

永瀬は、そう言うと電話を切った。

真壁は鈍色の空を見つめつつ、すぐに伊達に電話を入れた。

〈何の用ですか？〉

開口一番、伊達の不機嫌な声が返ってくる。

「先ほど、特殊犯罪捜査室の永瀬から電話がありました」

〈何と言っていましたか？〉

伊達の態度が、急に前のめりになる。

「永瀬は、渡辺の一件を殺人だと考えているようで、独自に捜査を継続しています」

〈そうですか〉

「容疑者として、沼田さんの名前を口にしていました」

真壁がその名を出すと、伊達は電話の向こうで沈黙した。

わざわざ問い質すまでもない。この反応こそが答えだ。沼田は、渡辺の事件に関与しているのだ。そして、伊達はそのことを承知している。

〈彼は、なぜ、沼田君が容疑者だと考えているのですか？〉

「それについては、教えてもらえませんでした。ただ、信頼出来る筋からの情報だ――と」

〈他には何か言っていましたか？〉

「コンシェルジュについて、何か思い当たることはあるか――と」

〈それで、何と答えたのですか？〉

「ホテルの世話係だと。永瀬は、思い当たる節がないならそれでいい、と電話を切りました」

〈分かりました。ご苦労さまです。後は、こちらで対処します〉

伊達は、そう言うと電話を切った。

真壁はスマートフォンをじっと見つめた。真っ暗な画面に反射した自分の顔は、まるで死神のようだった――。

8

沼田は、背中を丸めるようにして駅の構内を歩いていた――。

俯き加減に見えるが、実際はちゃんと視野を確保しているので、行き交う人の波の中にあっても、他の誰かとぶつかることはない。

それに、視界の隅には、絶えず一人の女の背中を捉えている。

茶色がかったセミロングの髪に、流行の服装をした中肉中背で量産型の特徴のない女だが、それでも見失うことはない。

沼田は、以前から尾行は得意だった。尾行にはコツがある。ただ、闇雲に後をつけるのではなく、ターゲットの行動を先読みすることだ。予め、何処に向かうか見当をつけた上で追いかければ、ロストするような失態は犯さない。

経験から培ったスキルだが、沼田が尾行を得意とする一番の要因は、存在感が希薄なことだろう。

いつ、何処にいても悪目立ちしない。

幼い頃から、沼田はずっとそうだった。見た目ではない。自己を主張せず、何も考えないことが、周囲に溶け込む一番の秘訣だ。

沼田は、ずっとそうやって過ごしてきた。

そのお陰で、幼い頃から、グループの中心になることはなかったが、苛めの対象になることもなかった。

沼田は、目立つことを恐れていた。いや、実際には、人の視線が怖かったのだ。

誰かに注目されることが、沼田にとって精神的な負担になる。自分に何かを求める目に晒されると、それだけで呼吸が苦しくなる。

最近になって知ったのだが、人の視線に恐れを抱くのは、社会不安障害の症状の一つで、いわゆる対人恐怖症だ。

だから、キャリアとして警察組織に入ってからも、目立たず、誰かの陰に隠れるよう意識してきた。

出世のために、躍起になる者たちは多かったが、そうやって悪目立ちすることで、反感を買い、落ちていく連中を腐るほど見てきた。別にトップを目指しているわけではない。ほどほどでいい。適度なポジションを確保できれば、それでいいと思っていた。

だが――。

思いがけず、出世の道が示されてしまった。それは、沼田が勝ち取ったのではなく、同期が脱落した結果として、順番が回ってきたというだけのものだった。

期待を込めた視線を向けられるようになり、沼田は精神的に追い詰められ、夜もろくに眠れなくなった。

そんな中で、交通事故を起こしてしまった。

同情の視線が向けられたが、沼田にとっては幸運だった。これで、もう期待されなくていいのだと安堵した。

ところが、そう単純なことではなかった。

今度は、腫れ物に触るような視線を向けられるようになった。顔を合わせれば、例外なく額の傷に視線を向けてくる。

――見るな！

心の中で、何度そう叫んだか分かったものではない。

出世街道を歩まされていたときより、一層、精神を病んでいった。自暴自棄になり、現実から逃げるために違法薬物に手を出し、反社会的勢力の連中とも繋がりを持った。彼らは、沼田の顔を見ない。見ているのは、警察官という肩書きだけだ。それが、居心地が良かった。

伊達から呼び出しを受けたときは、これまでの違法行為が露見したのだと覚悟を決めたのだが、切り出されたのは、想定外の話だった。

それは、影になることだった――。

伊達の影となり、様々な汚れ仕事をこなすのが、沼田の役割だった。その中には、人を殺すことも含まれていた。

最初は躊躇いもしたが、一度、踏み込んでしまった後は、もう何も感じなくなった。

思えば、幼い頃から、目立たないようにするために自我を持たないようにしてきた。何も考えず、周囲に同調する術を身につけてきた。

自分の意思ではなく、別の誰かによって与えられた指示であれば、機械のように動くことが出来る。

たとえそれが殺人であったとしても――。

伊達は、沼田のそうした性質を知っていたからこそ、影としての役割を与えたのだろう。

正直、真壁も同じタイプの男だと思っていた。

従順で、自分で考えることを止めた憐れな犬。そこにシンパシーを感じていたのだが、最近の真壁は、なぜか己の意思を持ち始め、伊達に抗うようになった。

そのことが、沼田には堪らなく許せなかった。

まるで沼田の人生を否定されているような気分に陥った。

だから、伊達から真壁の妹の翠の行動監視をするよう指示されたときは、柄にもなく喜びの感情を覚えた。

自分の意思などを持つから、こういうことになるのだと嘲りもした。

おそらく、真壁は伊達に消されるだろう。翠の行動監視は、そのための布石のはずだ。

——愚かな。

内心で呟く。

翠は、駅の構内を出て、自宅へと向かう路地を歩いていた。人通りが少なくなってきたので、気付かれないように少し距離を置く。

翠が角を曲がったところで、反対側からこちらに向かって歩み寄ってくる男の姿を視野に捉えた。

さり気なく身を引いて避けようとしたのだが、その男は、いきなり距離を詰めて沼田の腕を摑んできた。

——何だ？

顔を上げると、左耳が欠損した男が、粘着質な笑みを浮かべながら、沼田を見ていた。

視線が絡みつく。

——見るな。

「何ですか？　急に」

沼田が訊ねると、男は黄ばんだ歯を見せて笑った。

「お前に用があったんだ」

「は？　人違いではありませんか？」

見覚えのない男だ。こんなところで、モタモタしていては、ターゲットである翠を見失ってしまう。

いや、そうではない。沼田は、この男のことを知っている。神部だ。だが、沼田は神部と接点がない。話しかけられる謂れはない。

「いいや。間違っていない。あんた、沼田竜司だろ？」

「どうして名前を？」

「そうだよな。気になるよな。どうして、おれみたいな男が、あんたの名前を知っているのか？何で尾行中に声をかけて来たのか？　それには、ちゃんと理由があるんだぜ。え？　その理由は何かって？　あんたは、ミスを犯したんだ」

「何の話をしている？」

「だからさ。渡辺を殺すとき、顔を見られるな——と指示されただろ。それなのに、お前は塩見に自分の顔を晒してしまったんだ」

——どうして、そのことを知っている？

「お前は……」

「どうせ、死ぬ人間だ。顔なんて見られても、構わないと思ったんだろ」

神部が沼田の耳許で囁く。

「何が言いたい？」

「だからさ、あんたは間違いを犯したんだ。上の指示はちゃんと聞いておくものだ。世の中には、口なしのはずの死人の記憶を、見ることが出来る男がいるんだ」

「…………」

「あんたも、知っているだろ。阿久津誠――悪魔と呼ばれた男だ」

「阿久津誠……」

警察内で、その名を知らない者はいない。だが、どうして、今さら神部がその名を出す？　阿久津は死んだはずだ。

沼田の思考を遮るように、白のハイエースが走って来て、すぐ脇で停車した。

「安心しな。真壁の妹のことは、おれが引き継ぐ」

「だから、何の話をしている？」

「あんたには、ミスの責任を取ってもらうって話だよ」

神部が言い終わるなり、ハイエースのスライドドアが開いた。

――拙い。

そう思ったときには、既に遅かった。

沼田は、神部に羽交い締めにされ、そのままハイエースの中に引き摺り込まれた――。

9

「今日は、ここまでにします――」

天海が講義の終了を告げると、大教室にいた学生たちが、一斉に退室の支度を始め、さっきまでとは異なり、弛緩した空気に満たされる。

緊張から解放されたのは、何も学生ばかりではない。天海も、小さく息を吐いて支度を始める。

今日は、あまり講義に集中することが出来なかった。

どうしても、事件のことが頭を占領する。

阿久津から得た情報は、既に永瀬に伝えてある。反応からして、永瀬は実行犯に目星をつけているようだった。

問題は、その先だ。実行犯を押さえたところで事件は解決しない。前回の渡辺と同じように、口封じをされて終わりだ。黒幕であるコンシェルジュを炙り出さなければならない。

大黒には、何か策があるのだろうか？

そんなことを考えながら荷物を纏め、教室を出たところで、「あの――」と声をかけられた。

振り返ると、小柄でメガネをかけた女子学生が立っていた。

講義終了後に、学生から質問を受けることは多いが、目の前にいる女子学生は、見覚えがない。

天海の講義を受けている学生ではない。

「どうかしましたか？」

天海の口調が固くなったのは、岸谷翔太郎の事件が、頭を過ったからだ。

「天海先生ですよね？」

「そうですが……」

「さっき、これを渡すように頼まれて……」

そう言って、女子学生は持っていたA４サイズの封筒を差し出して来た。

「誰からでした？」

「男の人です」

——永瀬だろうか？

天海に渡したいものがあったが、講義中であったために、近くにいた学生に頼んだ——と考えはしたが、すぐにそれを打ち消した。

これが、事件に関わる書類なら、誰かに託すようなことは絶対にしない。

「どんな人だった？」

「左耳が無かったです」

女子学生の言葉が、耳に届くのと同時に、血の気が一気に引いた。

思い当たる人物が一人いる。神部だ——。

天海を人質に、阿久津を自殺に追いやろうとした男。幸いにして、大黒が事前にその企みを看破していたので、それを逆手に取り、阿久津の死を偽装したのだ。

あの事件のあと、神部は逮捕され、精神鑑定ののちに、閉鎖病棟に措置入院していたはずだった。その神部が外に出て来た——ということか。

動揺から鼓動が速くなり、耳鳴りがした。

「あの。これ……」

半ば呆然としている天海に、女子学生がもう一度、封筒を差し出す。

「あ、ありがとう」

天海が礼を言って封筒を受け取ると、女子学生は逃げるように走り去って行った。

神部のことだ。封筒が、天海の手に渡る瞬間を、何処かで見ているかもしれない。素早く視線を走らせたが、それらしき姿を捉えることは出来なかった。

すぐに封筒の中身を確認したいという衝動に駆られたが、何が出て来るか分かったものではない。学生たちが往来する廊下で開封するのは拙い。スマホで阿久津にメッセージを送りつつ、足早に大学内にある天海の部屋に戻った。

椅子に座り、デスクの上に封筒を置いたところで、ドアをノックする音がした。

磨りガラスの窓に映る影から、それが阿久津だと分かる。

「どうぞ」

天海が告げると、作業服を着て、掃除用具を持った阿久津が部屋の中に入って来た。

大学の中では、人目に付く場所で阿久津と会話するのを避けている。阿久津の生存を気取られぬためだ。清掃用具を持って入って来たのも、誰かに見咎められたときのための対策だ。

神部が大学内に侵入していたことを考えると、慎重とも思える対策が、功を奏したことになる。

「神部が、姿を現したというのは、本当ですか？」

阿久津は、天海の前まで歩み寄ってくると、低く押し殺した声で訊ねて来た。

流石の阿久津も、動揺しているようだ。

「私は、直接会っていないけど、女子学生が、左耳の欠損した男から、これを渡すように頼まれた──と」

天海は、封筒を掲げた。

「そうですか……。封筒の中は確認しましたか？」

「いいえ。まだよ」

天海が答えると、阿久津は手袋を外して、手を差し出して来た。躊躇いはあったものの、天海は封筒を阿久津に手渡した。

阿久津は、そっと目を閉じて封筒を指で撫でるが、そこからは何も感じられなかったらしく、小さく首を左右に振りながらため息を吐いた。

天海も、少しだけほっとする。

阿久津は、気を取り直したように顔を上げると、封筒を開ける。中から出て来たのは、大きく引き伸ばされた写真だった。

最初の一枚には、椅子に座らされ、手足を拘束バンドで縛られた人の姿が写し出されていた。頭部は顔全体を覆うようにガムテープがぐるぐる巻きにされていて、その人相は分からないが、体格からして男性だろう。

そして、拘束された人物の傍らには、神部が写っていて、笑みを浮かべ、こちらに向かってピースサインをしている。

「これは……」

天海は、思わず声を漏らした。

拘束された男は、いったい何者なのか？　神部は、なぜこのような写真を天海に届けたのか？　考えるほどに、迷路に迷い込んでいくような気がする。もしかしたら、こうやって混乱させることこそが、神部の目的なのかもしれない。

「裏面に、何か書いてあるようです」

阿久津が、そう言って写真を裏返した。

〈この男はお前のせいで死ぬ
悪魔との再会を楽しみにしている
古き良き友人より――〉

その文章を見て、天海はぞっとした。

明言こそしていないが、内容からして、神部は阿久津の生存を間違いなく知っている。

「これは、何でしょう」

阿久津は、写真の下部を指差した。

そこにはランダムな数字の羅列と、二次元コードが印字されていた。

天海は、まず二次元コードの方を読み取ってみる。表示されたのは、無料動画投稿サイトのページだった。

〈神の僕〉というアカウント名は確認できるが、投稿された動画は、今のところ一つもなかった。

これは、いったいどんな意味があるのか？　疑問に思いながら、数字の方を確認してみる。

こちらは、すぐに答えが分かった。

「この数字は、緯度と経度を示すものだと思います」

天海はデスクの上のノートパソコンを引き寄せ、地図アプリを立ち上げると、印字されている数字を入力した。示されたのは、世田谷《せたがや》の住宅街にある一軒家だった。

最初は、どうしてこんな場所が？　と疑問に思ったものの、すぐに考えを改めた。

この場所は、神部が監禁事件を引き起こし、永瀬によって逮捕された場所だ。天海が、そのことを告げると、阿久津の表情が険しくなった。

「永瀬さんを連れて、この場所に来い――という意味なのでしょうね」

おそらく、阿久津の推測は合っている。だからこそ恐ろしいと天海は感じた。

行くべきではないと阿久津を止めようとしたが、言葉が出て来なかった。それが、無駄だと分かっているからだ。

止められないのであれば、せめて一緒に行こうと天海は覚悟を決めた。

10

永瀬が現場に駆けつけると、既に阿久津と天海の姿があった――。

天海は教鞭を執っているときと同じスーツ姿だが、阿久津の方は、グレイのつなぎに白い軍手という、作業員のような格好をしていた。

「中は見ましたか？」

永瀬が訊ねると、天海は「永瀬さんの到着を待っていました」と答えた。

正しい判断だと思う。何があるか分からない状況の中で、阿久津や天海が下手に動けば、厄介なことになりかねない。

永瀬は、改めて建物に目を向ける。

ここに来る前、不動産会社で確認したが、現在は空き家になっていて、売りに出されているそうだ。

否が応でも、あの日の記憶が呼び起こされる。永瀬はこの場所で神部と初めて会った。あの瞬間から、永瀬は自分の人生が大きく変わってしまったように思う。それは、神部にとっても、同じだったのかもしれない。だから、この場所に阿久津たちを呼び寄せた。

「一つ確認させて下さい。神部が、閉鎖病棟を出たというのは、本当なのですか？」

訊ねて来たのは天海だった。

「はい。退院ということではないのですが、医師が外出の許可を与えたようです」

ここに来る前、永瀬も気になり確認を取った。

回復がみられたというのが、その理由らしいが、永瀬はそれを額面通りに受け取るつもりはなかった。

何らかの圧力がかかり、神部を外に出したというのが永瀬の推測だが、現状はそれを裏付ける証拠は何もない。

「鍵は不動産会社から借りてありますので、中に入ってみましょう」

永瀬は、警戒しながらも、玄関に近付いて行く。

阿久津と天海も、後からついて来た。

玄関のドアの鍵を開けようとしたところで、永瀬は動きを止める。

躊躇ったからではない。鍵が壊されていたからだ。

「破壊されていますね」

阿久津の眉間に皺が寄る。

「そのようですね」

鍵が壊されているということは、誰かが中に侵入したことを意味する。神部が、家の中で待ち構えている可能性を視野に入れたことで、緊張が一気に高まった。

永瀬は、腰のホルスターから拳銃を抜くと、弾倉に弾が入っていることを確認してから、グリップを強く握る。

阿久津が、ドアノブに手をかけると、目で永瀬に合図を送ってくる。

永瀬が頷いて応えると、阿久津が一気にドアを引き開けた。

素早く玄関の中に身体を滑り込ませた永瀬は、拳銃を構えて視線を走らせる。廊下には、人の姿は無かった。気配も感じられない。

「血の匂いがします」

遅れて玄関に入って来た天海が、呟くように言った。

永瀬は、意識して鼻から息を吸って匂いを嗅ぐ。天海の言う通り、微かにではあるが、血液に似た匂いがする。

「私が先に行きます」

永瀬は、そう告げると、廊下に上がる。

匂いはリビングの方から流れて来ているようだ。

永瀬は、呼吸を整えてから、リビングに通じるドアを開け、拳銃を構えたまま中に飛び込んだ。

「なっ！」

目の前に広がる光景に、永瀬は思わず息を呑んだ。

何もないがらんとした空間に、木製の椅子が一脚だけ置かれていて、そこに一人の男が座っていた。

天海の元に届けられた写真と同じように、その男は、両手両足を、拘束バンドで椅子の肘掛けと脚にそれぞれ固定されていた。そして、頭部には人相が分からないほどにガムテープが巻かれているのも、写真と同じだ。

ただ、写真と異なる点があった。

額の部分に、小さな穴が空いていて、そこから血が流れ出ている。

詳しく調べてみないと断定はできないが、形状からして、口径の小さな拳銃で撃たれた痕のように思える。

それだけではなく、男は身体のあちこちに切り傷があった。時間が経過しているらしく、血は既に止まっている。鈍器のようなもので殴られた痕もあった。両手の爪の幾つかは、剝がされているし、膝が不自然な方向に曲がってもいた。

状況からして、激しい拷問を受けたに違いない。

「酷い……」

永瀬は、神部がやったであろう所業に、激しい嫌悪感を覚えながらも、椅子に座っている男の呼吸や脈を確認する。

やる前から、想像はついていたが、男は既に息絶えていた。

「死んでいるのですか?」

阿久津が、リビングに入って来た。

「はい。残念ながら」

「神部は、なぜこんなことを……」

リビングのドアのところに立った天海が、形のいい眉を寄せた。

「分かりません」

永瀬は、首を振って答えると、死んでいる男の所持品をチェックする。財布や鍵といった物は無かった。意図的に抜き取られたのかもしれない。警察に通報し、鑑識の到着を待って、顔のガムテープを剝がし、顔を確認するしかなさそうだ。

そう思った矢先、永瀬は椅子の背もたれに、黒い手帳のような物が貼り付けられていることに気付いた。

手袋を嵌めて確認してみる。

嫌な予感は当たっていた。それは、警察手帳だった。

「阿久津さん。渡辺を殺したという男は、もしかして、この男ですか?」

永瀬が、警察手帳にある写真を阿久津に提示すると、彼は「間違いありません」と大きく頷いた。

——やはりそうか。

警察手帳は沼田のものだった。顔のガムテープを剝がさないことには、はっきりしたことは言えないが、背格好から考えても、死んでいるのは、沼田である可能性が極めて高い。

「渡辺を殺した実行犯が、神部に殺された——ということですか？」

天海の声は、混乱しているせいか、力が無かった。

「おそらく」

「どうして、そんなことを……」

「私のせいです」

阿久津が言った。

「どういうことです？」

「天海さんに届いた写真には、〈この男はお前のせいで死ぬ〉と書いてありました。つまり、私が渡辺殺害の実行犯を突き止めたことで、彼に捜査の手が及ぶ前に、口封じしたということではないかと……」

可能性としては、充分に考えられる。沼田の口を封じるために、神部を野に放ったという推理が成り立つ。そうなると、裏で手を引いているコンシェルジュは、やはり伊達なのかもしれない。

何れにしても、人が死んでいるのだから、このままには出来ない。永瀬が、スマホを取り出したところで、阿久津が「待って下さい」と声をかけて来た。

「少しだけ待って下さい」

阿久津は、もう一度言うと、手に嵌めていた軍手を外して死体の前に立った。

——記憶を感知するつもりか？

「待って！」

永瀬より先に、天海が阿久津を止めた。

彼女も分かっているのだ。この死体は、殺される前に激しい拷問を受けている。その記憶を感知するということは、阿久津自身が拷問を受けるのと同じだ。彼は、視覚だけでなく、五感で対象者の記憶を追体験するのだから――。

ここに来て、永瀬は、なぜ神部が死体を拷問したのかが理解できた気がした。

神部は、阿久津に対して並々ならぬ執着をみせ、彼を苦しめることで、悦に入る傾向があった。

そして、思い付いたのだろう。阿久津を痛めつけるには、直接、本人にそれをする必要はないことに。拷問した死体を、阿久津に触れさせればいい。だから、こんな回りくどいことをしたのだ。

阿久津の性格からして、わざわざ死体に触れるように促さなくても、真相を知るために触れることを、神部は分かっているのだ。

本当は、永瀬も天海と同じように、阿久津を止めるべきなのだろう。

だが――。

永瀬には、それが出来なかった。

阿久津は天海から離れると、迷うことなく、死体の手に自分の掌を重ねた――。

11

真壁は、椅子に座って息絶えている沼田の死体を呆然と見つめた――。

今は剝がされているが、発見当初は、頭部にガムテープが巻かれていた。拷問を受けたと思われる傷跡が痛々しくて、直視していられない。

部下の一人が、声をかけて来た。

「どうした？」

真壁は、素知らぬ顔で答える。

「近隣の聞き込みをしていた班から、左耳の欠損した男が、徘徊していたという目撃情報を得たそうです」

「左耳の欠損？　それは、もしかして、ゴッホ事件を起こした神部ですか？」

真壁が訊ねる。

直接、事件に関わったわけではないが、神部が起こした事件についてはよく記憶している。

「どうでしょう？　神部は確か、閉鎖病棟に措置入院しているはずですし……」

「今も入院中か、確認しておいて下さい」

真壁が告げると、部下の男は「分かりました」と応じて駆け出して行った。

何とか平静を装い受け答えをしたものの、真壁は胃が収縮し、激しい嘔吐感を覚えていた。

――沼田は、なぜ殺された？

彼は、伊達の右腕だった。伊達と対立する何らかの組織の仕業か？　それとも、個人的な恨みを買ってのことか？

目撃された不審人物が、ゴッホ事件の神部だとしたら、余計に分からなくなる。

「真壁さん」

現場を離れ、覆面車両に向かおうとした真壁だったが、永瀬に呼び止められた。

聞こえないふりをして、立ち去りたい気分だが、そんなことをすれば、不審を抱かせかねない。

「何ですか？」

真壁は、内心を読み取られないように、全神経を集中して応じた。

何でも沼田の死体を発見したのは、永瀬らしい。彼は、塩見殺害の実行犯として、沼田を疑っていた。単なる偶然ということは考え難い。何らかの情報を得て、この場所に足を運んだはずだ。

永瀬は、いったい何処まで情報を掴んでいるのか？

問い質したい気持ちが溢れて来たが、余計な詮索は墓穴を掘ることになりかねない。

「先日、沼田さんのことを調べるよう、頼んでおりましたが、何か分かったことはありますか？」

「いえ。今のところは。まあ、こうなってしまっては、調べるも何もありませんが……」

「そうですね……。これは、推測に過ぎませんが、沼田さんは、渡辺の事件の口封じをされたのだと思います」

「その根拠は何ですか？」

「すみません。今は言えません」

永瀬が視線を逸らした。

「また、隠蔽ですか？」

「そういうわけでは……」

「見損ないました」

「え？」

「私は、永瀬さんなら、信頼できると思って、情報を流して来たのですが、そちらは相変わらずの黙《だんま》りだ。結局、あなたも自分の立場しか考えていないようですね」

よくもまあ、いけしゃあしゃあと言えたものだ。

真壁は、己の厚顔無恥さに辟易してしまった。立場を守ろうとしているのは、永瀬ではない。真壁の方なのだ。

「そんなつもりは……」

「では、本当のことを教えて下さい」

真壁は、改めて訊ねたが、永瀬は何も答えなかった。

別に答えを期待して訊ねたわけではないので、落胆は特にない。これで、永瀬と距離を置くことが出来ると安堵した部分さえある。

真壁は「では、失礼します」と、永瀬に背を向けて歩き出した。

「真壁さん」

永瀬が、声をかけて来たが、聞こえないふりをした。

「伊達さんには、注意をして下さい」

そう続けた永瀬の言葉に、足が止まりそうになったが、辛うじて堪えると、そのまま歩を進めた。

聞こえないふりをしたのだ。伊達の名前に反応して、振り返ったりしたのでは、不自然になる。

引っかかりを覚えながらも、真壁は現場を離れた。

近くに停車してある、覆面車両の運転席に乗り込んだ真壁は、エンジンをかけて、アクセルペダルを踏み込んだ。

車が走り出したところで、スマートフォンが着信した。伊達からだった。

真壁は、ハンズフリー機能を使って電話に出る。

「はい。真壁です」

〈沼田君が死んだそうだね〉

「はい」

〈自業自得ですね。君も、くれぐれも私を失望させないで下さい〉

伊達の言葉を聞き、真壁は背筋が凍り付く思いだった。今の発言は、彼が沼田の殺害に関与していることを示唆している。

沼田は何かミスをして、その代償として、伊達の手の者によって消されたということか？

当然だが、その推測を伊達にぶつけることは出来なかった。

下手な発言をすれば、真壁だけでなく、妹の翠にも害が及ぶことになるのだ。

「心得ています」

〈それから、真壁君には、色々と頼みたいことがあります。本来は、沼田君に頼むはずの仕事だったのですが、もちろん受けてくれますよね〉

口調こそ丁寧だが、これは命令に他ならない。拒否すれば、真壁は沼田と同じ運命を辿ることになるだろう。

「私に出来ることであれば……」

〈あなたなら、そう言ってくれると思っていました。使いの者を向かわせましたので、詳しくは、

その者の指示に従って下さい〉

「分かりました」

真壁が答えると同時に、電話は切れた。

伊達は、いったい何をやらせようとしているのか？　沼田の代役というなら、汚れ仕事であることは間違いないだろう。

考えを巡らせながら、交差点を曲がり、路地を徐行しているときに、急に車の前に黒い影が飛び出してきた。

「あっ！」

真壁は、急ブレーキを踏んだ。

ボンネットに、軽い衝撃があった。撥《は》ねてしまったかもしれない。真壁はドアを開けて車を降りると、車の前方を確認した。

人の姿はなかった。撥ねたと思ったのは、勘違いだったのだろうか？　怪訝に思っていると、背中に固いものが押し付けられた。

「そのまま、黙って車に乗れ」

耳許で、砂のようにざらついた声がした。

ちらっと背後を確認する。左耳の欠損した男――神部だった。

「そう警戒するなよ。さっき、伊達って奴から連絡があっただろ。使いの者を行かせるって。おれが、その使いの者だ」

神部が、真壁に囁く。

「………」

「言っておくが、余計なことをすれば、お前の妹は、沼田と同じ末路を辿ることになるぞ」

こうなってしまうと、真壁に抗う術はない。

指示された通り、真壁は運転席に乗り込んだ。神部は、にやにやと笑みを浮かべながら、助手席に乗り込んで来る。

その手には、拳銃が握られている。警察が制式採用している回転式拳銃（S&W《スミスウェッソン》 M360J SAKURA）だ。おそらく、沼田から奪ったものだろう。

「ゆっくり話がしたい。取り敢えず、その辺をドライブしようじゃないか」

神部が楽しそうに言う。

真壁は、不安と苛立ちを抱えながらも、抗うことが出来ずに、アクセルを踏んで車をスタートさせた。

「私に、何をやらせようというんだ？」

車を走らせながら真壁が問うと、神部は欠損した左耳の穴に指を突っ込み、ガリガリと引っ掻き回す。

血が滲み、それが顎先に伝ったが、神部は気にする様子もなかった。

「簡単なことだ。お前には、新しいハウスキーパーとして働いてもらう。前のハウスキーパーは、あいつらに目を付けられちまったから、もう用無しなんだよ」

まるで説明になっていない。

「何の話だ？」

「詳しく知る必要はない。あんたは、こちらの指示に従えばいい。どうせ逆らえないんだから、楽しくやろうや」

神部は息を吸いながら、ひっ、ひっ、ひっと笑うと、スマートフォンの画面を真壁の眼前に突き付けた。

画面には、手足を拘束され、椅子に座らされている翠の姿が映し出されていた——。

しかも、翠の周りにはポリタンクが並べられていて、キャップの部分には、発火装置のようなものが取り付けられている。

「貴様!」

真壁が叫ぶと、神部は楽しそうにヘラヘラと笑った。

「おいおい。ちゃんと運転に集中してくれよ。妹さんは無事だよ。今のところは——だけどな」

「……………」

「ただ、少しでも逆らえば、どうなるかは保証できない。だから、大人しくしていた方が身のためだ。分かるだろ」

真壁は、歯を噛み締めることしか出来なかった。

「で、何をすればいいんだ?」

「そうだな。まずは、もう一度、伊達に電話をしてもらう」

「何のために?」

「知る必要はない。重要な話があると、呼び出してくれれば、それでいい」

神部の濁った目が、真壁の心を大きく揺さぶった。

12

「大丈夫？」

天海は、教会のベンチに項垂れるように座っている阿久津に声をかけた――。

阿久津は、あの家で沼田の身体に触れ、彼が受けた激しい拷問を追体験することになったのだ。

痛みから、のたうち回る阿久津に、何もしてやれなかった。意識を失いかけた彼を、教会まで連れて来るのが精一杯だった。

それから、阿久津は、夜になるまで目を覚まさなかった。

「大丈夫と言ったら、嘘になりますね」

顔を上げた阿久津の額には、未だに汗が浮かんでいた。表情も抜け落ちていて、急激に老けたように見える。

「未だに、身体中に痛みが残っているような気がします。傷はついていないのに」

阿久津は、そう続けると膝の上に置いた手を見つめながら、苦笑いを浮かべてみせた。感覚は本物であるのに、身体には異常がない。そうした齟齬もまた、阿久津を苦しめているのかもしれない。

天海は、何も言わずに、微かに震えている阿久津の手に、自分の手を重ねた。

だが、阿久津は逃げるように手を引いてしまった。

「すみません。触れたら、私の中にある痛みが、伝わってしまう気がして……」

「伝わればいいのに――」

天海は、改めて阿久津の手を強く握った。

自分に痛みが伝わることで、少しでも阿久津の苦しみが減るなら、どんなにいいだろう。

「あなたという人は、本当に……」

阿久津は、諦めたように言うと、ふっと柔らかい笑みを浮かべた。

きっと、阿久津は今、天海の記憶を追体験しているはずだ。どれほど、深い愛情を持っているかを知ればいい。

しばらくそのままじっとしていると、大黒が祭壇の奥から歩み寄って来た。

彼の姿を見て、天海は自分たちに安息の日が存在しないという現実を、突き付けられたような気がした。

「大変なことになったようですね」

大黒が切り出すと、阿久津は「はい」と返事をして、天海から手を離すと立ち上がった。

その立ち姿は、さっきまでとは異なり、凜としたものだった。

「渡辺を殺害したのは、沼田で間違いありません。おそらく沼田は、ハウスキーパーと呼ばれる存在で、汚れ仕事の実行役として動いていたと思われます」

阿久津が、淡々とした調子で説明する。

「今回、死体で発見されたのは、その沼田だったのですよね？」

「はい。沼田は神部に拉致された後、激しい拷問を受け、拳銃で頭を撃ち抜かれて死亡しています」

「なぜ、彼は消されたのですか？」

「神部の寄越したメッセージからも分かるように、私が、渡辺殺害の実行犯が、沼田であると知ったからだと思います」

「捜査の手が伸びる前に、消してしまおう――ということですね。その発想は、分かります。しかし、だとしたら、どうして神部に拷問をさせたのですか？」

大黒が、こめかみに指を当てる。

「拷問をしたのは、神部の独断かと思います。私が、沼田の死体に触れることを見越して、私に苦痛を与えるために、わざわざ拷問を行ったのだと思います」

天海も、阿久津と同じ推測を立てていたが、こうして改めて言葉として聞くと、神部の阿久津に対する執着は、常軌を逸していると感じる。

だからこそ、コンシェルジュは、わざわざ神部を引っ張り出したのだろう。

つまり、天海たちが敵と認識しているコンシェルジュ側も、こちらを敵と見定めたと言ってい い。

「そうですか……黒幕に関する情報は、得られましたか？」

「はい。一つだけ――」

「何です？」

「神部は、沼田を拷問している際に、お前は飼い主に見捨てられた。黒イタチに裏切られた――そう言っていました。永瀬さんが言うには、黒イタチというのは、警視庁刑事部長の伊達という人物ではないかということでした」

阿久津が、言い終わると同時に、大黒は「そうですか。伊達さんが……」と呟くように言った。

「ご存知なのですか?」

天海は、思わず口にした。

もちろん、阿久津も天海も、伊達の名前と顔だけは知っていた。だが、大黒の口ぶりからして、もっと深い部分で伊達を知っているようだった。

「伊達さんは、私の同期です」

「どんな人物なのですか?」

「そうですね――昔から、よく似ていると言われていました」

「似ている?」

「ええ。背格好も顔つきも違いますが、捜査手法などが、よく似ていました。同期だから、影響し合ったということでもなく、元々の気質というか、思考の根底が似ているのでしょうね」

大黒は、昔を懐かしむように目を細めた。

本人は納得しているようだが、天海には、理解し難いものがあった。

大黒は、自分の死を偽装してまで、法で裁かれない犯罪者たちに罰を与えようとしている。一方の伊達は、現職の警察官でありながら、コンシェルジュとして暗躍している。同じ思考を持っていたのに、どうしてここまで違う道を歩むことになったのか?

天海が、そのことを口にすると、大黒は口の端を吊り上げて笑った。

「同じ思考を持った者が、同じ場所に辿り着くとは限りません。ほんの些細なきっかけで、人は転落していくものです」

「ですが……」

「むしろ、伊達さんが、コンシェルジュなのだとしたら、私は、彼がそこに行き着いた理由が分かる気がします」

「どんな理由ですか?」

「これはあくまで私の推測ですが、彼は憎んでいたのかもしれませんね」

「何を――ですか?」

「悪です」

大黒のひと言で、天海は益々混乱した。

悪を憎んでいたのだとしたら、どうして、自分がその悪に染まるようなことをしているのか?

「私には、分かりません」

「では、問います。私たちが、今やっている行動は、善だと言えますか?」

「…………」

肯定したいところだったが、言葉が出なかった。

法で裁かれない犯罪者たちに罰を与えるために、天海は行動してきたつもりだ。しかし、その手法は、決して褒められたものではない。殺すことは止めたとはいえ、捜査権限のない民間人による、違法捜査に他ならない。

もし、明るみに出れば、断罪されるのは間違いない。かつて、阿久津が悪魔と呼ばれたように――。

「伊達さんは、我々とは信じるものが違ったというだけですよ」

「信仰と同じですね」

阿久津が、祭壇の十字架を見つめながら呟いた。

その通りかもしれない。信じる神によって、戒律は全く異なる。それぞれに正義がある。時には、その正義の違いから、大きな対立が生まれ、戦争まで引き起こされることは、歴史が証明している。

「何れにしても、伊達さんがコンシェルジュなのだとしたら、その真意を確かめる必要があるかもしれません」

大黒の口から飛び出したのは、あまりに意外な言葉だった。

「どうやって確かめるつもりですか？」

天海が問うと、大黒は口角を吊り上げた。

「食事にでも誘ってみます」

大黒は、気易い調子で言うと、スマートフォンを取り出し、電話をかけ始めた。スピーカーにしたので、音声は天海たちにも聞こえる。

〈はい〉

しばらくのコール音のあと、不機嫌な調子の声とともに電話が繋がった。おそらく、電話の相手は伊達だろう。

「お久しぶりです――。私のことを覚えていますか？」

大黒が、そう呼びかけると、微かに唸るような声が漏れた。

〈失礼ですが、どなたですか？〉

「黒蛇——と言えば、お分かりになりますか？」

〈大黒か……〉

伊達が、ため息混じりに言った。

「驚かないのですね」

大黒の指摘はもっともだ。公的には、大黒は死亡したことになっている。死者から電話を受けたにしては、伊達の反応は薄い。

〈黒蛇が生きているという噂は、私の耳に届いていましたから——〉

「それは、あなたが主導している組織からの情報ですか？」

大黒が訊ねると、伊達がふっと笑い声を漏らした。

〈そうやって、何もかもを知っているかのような振る舞いをするところは、相変わらずですね。しかし、私はそんなブラフには引っかかりませんよ〉

「そうですね。あなたは、そういう人でした。しかし、私も、それなりに情報を持っています」

〈ほう？　どんな？〉

「そうですね。例えば、ヤコブの会と政治家の癒着の証拠とか——」

〈それを公開するつもりなら、ご自由にどうぞ。一部の政治家は、辞職に追い込まれることになりますが、それだけのことです。私を含む組織に繋がる証拠にはなり得ない。つまり、害はないのです〉

伊達の言う通り、政治家たちの不正を暴いたところで、トカゲの尻尾切りのように、関係者を切り捨てるだけだ。それが伊達に波及することはないし、彼の属する組織を追い詰めることもない。

「神部を解き放ったことも――ですか？」

〈こいつは、医師の判断のもと、閉鎖病棟を出ただけのことです。あの男が、どんな行動を取ろうと、私たちには、一切関係がありません〉

「そんな言い訳が、通用するとでも？」

〈通用しますよ〉

「ずいぶんな自信ですね」

〈それだけの力がありますから。これ以上、余計なことをするなら、我々も黙っていることは出来なくなります〉

「脅しですか？」

〈そんな回りくどいことはしません。我々は、ただ排除するだけです〉

「それが、コンシェルジュを名乗る、あなたの役割ですか？」

大黒が最後まで言い終わらないうちに、伊達は声を上げて笑い始めた。卑下するのでも、嘲笑うのでもなく、憐れんでいるかのような笑いだった。

〈あなたは、大きな勘違いをしています。私は、コンシェルジュではありま……〉

伊達は、自らの言葉の途中で電話を切ってしまった。

「収穫は無し――ですね」

天海が呟くように言うと、大黒は「いえ」と首を左右に振った。

「今、重要な手掛かりが手に入りました」

「手掛かり？」

「ええ。すぐに、永瀬さんを伊達さんのところに向かわせて下さい」

「どういうことですか？」

「おそらく、伊達さんは消されます」

そう言い放った大黒の表情は、これまでに見たことがないほどに、青ざめていた。

13

現場に駆けつけた永瀬は、目の前の光景に啞然とするしかなかった──。

黒塗りのベンツが、廃工場の敷地に放置されていた。神部がかかわった事件のとき、大黒が凶弾に倒れたあの場所だ。

助手席には、頭から血を流した伊達の姿があった。

天海から連絡を受けて、すぐに伊達の所在を確認しようとしたが、居場所を特定することが出来なかった。突如として姿を消し、連絡が取れない状態に陥っていた。

途方に暮れていたときに、不審な車両が廃工場に停まっているという通報が入り、交番勤務の警察官が確認したところ、伊達の死体が発見されたというわけだ。

伊達の後頭部には、弾痕と思われる穴が空いていた。おそらく、後部座席に座っていた人物に、至近距離から撃たれたのだろう。

──もっと早く、見つけることが出来ていれば。

いや、悔やむのは後でいい。とにかく、今は出来るだけ多くの情報が欲しい。

「四宮……」

隣に声をかけたが、そこには玲香の姿はなかった。

彼女が休暇中であることを、今さらのように思い出す。同時に、貴重な人材を失ったことを再認識し、己の浅はかさを呪う。

だが、今の永瀬には、どうすることも出来ない。阿久津たちに協力するという決断をした瞬間から、こうなることは分かっていたのだ。

永瀬は、ため息を吐きつつもスマートフォンを取り出し、大黒に電話を入れた。

「永瀬です。たった今、確認が取れました。車の中で死んでいたのは、間違いなく伊達さんです」

永瀬が早口で告げると、大黒は〈そうですか〉と静かに答えた。

こうなることを予測していたのか、落胆こそあったものの、驚いているようには感じられなかった。

「あの。どうして、伊達さんが殺されると分かったのですか?」

永瀬は、一番大きな疑問をぶつけた。

天海から、伊達の身が危険に晒されているとは聞かされていたが、なぜ、その結論に至ったのかまでは説明を受けていなかった。

〈先ほど、伊達さんが事件に関与しているのだとしたら、その真意を確かめようと、電話をかけました。彼の周辺には、人の気配がありました。しかし、伊達さんはそれを口に出すことなく、

話を継続しました〉

「それは確かに妙ですね」

事件に関わる重要な話をしているのだとしたら、人払いをするのが普通だ。

〈慎重な伊達さんらしからぬ対応でした。それから、伊達さんに神部のことを訊ねたとき、神部を『こいつ』と表現しました〉

「つまり、神部が近くにいた——ということですね」

〈ええ。伊達さんが、自ら神部と直接の接点を持つとは思えません。それでも、彼が伊達さんの近くにいたということは……〉

「大黒さんが電話したとき、伊達さんは神部に脅されていたということですね」

〈おそらく〉

言葉の端々から、そこまで先読みする大黒の洞察力は、凄いのひと言に尽きるが、今回は、それが最悪の形で的中してしまったというわけだ。

「何れにしても、伊達さんはコンシェルジュではなかった、ということですね」

〈ええ。伊達さんも、コンシェルジュの駒の一つに過ぎなかったというわけです〉

「そうですね……」

大黒との電話を終えた永瀬は、思わず頭を抱えた。

てっきり、伊達こそが黒幕のコンシェルジュだと思っていたのだが、そうではなかった。刑事部長を駒として扱うのだから、コンシェルジュは、それ以上の権限を持った超大物——ということになる。警察の上層部ではなく、政治の中枢に関わっているような人物なのかもしれない。

だとすると、自分たちが動いたところで手は出せない。

いや、警察という組織に囚われない阿久津たちであれば、コンシェルジュを葬り去ることが出来るかもしれない。だが、それは、阿久津に再び悪魔になれと言っているのと同じだ。

彼の手を穢すことなく、事件を収束させなければ、永瀬が加わった意味がない。

決意を新たに、ポケットの中から五百円硬貨を取り出し、それを指で弾いたところで、スマートフォンに、無料通話アプリのメッセージが届いた。玲香からのものだった。動画ファイルが添付されている。

永瀬は、タップしてそのファイルを開いた。

スマートフォンに、薄暗い部屋が映し出される。部屋の隅に、ピアノが置かれている。永瀬は、そのピアノに見覚えがあった。ここは、かつて永瀬の母が使っていた部屋だ。

部屋の中央には、木製の椅子が置かれていて、そこにスーツ姿の女性が項垂れるようにして座っていた。

見たところ、手足を拘束バンドで椅子に固定されているようだ。

——この映像は、いったい何だ？　どうして、四宮が、こんなものを送って来た？

疑問の渦に翻弄される永瀬を嘲笑うかのように、一人の男がフレームインした。ひと目で、それが誰なのか分かった。

「神部……」

永瀬は、思わず呟く。

まるでその声が聞こえたかのように、神部はこちらを向き、卑しい笑みを浮かべると〈久しぶりだね。永瀬警部。今は、警視だったかな?〉と、語りかけてきた。

相変わらず砂のように、ざらざらとした耳障りな声に、永瀬は悪寒を覚える。

〈再会を祝して、お前に紹介したい人がいる〉

神部は、そう言うと椅子に拘束されている女性の髪を、無造作に摑んでぐいっと顔を引き上げた。

「四宮!」

永瀬は、驚愕とともに声を上げた。

画面に映し出された顔は、紛れもなく玲香だった。

口の端や、額に擦り傷が出来ている。頰には、痣も見てとれる。玲香は、〈永瀬さん。すみません〉と、掠れた声で言った。喋れるということは、まだ生きているということだ。ただ、神部に、暴行を加えられたと思うと、怒りで腹の底がかっと熱くなった。

〈この女は、色々とおれのことを嗅ぎ回っていたんだ。わざわざ休暇を取って、お前に迷惑をかけないように、単独で捜査を続けていたっていうじゃないか。健気でいい女だね。お前なんかには、もったいない〉

——おれのせいだ。

自分を責めずにはいられなかった。

玲香は、永瀬に愛想を尽かしたのではなく、独自に捜査を進めるために、休暇という手段に出た。そこまで、追い詰めたのは、永瀬の沈黙に他ならない。

〈彼女を助けたいだろ。だったら、おれと久しぶりに話をしようじゃないか〉

神部は、そう言いながら玲香の顔に、麻袋を被せた。

玲香は必死に首を振ってもがくが、麻袋が外れることはなかった。

「神部……お前は……」

永瀬は、強い怒りとともに口にしたが、これは録画された動画だ。こちらの言葉は届かない。

〈ここが何処か、お前には分かっているだろ。早くしないと、彼女の頭に風穴が空くぞ〉

神部は、見せびらかすように、拳銃を画面に近付けた。

警察が制式採用している回転式拳銃だ。伊達を殺害したのも、この拳銃なのかもしれない。

〈一応言っておくが、必ず一人で来いよ。もし、誰かと一緒だったり、警察に通報したりしたら、即座にこの女を殺す。よく考えて行動した方がいいぜ〉

神部が、わんわん——と犬の鳴き真似をしたのと同時に、映像がプツリと途切れた。

さっきの神部の言葉は、単なる脅しではない。もし、永瀬が通報したり、誰かを引き連れて現場に向かえば、神部は容赦なく彼女を殺すだろう。

罠と分かっているが、それでも、一人で行くしかない。

14

「これ以上、私に何をさせようというんだ?」

真壁が神部に連れて来られた場所は、沼田の死体が発見された現場にほど近い、一軒の家の前だった。

「そう熱くなるなよ」

神部が、真壁の肩に手を回してくる。

濡れた犬のような体臭に、嫌悪感を抑えきれず、神部の腕を払《はら》い除《の》けた。

「そんな態度を取っていいのか？　自分の立場というのが、まだ分かっていないらしいな」

神部は、スマートフォンの画面を真壁の眼前に突き付ける。

拘束された翠の写真が表示されている。写真とはいえ、恐怖に怯えた翠の目を見ていることが出来ずに顔を背けた。

「殺してやる……」

自然と、そんな言葉が零れ落ちた。

「おお。怖いね。おれを殺すのか？　いいぜ、やれよ」

神部は、粘着質な笑みを浮かべると、ポケットから拳銃を取り出し、それを真壁に押し付けるように渡してきた。

持ち慣れた、回転式拳銃の重みを感じながら、神部に目を向ける。

「弾は入っているぜ。ただし、よく狙えよ。一発で仕留めないと、あんたの妹は焼け死ぬことになる」

神部は、別のポケットから、拳銃によく似た形をした装置を取り出し、そのトリガーに指をかける。

それが、何なのかは、神部から既に聞かされている。

遠隔操作のリモコンだ。トリガーを引くと、翠を取り囲んでいるガソリンの入ったポリタンクが一斉に火を噴くことになる。

仮に真壁が拳銃で神部を撃ったとしても、即死させなければ、翠は炎に焼かれて死ぬことになる。

裏を返せば、脳を撃ち抜き、即死させれば翠は助かるということでもある。

真壁は、ゆっくりと神部の額に銃口を向けた。

それでも尚、神部はへらへらと笑みを浮かべている。自分が死ぬとは思っていないのか？ あるいは、死ぬことが怖くないのか？ 考えてみたが、真壁にこの男の心情など分かるはずもない。

「いいね。おれを殺して、解放されるなら、それも一つの方法だ」

神部が挑発するように言った。

真壁は、トリガーに指をかける。このまま、ほんの少し、力を入れるだけで、全てを終わりに出来る。

容疑者を撃ち殺したことで、責任を問われるかもしれないが、相手は、これまで数々の事件を引き起こして来た神部だ。正当防衛ということにして、処理をすればそれで丸く収まる。

分かっているのに、なぜか、指が硬直して動かなかった。

――なぜだ？ なぜ動かない？

自問すると同時に、すぐに答えが出た。この一か八かの勝負に賭けているのは、真壁の命ではない。翠のそれなのだ。

口径の小さいこの拳銃で、神部の頭を撃って、本当に即死させることが出来るのか？ もし、頭蓋骨によって弾丸が逸れ、致命傷に至らなかったら？ そうなったとき、死ぬのは真壁ではない。無関係の翠だ。

「ほら。どうした？　撃たないのか？」

神部の目が真壁を見据える。

その穴のように暗い目は、真壁がトリガーを引けないことを知っていた。最初から、分かり切っていることだ。真壁は、神部の言いなりになるしかない。

真壁は、無力感とともに拳銃を下ろした。

「あんたはそういう男だ。悪魔にはなれない。まだ――」

神部は真壁の耳許で囁いた後、ドアの鍵を開け、ステップを踏むような足取りで、家の中に入って行った。

この場から、逃げ出したい衝動に駆られたが、それをすれば妹が命を落とすことになる。真壁は、黙って神部の後に続いた。

神部は、土足で玄関から廊下に上がり、そのまま二階へと通じる階段を上って行く。

「どうした？　早く来いよ」

階段の前で躊躇っていると、神部が振り返り、手招きをした。

この階段を上ったら、それこそ後戻りの出来ない場所に辿り着いてしまう――そんな予感があった。

出来れば、ここに留まっていたい。そう念じているはずなのに、気付けば真壁は、階段を上り始めていた。

神部は、二階の一番奥にある部屋のドアの前で足を止めた。

「さあ。お待ちかね。あんたには、これからちょっとしたショーに参加してもらう」

バラエティー番組の司会者のように、大げさに神部が言う。

「ショー？」

「そうだ。まずは、ご対面と行こう」

神部は、勢いよくドアを開けた。

ピアノのある部屋だった。中央には、木製の椅子が置かれていて、拘束バンドで手足を固定された女性の姿があった。

頭にすっぽり麻袋を被せられていて、顔は分からない。口は、塞がれているらしく、うーうーと唸るような声を上げている。

「この女が、誰か知っているか？」

神部が訊ねてくる。

嫌な予感がした。

「この女性は誰だ？」

「お前も知っている女だよ」

神部は、楽しげに言いながら、警察手帳を真壁に見えるように掲げた。

——四宮玲香。

特殊犯罪捜査室の刑事で、永瀬の相棒だ。

「どうして彼女が？」

「色々と嗅ぎ回っていたんで、捕まえて閉じ込めておいたんだ。永瀬には、休暇を取ると言って、その裏で捜査を継続していたらしい。泣けるねぇ」

「彼女をすぐに解放しろ！」

真壁は、怒声を上げるが、神部はまるで動じなかった。

「なぜ？」

「なぜだと？　お前は、自分のやっていることが分かっているのか？」

「逆に訊く。あんたは、自分の置かれている状況が、分かっているのか？」

神部は、リモコンのトリガーに指をかけたまま、真壁の眼前でそれをチラつかせる。

――止せ。

そんな風に雑に扱って、何かの拍子にトリガーが引かれたら、それで翠の命は燃え尽きてしまう。

「…………」

「ここに来たとき、何をさせるのか訊ねたよな。今、その答えを教えてやる」

神部は唇を舐めてから、真壁にずいっと顔を寄せる。

わずかに感じる神部の体温が、真壁の焦燥感を煽る。この後、神部が何を言うつもりなのか、分かってしまった。

この男は、とんでもないことを、真壁にやらせようとしている。

「わ、私は……」

「前にも言ったが、おれのクライアントであるコンシェルジュは、新しいハウスキーパーを欲している。沼田が死んだから、その代役が必要なんだ」

「…………」

「で、選ばれたのが、あんたというわけだ」

「…………」

「最初の仕事だ。この女を殺せ」

神部の声が、ひどく遠くに聞こえた。

妹の命を助ける代わりに、人殺しになれ——そう言っているのか？　そんなこと出来るはずがない。

だが、もし断れば翠は死ぬ。仮に、今この場で玲香を殺せば、翠は解放されるかもしれないが、それで終わりはしないだろう。玲香を殺したという事実を脅迫の材料に、新たな要求を突き付けてくるに違いない。

翠の命を救う代償として、コンシェルジュの手足となれと言っているのだ。かつて、沼田がそうであったように——。

どちらを選んだとしても、真壁を待ち受けているのは地獄に違いない。

掌から滲み出た汗が、拳銃のグリップを湿らせる。

鼓動が速くなり、耳鳴りがした。

「優柔不断な野郎だな」

神部が、苛立たしげに左の耳の穴に指を突っ込み、ガリガリと搔く。

かさぶたが剝がれたらしく、つつっと血が滴る。

「…………」

「別に、悩むことじゃねぇだろ。人の命は平等じゃねぇ。自分にとって、近しい人間の命の方が重いんだ。誰も口に出しはしないが、それは当然のことじゃねぇのか？　赤の他人を守るために、自分の大切な人の命を犠牲にする奴は、おれから言わせれば、情ってものがねぇんだよ。正義や倫理観なんてのは、所詮は概念だ。自分を大切にはしてくれないぜ」

「………」

神部の言葉で、心がずずっと音を立てて動いた。

彼の言う通りかもしれない。正義や道徳なんてものは、時代や状況によって変容していくものだ。

後生大事に持っていたとしても、それで、飯が食えるわけではないし、まして大切な人を守れるわけでもない。

だとしたら、これまで真壁が重んじてきたものは、いったい何だったのか？

「ああ。イライラする。シンキングタイムは、そうだな――あと十秒ってことにしよう。それを過ぎたら、ジエンドだ」

神部は、リモコンのトリガーに指をかけたまま、カウントダウンを始めた。

もう、真壁に悩んでいる余裕はなかった。

真壁は、部屋の中に入ると、拳銃の銃口を玲香の頭部に向けた。

玲香は、さっきまでとは比較にならないほど大きな呻き声を上げながら、身体を必死に捩《よじ》る。

自分の命が、今まさに絶たれようとしていることに、耐え難い恐怖を抱いているのだろう。

ならば、その恐怖を少しでも早く終わらせてやろう。

真壁がトリガーに指をかけた瞬間、なぜか、翠の声を聞いたような気がした――。

15

永瀬は、自宅の前で急ブレーキを踏んだ。

甲高い音とともに、つんのめるようにして車が停車する。

永瀬はすぐにシートベルトを外すと、運転席を飛び出し、家の玄関に向かった。ドアノブに手をかけると、閉めたはずの鍵が開いていた。

ドアを開けつつも、永瀬はホルスターから回転式の拳銃を抜き、弾が入っていることを確認した。

この先で、神部が待ち構えているのは間違いない。

薄暗い玄関に入ったところで、スマートフォンが着信した。玲香の番号だったが、実際に電話をして来ているのは神部のはずだ。

「もしもし」

永瀬が電話に出ると、案の定、神部のざらついた笑い声が聞こえてきた。

〈約束通り、一人で来るとは偉いじゃないか〉

「そんなことを言うために、わざわざ電話をして来たのか?」

永瀬は、返事をしながらも辺りを見回す。

こちらの行動を把握しているということは、神部はすぐ近くで見ているはずだ。

――何処だ？　何処にいる？

〈そんなにキョロキョロするなよ。みっともないぜ〉

――やはり見ている。

「姿を見せろ」

〈焦るなよ。お前のママの部屋で、彼女が待っている。早く行ってやりな〉

それだけ言うと、電話は切れてしまった。

永瀬は、落胆した素振りを見せつつも、素早く天海の番号を呼び出し、電話をかけた。電話が繋がり、天海の声が聞こえてきたが、それを無視してポケットの中に仕舞った。

天海は、状況から何かが起きたことを察してくれるはずだ。

永瀬は拳銃のグリップを強く握り、呼吸を整えてから階段を上り始めた。

階段のステップが軋む音が、やけに大きく響く。

二階の廊下に辿り着いたところで、息を殺して耳を澄ます。

神部が、永瀬の母の部屋で、素直に待っているとは思えない。おそらく、別の場所に潜んでいて、永瀬が部屋に入った隙に、背後から襲いかかるつもりだろう。

廊下に隠れる場所はない。ならば、別の部屋に潜んでいると考えた方がいいだろう。

永瀬は、まず手前のドアに手をかける。

心の中で、カウントしてから、一気にドアを開けて拳銃を構える。だが、閑散とした空間が広がっているだけで、人の姿はなかった。

その隣の部屋も、同じ要領で中に踏み込んだが、やはり無人だった。

残されたのは、母の部屋だけだ。

永瀬は、額に浮かぶ汗を拭い、改めて気持ちを落ち着けてから、勢いよく母の部屋のドアを開けた。

目の前に広がる光景に、永瀬は絶句した。

部屋の中央には、木製の椅子が置かれていて、そこに頭に麻袋を被せられた女性が拘束されていた。

着ているスーツには見覚えがある。それに、ドア口のところには、顔写真が見えるように開いた警察手帳が落ちていた。間違いなく玲香のものだ。

すぐに、玲香に駆け寄りたい衝動に駆られたが、躊躇せざるを得なかった。

部屋の中には、幾つものポリタンクが並んでいて、注ぎ口のところに、配線を施した発火装置のようなものが取り付けられていた。漏れ出ている匂いからして、ポリタンクの中は、ガソリンで満たされているに違いない。

何が発火装置作動のトリガーになっているのか分からない。下手に突入して、作動させてしまったら、爆発は免れない。

「四宮！　しっかりしろ！」

永瀬は、声をかけながら、慎重にスイッチやワイヤーの類いがないか確認する。

表面上は、発火装置を作動させるモノは見当たらない。遠くから見た限りだが、発火装置らしきものには、受信機のようなものが取り付けられている。ということは、遠隔から無線で操作するタイプか。

だとしたら、余計に厄介だ。

神部は、永瀬の動きを観察している。彼の都合で、好きなタイミングでこの部屋を焼き尽くすことが出来る。

部屋に入った瞬間、爆煙に包まれるということもあり得る。

「四宮！　目を覚ませ！　早くここを出るぞ！」

永瀬が、再び声をかけつつ、持っていた懐中電灯の明かりを玲香の顔に当てた。

そこでようやく異変に気付いた。

よく見ると、麻袋にはべったりと血が付着していて、ちょうど額のところに穴が空いていたのだ。

——何ということだ。

間に合わなかった。いや、そうではない。神部が、永瀬に連絡したときには、既に玲香は殺されていたのだろう。

永瀬に送られて来たのは、動画データでリアルタイムの映像ではなかったし、神部は一度たりとも、玲香が生きているとは言っていなかった。それなのに、のこのこと誘き寄せられたというわけだ。

玲香を失った喪失感、神部に対する憎悪、そして、自分自身に対する激しい怒りがないまぜになり、永瀬は獣にも似た叫び声を上げた。

そんなことをしても、玲香が生き返るはずもないのに、それでも、叫び続けた。

永瀬の声が嗄れ果てた頃、何処からともなく、わんわん——と犬の鳴き声がした。いや、そうではない。これは、神部の声だ。彼が、犬の鳴き真似をしているのだ。

永瀬は、すぐに声の出所を見つけた。

階段に駆け寄ると、階下からこちらを見上げている神部の顔があった。

――何処に隠れていた？

一瞬、困惑した永瀬だったが、すぐに自分のミスに気付いた。あの動画があったせいで、神部は二階にいると思い込み、一階の捜索を疎かにしていた。家に入ったタイミングで神部が電話をしてきたのも、永瀬を二階に誘導するためだったのだろう。

「相棒には会えたか？」

神部が、へらへらと笑いながら訊ねて来た。

永瀬は答えるより先に、銃口を神部に向けてトリガーを引いていた。

乾いた破裂音が響く。

弾丸は、神部には当たらず、近くにあった壁を穿っただけだった。

「おいおい。いきなり撃つなよ」

神部は、相変わらず笑っている。

「黙れ！　なぜ、四宮を撃った?!　どうして、彼女が、お前なんかに殺されなければならない?!」

「いいね。その怒り。お前の鼓動は、興奮するよ」

神部は、欠損した左耳に自分の手を宛がい、恍惚とした表情を浮かべる。

翻弄されているのは分かっている。だが、それでも、永瀬は自らの内側から湧き上がる怒りを、抑えることが出来なかった。

「これで終わりだ」

「待てよ」

「うるさい！」

規則違反なのは重々承知している。だが、ここで神部を殺しておかなければ、間違いなく新たな犠牲者が出る。たとえ、自らが罪に問われることになったとしても、神部だけは始末しなければならない。

「いいのか？　おれを殺すということは、お前は警察官ではなく、悪魔に成り下がるということだ」

——ああ。そうか。

神部の言葉を聞き、永瀬は全てが腑に落ちたような気がした。

阿久津は、これまで、こんな心境で犯罪者たちを殺害していたのだ。彼を突き動かしていたのは、強い怒りに他ならない。

「それでいい」

永瀬が覚悟とともに言うと、神部は声を上げて笑った。

「いいね。お前は、あの男とは違う。そういうところが好きだぜ。だから、落としたくなる。おれと同じ領域まで叩き落として、汚してやりたくなる」

「言いたいことは、それだけか？」

永瀬は、銃口を向けたまま、階段を一段降りる。

さっきは外してしまった。もっと至近距離で、確実に神部の息の根を止める必要がある。

「おっと。それ以上、近付かない方がいい。これなぁーんだ？」

神部は、にやけた顔で言いながら、ポケットの中から何かを取りだした。

拳銃に似た形状で、トリガーもある。

「発火装置のリモコンか？」

「正解」

神部は、答えると同時にリモコンのトリガーを引いた。

途端、爆発音が轟き、地面が揺れる。

熱風に当てられた永瀬は、その場に立っていることが出来ずに、階段を転がり落ちた。

一瞬、目の前が真っ暗になる。

再び顔を上げたときには、神部の姿はそこにはなく、家のあらゆるところに火の手が上がっていた。

何とか、身体を起こした永瀬は、目の前にスマートフォンが落ちているのを見つけた。

玲香が使用していたものとよく似ている。

さっき、神部が落としたのだろう。

画面には、椅子に拘束されている真壁の姿が映し出されていた。

――神部は、真壁まで拉致したというのか？

永瀬は、さらなる怒りを抱きながら、炎に包まれた家を飛び出した。

16

必死の消火活動が行われたが、近隣の家への延焼を防ぐのが精一杯だった――。

めきめきと軋むような音を立てながら、家が崩壊していく。

天海は、離れた場所から、燃えさかる炎を見つめつつ、何度も永瀬のスマートフォンに電話を入れているが、繋がらない。スマートフォンが破損してしまっているのかもしれない。

「やはり、永瀬さんとは連絡が取れませんか？」

隣に立つ阿久津が、静かに訊ねて来た。

炎の明かりを受けるその横顔は、怒っているようでもあり、泣いているようでもあった。

「ええ。残念ながら……」

天海は力なく返事をするしかなかった。

永瀬が、天海に電話を繋いでくれたお陰で、この家で何が起きたのかは、だいたい把握している。

神部に誘き寄せられるかたちで、永瀬は自分の家に足を運び、そこで射殺されている相棒の刑事――四宮玲香の死体を発見した。

姿を現した神部に向けて発砲したが、彼は予め仕掛けてあった発火装置により、爆発を起こして現場から逃亡した。

そこで、永瀬との連絡は途絶えた。

「永瀬さんは、神部を追ったのでしょうね――」

「そうだと思います」

出来れば、天海たちも神部を追いたいのだが、何処に向かったのか分からない。ただ、永瀬は、神部の居場所を知っているはずだ。

単独で、神部を追うなんて、危険極まりない行為だ。

「これこそが、神部の目的だったのかもしれませんね……」

阿久津の眉間に深い皺が刻まれる。

「目的？」

「ええ。もし、永瀬さんが、このまま神部を見つけたら、どうすると思いますか？」

「殺す――でしょうね」

天海は、自らが発した言葉に恐怖した。

スマートフォンから聞こえるやり取りを聞いただけだが、永瀬は神部に対して、激しい怒りを抱いている。

相棒の仇を討つために、神部を殺すことも厭わないだろう。

いや――永瀬にとって玲香は、単なる相棒というだけではない。一度会っただけだが、それでも分かる。玲香は、永瀬に惹かれていた。永瀬もまた、自覚してはいなかったが、彼女に対して恋愛感情を抱いていたはずだ。

失ってから気付く感情というのは、通常のそれより、はるかに心にダメージを負うものだ。永瀬の抱いていた怒りは、殺意にまで高められているというのが、天海の率直な予測だった。

現に、永瀬は既に神部に向けて発砲している。

「神部は、証明したいのかもしれません」

「証明？」

「はい。永瀬さんのような、崇高な精神を持った人でも、いや、そういう人だからこそ、簡単に道を踏み外す――と」

そんな馬鹿な――と否定したいところだが、神部なら、そういう歪んだ思考を持ったとしても、何ら不思議ではない。

「でも、なんのために……」

「神部は、永瀬さんを悪魔にしたいということです」

「え？」

「その上で、永瀬さんと私を、殺し合わせることこそが、神部の目的のような気がしてならないのです」

阿久津の目は、暗く沈んでいた。

そんなことは起こらない――そう信じているが、あくまで願望に過ぎない。

「ここにいたのですね」

声をかけて来たのは、大黒だった。

普段、感情を表に出さない大黒だが、流石にこの状況に疲弊しているらしく、疲れ切った顔をしていた。

「何か、分かりましたか？」

天海が訊ねると、大黒は首を左右に振った。

「いいえ。こういうときに、情報を入手し易いように、永瀬さんを引き入れたのですが、それを知ったコンシェルジュは、逆に彼を利用して、我々に揺さぶりをかけたのでしょうね」

大黒の言う通りだとしたら、こちらの動きは、筒抜けだったということになる。

「コンシェルジュとは、いったい何者なのですか？」

天海は、改めてその疑問をぶつけた。

全ての事件に関与し、裏で手を引く謎の人物――コンシェルジュ。当初は、その正体は伊達だと思っていた。

しかし、彼は神部によって殺害されてしまった。つまり、伊達はコンシェルジュではなく、その手足に過ぎなかったというわけだ。

そうなると、候補となるのは、英子のデータの資料にも名前のある元政治家――大沢一郎が最有力になる。

「これは単なる勘に過ぎませんが、私たちは、見誤っていたのかもしれません」

大黒が神妙な顔つきで言った。

「何を――ですか？」

「コンシェルジュは単純に、邪魔になる私たちを狙ってくるのだと思っていました。しかし、そうではなかった」

「神部を解き放ち、新たな事件を起こし、永瀬さんを誘導した――と？」

「ええ。永瀬さんを餌に、闇に紛れようとした我々の存在を、白日の下に晒す。それこそが、コンシェルジュの計画なのかもしれません」

協力者である永瀬が、神部を手にかけるようなことがあれば、彼は警察官としての立場を失うだけでなく、下手をすれば殺人の容疑で起訴されることになる。

自ずと、天海たちとの繋がりも暴かれ、阿久津の生存が世に知れることになる。

そのとき、世間が阿久津の生存をどう受け止めるのかは、考えるまでもなく分かる。阿久津は、再び悪魔として追われることになる。

「コンシェルジュは、口封じをしながら、その計画を実行した——ということですか？」

「おそらく」

大黒の声は、沈んでいたが、なぜか、その口許には笑みが浮かんでいた。

まるで、この状況を楽しんでいるかのようだ。

「それから、例の二次元コードに記された動画配信サイトに、ライブストリーミングの予告がアップされています。もしかしたら、神部は、自分が永瀬に殺されるところを、ネット配信するつもりかもしれません」

大黒が付け加えた。

もし、そんなことになったら、それこそ収拾がつかなくなる。

「つまり、コンシェルジュの計画を阻止するためにも、永瀬さんを止める必要がある——ということですね」

阿久津が、真っ直ぐに大黒に目を向けた。

「ええ。これが、唯一の手掛かりです」

大黒は、静かに言いながら、画面が破損したスマートフォンを阿久津に差し出した。中のデータを確認させるために、それを提示したのではないはずだ。

「もしかして、それは永瀬さんのものですか?」

天海が訊ねると、大黒は小さく顎を引いた。

「多分、そうでしょう。家の近くに落ちているのを見つけました」

「彼のことです。偶然に落とした――というわけではなさそうですね」

阿久津が革の手袋を外しながら言う。

「そうでしょうね。これは、永瀬さんから、阿久津さんへの伝言だと思います」

大黒の返答に頷き返した阿久津は、迷うことなくスマートフォンを手に取った――。

17

コツコツと靴音が近付いてくる。

真壁は、その正体を突き止めようとしたが、両目をガムテープで塞がれていて、目を開けることさえ出来なかった。

靴音は、真壁の前でピタリと止まる。

――誰が来たんだ?

身構えようにも、手足を拘束バンドで固定されているせいで、座っている椅子が軋む程度に動くだけだった。

「くそっ！」

吐き出すと同時に、両目に痛みが走った。

突然のことに、不覚にも悲鳴を上げてしまった。ひりつくような痛みは、次第に引いていく。それに従って、ゆっくり目を開けた。

――ここは何処だ？

まるで廃墟のような空間だった。長い間放置されていたのか、壁紙はところどころ剝がれ、床には砂や埃が堆積している。

部屋を仕切るかたちで、カーテンが引かれている。構造からして、診察室のようだ。

「やあ。また会ったな」

にやついた神部が、真壁の顔を覗き込んできた。

「貴様！」

すぐさま、神部に飛びかかろうとしたが、拘束バンドが皮膚に食い込むだけで、立ち上がることさえ出来ない。

「おいおい。そう騒ぐなって」

神部は、おどけた調子で言うと、真壁の頭を撫でた。

――虫唾《むしず》が走る。

「約束が違う！　翠を――妹を解放するはずだろ！」

真壁は、怒りとともに吠えた。

神部の指示に従えば、翠を解放してもらえるはずだった。だから、真壁は全ての感情を排除して、言う通りにした。

それなのに、神部は翠に会わせるどころか、真壁を拘束した上で、この場所に監禁したのだ。

「だから、そう急《せ》くなって。おれは、ちゃんと約束を守る男なんだ」

「お前の言葉など、当てになるか！」

真壁が再び叫ぶと、神部は「おや？」と首を傾げてみせた。

「ずいぶんと、おかしなことを言うじゃないか。おれが、約束を破ると思っていたんだとしたら、どうしてあんたは、指示に従ったんだ？　ええ？」

神部が、真壁に顔を近付け、ひひひっと息を吸いながら笑った。

「それは……」

そうするしかないじゃないか。神部が、約束を守る男でないことは分かっている。それでも、大切な人の命を盾に取られたら、誰だって言いなりになるしかない。人間とは、そういうものだ。

真壁は、自分の考えに違和感を覚えた。

これでは、まるで翠がもう死んでいるみたいではないか。そうじゃない。生きているはずだ。

翠を救うために、真壁は止む無く神部の指示に従ったのだから。

「まあ、今さら、そんなことは、どうでもいいか。あんたは、もう警察には戻れないんだしな」

神部は、そう言うとまた声を上げて笑った。

彼の言う通りだ。どんな言い訳をしようと、真壁のやったことは、消えるわけではない。真壁は、警察官として、いや人として越えてはいけない一線を越えてしまったのだ。

この先、どう足掻こうと、かつての自分を取り戻すことは出来ない。これまで軽蔑してきた者たちと、同じ道を歩んでしまった。

これからは、罪を抱えて生きていくしかない。いや、そもそも、生きていていいのだろうか?

自分はもう、死んだも同然だ。

「そんなに暗い顔をするなよ。さっきも言ったが、おれはちゃんと約束を守る男だ」

神部は、真壁の耳許で囁いたあと、ゆっくりと部屋の奥に歩を進めると、部屋を仕切っていたカーテンを、勢いよく引き開けた。

カーテンの向こうに現れたのは、麻袋を頭に被せられた上で、ロープのようなもので椅子に拘束されている女性の姿だった。

顔は見えないが、服装からして翠に間違いない。

「翠! 無事か!」

真壁が叫ぶと、翠はうーうーと呻き声を上げた。

玲香のときと同じように、口を塞がれているらしい。それでも、生きている。そのことに、真壁は歓喜した。

「な。言っただろ。おれは、約束を守る男だ。それにしても、感動の対面——いい音がするねぇ」

神部は、両手を広げてダンスをするかのように、ステップを踏んだ。

「早く翠を解放しろ!」

真壁は、拘束バンドが皮膚に食い込むのも構わず、身体を捩って叫ぶ。

「だから慌てるなって。あんたには、まだやることが残っているんだ」

「これ以上、何をやらせるつもりだ？」

「それを今から説明してやるよ。だから、焦るなって」

神部はポケットからナイフを取り出すと、それを使って真壁を捕らえていた手足の拘束バンドを次々と切断していく。

この男は、詰めが甘い。拘束されていなければ、神部を制圧することは容易《たやす》い。仮に、失敗したとしても、翠だけでもこの場から逃がすことは出来る。

だからこそ、今は大人しく振る舞うべきだ。全ての拘束バンドが外れた瞬間に、全神経を集中させる。

——今だ！

真壁は、手足が自由になったタイミングで、神部に飛びかかろうとしたが、そうした行動は想定内だったらしい。

神部は、にやにやと笑いながら、真壁が腰を浮かせたと同時に額に拳銃を突き付けた。

こうなってしまっては、もはや抗う術はない。

「まったく。慌てるなって言ってんだろ。言っておくが、おれは耳がいいんだ。あんたの呼吸と鼓動を聞いていれば、何を考えているかくらい、分かるんだよ」

「…………」

「とにかく座れよ」

神部に言われて、真壁は仕方なく椅子に座り直した。

「いい子だ。間違っても、そのまま動くなよ。悪いけど、おれはびっくりすると、人差し指が自然に動いちまうんだ」

そう続けた神部は、拳銃の銃口を真壁から翠に向け、彼女の方に向かって歩き出した。背後から襲いかかることも考えたが、すぐにそれを振り払った。余計なことをすれば、神部が翠に発砲することになる。

神部は、そのまま翠の背後に回り込むと、なぜか持っていた拳銃を、真壁に向かって放り投げた。

真壁は、戸惑いと共に拳銃を受け取る。

──なぜ、神部は拳銃を寄越した？

拳銃を真壁に渡すことで、圧倒的な優位を失うことになるというのに。

だが、その疑問の答えはすぐに出た。神部は、さっき拘束バンドを切断したナイフを、翠の首筋に宛がっていた。

これでは、トリガーを引くことは出来ない。

真壁が発砲の素振りを見せれば、神部は容赦なく翠の頸動脈を切り裂くだろう。仮に、素早く撃ったとしても、神部は翠の背後にいる。下手をすれば、自らの手で翠を射殺しかねない。

「さて。状況は理解したようだな」

神部は、そう言って長い舌で唇を舐める。

「これ以上、何をさせようというんだ？」

「簡単な話だ。今から、ここに一人の男がやってくる。相棒を殺された、憐れな刑事は、復讐に燃えている」

「貴様……」

神部の言う刑事とは、永瀬のことに違いない。

「ここまで言えば、もう分かるだろ。あんたは、その拳銃で永瀬と決着を付けるんだ」

「どうして私が！」

「何を怒っている？　おれは、おかしなことは、一つも言っていない。だってそうだろ。永瀬の相棒の四宮玲香を殺したのは、あんたじゃないか」

――ああ。そうだった。

あのとき、翠を守るために、真壁は引き金を引き、玲香の額を撃ち抜いた。

今さら、足掻いたところで全てが手遅れだ。あの瞬間から、真壁は二度と戻れない場所に足を踏み入れてしまったのだ。

絶望する真壁を、窓から差し込む強い光が照らした。

敷地に入って来た、車のヘッドライトだ。バタンッと車のドアが閉まる音がした。

「現れたようだな。くれぐれも、おれがいることは、気取られるなよ」

神部は、口の前に人差し指を立てたあと、部屋を仕切っているカーテンを再び閉じた。

真壁は自らが持つ拳銃に目を向けた。

重い。

酷く重い。

こんなにも重かっただろうか？

いや、今さら何を迷っている。もう、全てが手遅れなのだ。ならば、翠が生き残るために最善の方法を選択するまでだ――。

18

永瀬は、慎重に廃病院の中に足を踏み入れた――。

神部の残したスマートフォンには、拘束された真壁の姿が映っていた。その画像だけでは、場所を特定することは出来なかった。

だが、写真データに記録された位置情報から、この場所を特定することが出来た。

同時に、ここが神部の事件で、天海が拉致された病院であることに気付き、真壁はここにいるはずだと確信を強めた。

本来なら、応援を要請するところだが、永瀬はそうしなかった。理由は、通報した瞬間に、神部が真壁を殺害する可能性が極めて高いからだ。

だが、それは表向きの口実に過ぎない。

生きて捕らえたところで、神部は再び閉鎖病棟に戻るだけのことだ。やがて、何者かの手引きで外に出て、同じような犯行を繰り返す。

それを止めるためには、その命を奪う以外にない。永瀬は、ある種の使命感に駆られていた。

いや、違う――。

それでさえ、自分の本心を隠すための口実に過ぎない。

永瀬は、単純に玲香の命を奪った神部に、復讐を果たしたいのだ。法の裁きではなく、永瀬自身で罰を与えたい。

だから、一人でこの場に足を運んだのだ。

他の目があっては、神部を殺すことが出来ないから――。

「歪んでいるな」

思わず言葉が出た。

今さら、もう隠すつもりはない。永瀬は歪んでいる。もしかしたら、神部は、永瀬のこうした歪みを知っていたからこそ、手の込んだ罠を仕掛けたのかもしれない。

永瀬は、拳銃のグリップを握り締めながら、廊下を進み、細心の注意を払って、一つ一つ部屋を確認していく。

だが、神部の姿は何処にもなかった。

残るは、一番奥にある診察室のドアだけだ。

このドアの向こうに、神部がいると思うと、それだけで鼓動が速くなる。向こうは、永瀬の侵入に気付いているはずだ。

永瀬は、覚悟を決めてドアを開け、「動くな」と声を上げながら拳銃を構えた。

が、その緊張は一気に解けた。

「真壁さん……」

壁に寄りかかるようにして立っている、真壁の姿があった。

写真のようには拘束されておらず、拳銃を所持している。神部の隙を突いて、自力で脱出に成功したということか？

しかし——。

様子がおかしかった。

真壁は、虚ろな表情で永瀬を見ている。

「真壁さん。大丈夫ですか？」

永瀬が改めて声をかけたが、真壁は下唇を噛んで目を逸らした。

やはり様子が変だ。

「何があったのですか？　神部は何処に？」

永瀬は、疑問を投げかけながら近付こうとしたが、途中で足を止めざるを得なくなった。

真壁が拳銃の銃口を永瀬に向けたのだ。

「何をしているんですか？」

永瀬は、困惑しながらも問い質す。

悪ふざけというわけではなさそうだ。そもそも、同僚に銃口を向けるなど、悪ふざけで済まされるようなことではない。

「すまない」

絞り出すように言った真壁の顔は、苦痛に歪んでいた。

「それは、いったい何に対する謝罪ですか？」

「すまない」

「それでは分かりません。いったい何を……」

「私は、もうこうするしかないんだ！」

真壁が叫んだ。

その目には、涙が浮かんでいる。

いったい何が、真壁をこれほどまでに追い込んでいるのか？　永瀬には、その理由がまるで分からなかった。

「話して下さい。いったい、何があったんですか？」

永瀬が問うと、真壁は「ダメだ。私には撃てない……」と拳銃を下ろしてしまった。

目を押さえ、肩を震わせる真壁は、まるで抜け殻のようだった。

とにかく、一旦、真壁の持っている拳銃を奪う必要がある。近付こうとした永瀬だったが、それを遮るように、部屋を仕切っていたカーテンが開いた。

そこには、玲香と同じように、麻袋を頭に被せられ、椅子に拘束された女性の姿があった。

そして、その背後に神部が立っていて、女性の首筋にナイフを当てている。

「真壁ぇ。あんたは、本当にダメな奴だな。自分の置かれた立場ってものが、全然、分かってない」

神部は、気怠げに言いながら、女性の首に当てたナイフに力を込める。

皮膚が切れて、赤い血が流れ出す。

「止せ！　止めろ！　妹に、翠に手を出すな！」

真壁が懇願するように叫んだ。

その様を見て、永瀬は全てを理解した。真壁は、神部に妹を人質に取られたのだ。その上で、永瀬を殺すように指示されたに違いない。

何処までも卑劣な男だ――。

「神部。貴様！」

永瀬は、神部に向かって拳銃を構えた。

「おいおい。おれに怒りをぶつけるのは、お門違いだぜ」

「何？」

「ほら。真壁。教えてやれよ。永瀬の相棒を殺したのは、いったい誰だ？」

――四宮を殺したのは、神部ではないのか？

真壁を横目で見ると、彼は項垂れていた。天井から糸で吊るされて、無理矢理立たされているようにさえ見える。

「…………」

「早く言えよ。そうじゃないと、大事な妹が、死んでしまうぞ」

神部が、さらにナイフに力を込める。

真壁の妹は、痛みからか、うーうーと呻き声を上げる。これ以上は、見ていられない。

「止めろ！」

永瀬は、神部との距離を詰めようとしたが、それを制したのは真壁だった。

「頼む。止めてくれ」

刺激すれば、真壁の妹の命はない。気持ちは分かるが、こんな睨み合いを続けていても、何の解決にもならない。

「真壁さん。でも……」

「すまない」

真壁は、三度《みたび》詫びの言葉を口にした。

「真壁さん？」

「私なんだ」

「何がです？」

「四宮玲香を殺したのは私だ――」

真壁の言葉の意味が、しばらく理解できずに、永瀬はただ呆然とするしかなかった。

どれくらい、時間が経っただろう。永瀬は「なぜ？」と素っ頓狂な声で聞き返した。だが、その答えは、わざわざ問うまでもなく分かっている。

神部が、撃つように命じたのだ。

「さあ。早く永瀬を殺せよ。そうじゃないと、妹が死んじまうぞ」

神部が、にやにやと笑いながら真壁を急かす。

真壁は目を真っ赤にしながら、再び永瀬に銃口を向けた。

――ここで死ぬのか。

永瀬は、自分でも驚くほど冷静に、その現実を受け止めた。

真壁を責めることは出来ない。この状況において、真壁に永瀬を撃つ以外の選択肢は用意されていない。

警察官としての矜持を訴えたところで意味はない。

永瀬がそうであるように、真壁も警察官である前に、一人の人間なのだ。大切な人を守ろうとするのは、当然のことだ。

永瀬は、諦めのため息を吐いた後に、そっと目を閉じた。

てっきり、撃たれると思っていた。

だが――。

永瀬に聞こえてきたのは、発砲音ではなく、真壁が拳銃を取り落とす音だった。

「撃てない……」

真壁が震える声で言った。

「ああ。面白くない。あんたは、本当に役立たずだな」

神部が舌打ち混じりに言った。

「私は……」

「早く拳銃を拾えよ。じゃないと、妹が死ぬんだぜ」

「………」

真壁は、動かなかった。いや、実際は、混乱して動けなかっただけかもしれない。何れにしても、真壁が踏み留まってくれたのは好機だ。

「動くな」

永瀬は改めて神部に拳銃の銃口を向けた。

「嫌だね。真壁が撃てないなら、永瀬、お前が真壁を撃て」

「そんな要求に、応じると思っているのか？」

「思うね。こっちには、人質がいるんだからな――」

神部は、そう言うと真壁の妹に被せていた麻袋を、一気に引き上げた。

その下から現れたのは、真壁の妹ではなく、玲香だった——。

19

「え？」

真壁は、麻袋の下から現れた顔を見て、呆然とするしかなかった——。

ずっと妹の翠だと思っていたのに、麻袋の下から現れたのは、玲香だった。どうして？

思考が整理できず、それ以上言葉が出てこない。代わりに、嫌な予感がして、あらゆる汗腺から汗が噴き出す。

「何だ。まだ分かっていないのか？」

神部が、笑みを含んだ声で言いながら、ナイフの切っ先で玲香の頬を撫でる。

分かるわけがない。こんなのはおかしい。だって……。

「私が殺したはず……」

真壁は、絞り出すように言った。

「あんた、殺す前に顔を見てないだろ。あのとき、頭に麻袋を被せていたんだからな」

「で、でも、服装が……」

それだけではない。警察手帳もあった。

「馬鹿か。あんなものは、着替えさせれば済む話だ。警察手帳だって、おれが見せたんだ。たったそれだけで、あんたは、あのとき撃ったのは、四宮玲香だと思い込んだ。まあ、永瀬も同じだな。服装を見ただけで、一緒に働いていた部下だと決めつけたんだからな。お前らは、外側でしか人を判断していない。情けない刑事だな」

神部が、不快な声で笑った。

それに呼応するように脳が揺さぶられて、視界がぐにゃりと歪む。

「だとしたら、あのとき私が撃ったのは、いったい……」

「惚けるのは止めろよ」

神部が、挑発するように長い舌を出した。

「惚けてなんかいない！　答えろ！　私は、いったい誰を撃ったんだ！」

「うるせぇな」

神部は、耳の穴に指を突っ込んで表情を歪めた。

「言え！」

「だから喚くなよ。簡単な話だろ。四宮玲香とお前の妹の翠は、入れ替わっていたんだ。つまり——？」

神部が指を交差させ、×印を作った。

ダメだ。立っていることが出来ない。真壁は、思わずその場に膝を突いた。

「わ、私は……翠を撃ったということか……」

「正解！」

神部が、飛び跳ねながら拍手をする。

――嘘だ。嘘だ。嘘だ。

何度も否定したが、繰り返すほどに、自分の犯した過ちが深く刻まれていく。

神部の言う通りだ。真壁は、服装だけで、そこにいるのが四宮玲香だと判断した。あの麻袋は、顔を隠すための工作だった。口を塞いでいたのも、声で判断出来ないようにするためだった。

「ついでに、もう一ついいことを教えておいてやるよ」

神部が、囁くような声で言う。

――止せ。止めろ。聞きたくない。

この先の神部の話を聞いてしまったら、もはや正気を保てなくなる。理屈ではなく、本能でそう感じた。

だが、そんな真壁の願いを嘲るように、神部は言葉を続けた。

「ガムテープで口は塞いでいたが、耳は違う。つまり、声はしっかり聞こえていたってわけだ」

「…………」

「それに、あの麻袋を被せることで、顔を隠すことが出来る。だけど、被せられた側は、ちゃんと視界が確保出来ているんだぜ」

神部は、麻袋を自分の顔に被せたあと、「真壁、そして永瀬」と、それぞれをナイフで指し示し、見えることを証明した。

「…………」

「要するに――だ。お前の妹は、自分の兄貴に拳銃を向けられていると、ちゃんと認識していたんだ」

言い終わるなり、神部は腹を抱えて笑い出した。

真壁の脳裏に、撃つ直前、玲香が――いや、翠が上げた呻き声が蘇る。

自分の兄に、拳銃を向けられたとき、翠はいったいどんな気持ちだったのか？　それを想像しただけで、精神が崩壊しそうだった。

いや、実際、もう崩壊していた。

真壁は、その場に嘔吐し、突っ伏すように倒れた。

20

「外道が……」

永瀬は、自らの偽らざる感情を口にした。

神部が常軌を逸していることは分かっているつもりだったが、それは大きな過ちだった。永瀬の想像をはるかに逸脱している。倫理観が、価値観が、まるで違う。

理解不能だし、説得も矯正も不可能だ。

厄介なのは、狡猾で機転が利くことだ。今になって思えば、沼田や伊達を殺したときは、死体を放置したのに、翠のときだけは、永瀬が死体を認知し、玲香だと勘違いしたことを確認した上で火を放った。

あえることで、被害者の顔を隠し、隠蔽するという意図があったのだ。

さらにいえば、阿久津が死体に触れることで、身許を確認されるというリスクも排除したのだろう。

「好きに言えばいいさ。おれは、自分が楽しければ、それでいい」

「おれは、お前を許さない！　絶対に殺してやる！」

永瀬は神部に銃口を向けた。

「ああ。撃てるものなら、撃ってみろよ」

神部が挑発する。

本当なら、すぐにでもトリガーを引いてやりたいところだが、残念ながらそれは出来ない。

神部は、未だに玲香を人質に取ったままなのだ。

「…………」

「そうだったな。このままじゃ、あんたはおれを撃つことが出来なかったな」

神部は、そう言うとナイフを捨て、玲香からゆっくりと離れていく。

──どういうことだ？

なぜ、自分から人質を手放した？　これも何かの策なのか？

いや。考えるのは止めよう。神部の思考を読もうとしても、それは意味がない。この男を理解しようとすれば、呑み込まれるだけだ。

ただ、一つだけ分かっていることは、神部をこのまま生かしておいてはいけない──ということだ。

「ほら。どうした。おれは丸腰だ。さっさと撃てよ」

神部が自分の額を、とんとんと指で叩く。

「そうだな」

神部を相手に、迷う必要はない。玲香を救うためにも、これ以上の犠牲を生まないためにも、この場で射殺しなければならない。

「撃ってはいけません」

永瀬が、トリガーを引こうとしたところで、何処からともなく声がした。

診察室の入り口に目をやると、そこには黒いスーツを着て、革の手袋を嵌めた男が立っていた。陰になっていて、その顔をはっきり見ることは出来ないが、すぐに誰なのか分かった。

「阿久津さん——」

「ようやく、悪魔のお出ましか」

神部は、まるで子どものような笑みを浮かべながら、ぴょんぴょんと飛び跳ねる。

この場に、阿久津が現れたことに、驚いていない。神部は、最初から阿久津が来ると分かっていた——ということか。

むしろ、阿久津を誘き寄せることこそが、神部の目的だったのかもしれない。

「神部を撃ってはいけません」

阿久津が改めて言う。

「なぜですか?」

「神部は、この部屋の映像をネットで配信しています——」

そう言いながら、阿久津は天井の一点を指差した。

目を向けると、赤いライトを点灯させた、ドーム型のカメラが設置してあるのが見えた。

「ネット配信……」

「ええ。大黒さんたちが確認しました。音声は流れていませんが、映像のみの状態で配信されています」

「な、何のためにそんなこと……」

「騒ぎを大きくするためでしょうね。現職の警察官が、無抵抗の犯人を射殺する映像が流れれば、それこそ大問題に発展します。永瀬さんは、殺人罪に問われるかもしれません」

「………」

「音声を切ってあるのは、その方が都合がいいからです。会話を聞かれれば、少なからず射殺も止む無し――という声が上がるでしょう。でも、映像だけであれば、神部は人質を取ったものの、抵抗を止めたという風に映ります」

――何ということだ。

神部は、そこまで計算して、今回の計画を練ったということか。だとしたら、最初から永瀬に勝ち目などなかった。

いや、まだだ。カメラを破壊してしまえばいい。永瀬は、天井にあるカメラに銃口を向けた。

「無駄です。ここには、複数のカメラが仕込まれています。その全てを見つけ出すのは、至難の業です」

阿久津が冷淡に言った。

「し、しかし……」

歯噛みする永瀬を余所《よそ》に、神部は蹲《うずくま》っている真壁にふらふらと歩み寄る。

「止せ！　真壁さんに近付くな！」

永瀬は、神部に銃口を向けたが、彼はこちらを見ようともしなかった。こういう状況になってしまったら、永瀬が銃を撃てないと分かっているのだ。

神部は、真壁の耳許で何かを囁いた。

「離れろと言っているのが、聞こえないのか？」

永瀬が言うと、神部はにやつきながら、ようやくこちらに顔を向けた。

「うるせぇ男だな。ショーを盛り上げようとしているんじゃないか」

神部が、答えるのと同時に、蹲っていた真壁が、床に落ちていた拳銃を拾い、ゆらりと立ち上がった。

「もういい。何もかも、どうでもいい……」

譫言《うわごと》のような真壁の声に、永瀬ははっとなる。

顔を上げた真壁の目は、別人のように血走っていた。

「真壁さん……」

「確かに不公平だな……」

真壁が、虚ろな声で言った。

「何の話ですか？」

「私は妹を失った。それなのに、お前の相棒は、まだ生きているじゃないか……」

——拙い。

神部が何を言ったかは分からないが、真壁の思考は完全に歪んでしまっている。あれは、人であることを止めた目だ。

「真壁さん。落ち着いて下さい」

「元はといえば、全部お前のせいだ。お前に協力さえしなければ、おれは、誰も失わずに済んだのに……」

真壁が永瀬に拳銃を向けた。

――撃たれる。

そう思った瞬間、阿久津が駆け寄ってきて、永瀬から拳銃を奪い取った。

そして――。

一切の躊躇なく、真壁を撃った。

真壁は、驚いたような表情を浮かべたまま、ゆっくりと後方に倒れ込み、それきり動かなくなった。

その様子を見て、神部は「悪魔――やっぱりお前は面白い」と手を叩いて笑う。

「阿久津さん。どうして……」

「永瀬さんを、ここで死なせるわけにはいきません。もちろん、あなたに、誰かを殺させることも――」

「待って下さい！　でも、これじゃ……」

「これでいいんです」

阿久津は、永瀬の言葉を遮るように言うと、小さく笑みを浮かべてみせた。

――何ということだ。

さっきこの場所の映像は、ネットで配信されていると言っていた。そんな中で、阿久津は現職の刑事である真壁を射ったのだ。

それが意味するところは、あまりに重い。

「いいわけありません。だって……」

「この配信は、警察も視聴しています。ほどなく、場所を特定して、乗り込んでくることでしょう。時間がないのです」

「時間……」

「はい」

阿久津は、短く返事をすると、喜びを爆発させている神部の前に立った。

「いいねぇ。それでこそ、おれが見込んだ男だ。次は、おれを殺してくれよ。そうすれば……」

阿久津は、神部が言い終わる前に、拳銃のグリップでその側頭部を殴りつけた。

神部は、その一撃で昏倒する。

殺すことも出来たはずだ。だが、敢えてそうしなかった。神部の言いなりにはならないという、強い意志が見て取れる。

阿久津は、そのまま椅子に拘束されている玲香の前に立った。

てっきり彼女を解放するのかと思ったのだが、阿久津はじっと玲香を見下ろしている。

「あなたがコンシェルジュだったんですね——」

阿久津は、はっきりとした口調で言った。

——え？

永瀬には、意味が分からなかった。それは、玲香も同じだったらしく、怪訝な表情を浮かべる。

阿久津は、構わず話を続ける。

「私たちは、大きな勘違いをしていました。コンシェルジュを名乗る人物が、事件の黒幕だ――と。しかし、言葉の意味を考えれば、それが違うことは明白でした。コンシェルジュとは、総合世話係のことです」

「何の話ですか？」

永瀬は、堪らず口を挟んだ。

阿久津は、こちらを一瞥したが、何も言わずに、改めて玲香に向き直る。

「つまり、あなたの役割は、犯行の企画立案といったところです。実際に、それを実行していたのは、ギャルソンの赤坂であり、バーマンの渡辺のような者たちだった。ハウスキーパーだった伊達と沼田の役割は、事後処理だったのでしょう」

「…………」

「今回、あなたは神部を解き放ち、自らの計画に利用した。神部を使って、我々に尻尾を摑まれた沼田と伊達を始末し、永瀬さんと真壁さんを巻き込み、この状況を作り出すことに成功した」

「何を根拠に言っているんですか？」

永瀬は阿久津の言葉が信じられずに、口を挟んだ。

あたかも、玲香がコンシェルジュであるかのような言いようだが、根拠は何処にもないはずだ。

「記憶を見たんですよ」

「記憶を……」

その言葉で、頭を撃ち抜かれたような気がした。

「はい。永瀬さんが現場に残したスマートフォンに触れたとき、そこに彼女の記憶も残っていました。永瀬さんの動向を探るために、隙を見ては、頻繁に触っていたのでしょうね」

「物的証拠は、あるんですか？」

「残念ながらありません。私が感知したものだけです。だから、ここに来たんです。彼女は、何一つ証拠を残していない。つまり法で裁くことは出来ないんです」

そう言って、阿久津は革の手袋を嵌めた自分の掌に目を向けた。

「…………」

阿久津は玲香の口を塞ぐガムテープを剝がした。

「あなたに、一つだけ訊ねます。あなたの背後には、誰がいるのですか？　コンシェルジュであるあなたを雇った、オーナーがいるはずです」

「あなたは、阿久津さんですよね？　なぜ、生きているのですか？」

玲香が困惑しつつも、阿久津を問い質す。

「何を今さら。あなたは、私が生きていることを知っていたはずです」

「知るわけありません。永瀬さん。あなたは、前から、阿久津さんが生きていることを知っていたんですか？　そのことを、私に隠し続けていたのですか？」

玲香は、目に涙を浮かべながら永瀬を睨んで来た。

永瀬は押し黙るしかなかった。

沈黙が流れる。

「答えて下さい。永瀬さんは、記憶を見たという悪魔の言葉を、天海さんのことを、黒蛇のことを、信じるというのですか?」

「…………」

「あなたは、警察官でありながら、悪魔と一緒に行動していたのですか? あなたに、警察官としての矜持は無いのですか?」

玲香がさらに永瀬を責め立てる。

彼女の演技は迫真のものだった。だが、玲香の言葉に熱が籠もるのに反して、永瀬の心は冷たくなっていく。

「四宮。もういい」

永瀬は、首を左右に振った。

「え?」

「君は、今墓穴を掘ったんだ。大黒さんが、生きていることは、君は知らないはずだ」

何とか永瀬を、自分の側に引き込もうとするあまり、言葉のチョイスを間違えた。玲香が、大黒の生存を知るはずがないのだ。

「…………」

玲香は、自分のミスに気付いたらしく、下唇を噛んだ。

仮に、玲香の失言が無くても、きっと永瀬は、阿久津の方を信じただろう。それは、彼の覚悟を知っているからだ。

「改めて訊きます。黒幕であるオーナーは、いったい誰ですか?」

阿久津が玲香に問う。

玲香は、何も答えなかった。

「そうですか。答える気はありませんか。では、あなたの記憶に訊きます」

阿久津が、革の手袋を外し、玲香に手を伸ばした。

次の瞬間、拘束されていたはずの玲香が、立ち上がった。その手には、ナイフが握られていた。

記憶を感知される前に、阿久津を始末するつもりだ。

永瀬は、止めに入ろうとしたが、それより先に、阿久津が持っていた拳銃で玲香を撃ち抜いた。

胸を撃ち抜かれて、仰向けに倒れた玲香は、なぜか笑みを浮かべていた。

彼女は、ナイフとは逆の手に、発火装置のスイッチを手にしていた。苦しそうに呼吸をしながらも、玲香は、そのスイッチを押した。

「拙い！」

永瀬は、声を上げながら玲香の前を離れた。

それと同時に、凄まじい熱風に襲われ、永瀬は部屋の端まで吹き飛ばされることになった。

何とか起き上がり、視線を向けると、玲香の身体は完全に炎に包まれていた。これでは、近付くことさえ出来ない。

玲香は、阿久津を殺せなかったときの代替案として、自分もろとも、燃やすことを考えていたらしい。何があっても、阿久津に記憶を感知させないつもりだ。

「早く逃げましょう！」

そう声を上げながら、阿久津は、神部の髪に燃え移った炎を、必死に消していた。

そうだ。呆けている場合ではない。

永瀬は、真壁に駆け寄り、彼を引き摺るようにして、病院を抜け出した。見ると、阿久津も、神部を抱えながらも、建物から脱出することが出来たらしい。

「阿久津さん……」

呟く永瀬の言葉を掻き消すように、パトカーのサイレンの音が聞こえてきた。

「時間切れですね」

阿久津は小さく笑みを浮かべると、踵を返して立ち去ろうとする。

「待って下さい。何処に行くつもりですか？」

「それは言えません」

「でも……」

「永瀬さん。私は、二人の人間を撃ちました。この意味が分かりますよね？」

分かってしまう。痛いほどに――。

死んだとされた殺人鬼、阿久津誠が、現職の刑事二人を射殺した――という事実だけが、映像として流れてしまったのだ。

世間は、彼のことを再び悪魔として糾弾するだろう。

「もう、会うこともないと思います」

「すみません。私は何も出来なかった……」

「違います。あなたは、これからやるべきことがたくさんあります。これまでと同じように、犯罪と戦い続けて下さい。相手が、悪魔であったとしても――」

阿久津は、それだけ言い残すと、立ち去って行った。

永瀬は、再び悪魔として降臨した阿久津の背中を、ただ黙って見送るしか出来なかった――。

エピローグ

永瀬が、教会を訪れたのは、事件から三日後のことだった――。

一連の事件の影響は、計り知れないものだった。永瀬は自身が事情聴取を受けることになり、自由が利かなかったというのが、教会に来るのが遅くなった一番の理由だ。

死んだと思われていた男――阿久津誠が生きていた。

ネットの配信により、その事実は広く知れ渡ることとなり、警察は全力を挙げて、彼の行方を追う一方、阿久津が、どんな方法で自らの死を偽装したのか、その真相を解明する動きも活発化していた。

死亡報告書を作成した佐野は、追及の手が及ぶことを察知したのか、事件直後に姿を消し、今に至るもその消息が摑めていない。

教会の扉を開けると、ベンチが整然と並び、十字架を掲げた祭壇があったが、そこに神聖な空気はなく、廃墟のようにがらんとしている。

この教会の神父に成りすましていた大黒もまた、事件の後に姿を消してしまった。

教会は、文字通り蛻《もぬけ》の殻になっている。

阿久津に関する捜査が進めば、大黒の生存も明るみに出ることは必然なので、賢明な判断だといえる。

姿を消す前の大黒から、一度だけ電話があった。

大黒は、永瀬に幾つかの助言を与えた。一つは、永瀬が阿久津や大黒と接点があったことを他言しないこと。自分たちの身を案じたのではない。「あなたは、最後の砦です」と大黒は言っていた。

つまり、永瀬に警察に残って、悪と戦い続けろと言っているのだ。

永瀬はその意志を汲み、あくまで阿久津たちの生存を知らず、接点が無かった旨の供述を行った。

上層部が、永瀬の証言をいかほど信じたかは分からないが、処分などは行われなかった。

不自然な点は多々あるが、伊達に沼田、そして玲香の起こした犯罪を公にしたら、一大スキャンダルに発展する。

精神に異常をきたした神部が、伊達と沼田、そして、真壁の妹の翠を殺害。玲香と真壁は、悪魔と呼ばれたシリアルキラー――阿久津誠によって射たれた――というシンプルな構造による幕引きを図っているのだ。

玲香は死亡が確認されたが、真壁は一命を取り留め、現在も入院中だ。彼の処遇については、まだはっきりとしていない。

何れにしても、組織の隠蔽によって、永瀬への追及が有耶無耶《うやむや》になったのは、何とも皮肉な話だ。

納得のいかないことはあるが、泥を被ってでも、永瀬にはやらなければならないことがある。

事件は、まだ終わっていないのだから——。

永瀬が、通路をゆっくりと歩き、祭壇の前まで歩を進めたところで、扉が開いて、天海が入って来た。

永瀬は、振り返りはしたものの、彼女の顔を直視することが出来なかった。

大黒が永瀬に与えたもう一つの助言は、天海は事件とは無関係だと証言することだった。

てっきり、一緒に姿を消すのだと思っていたのだが、彼らは——阿久津は、天海を置いていったのだ。

天海は、何があってもついて行きたかったはずだ。

それでも置いていかれた。

彼女の気持ちを考えると、それだけで胸に刺すような痛みが走る。

「そんな顔をしないで下さい。覚悟は出来ていましたから」

天海が静かに言った。

「で、でも……」

「いいんです。それより、永瀬さんに訊きたいことがあります」

「何でしょう?」

「特殊犯罪捜査室は、今後も存続されるのですか?」

永瀬自身、部署の解体も覚悟していたのだが、意外にも特殊犯罪捜査室の存続と、永瀬が継続して室長を務めることは、既に決まっていた。

小山田の後任として、総務部長を務めている小鳥遊《たかなし》が、部署の必要性を訴え、存続の後押しをしたと聞いている。

「はい。存続されます。なぜ、その話を今？」

永瀬は疑問をぶつけながら、初めて天海の目を真っ直ぐに見た。

悲嘆に暮れていると思っていたが、そうではなかった。彼女は、その目に強い意志の光を宿していた。

「人手は足りていますか？」

天海が放った言葉で、全てに合点がいった。

そういうことか。天海は、置いていかれた。だが、それには理由があるのだ。

一連の事件によって、犯行を企画立案していたコンシェルジュの存在は、明らかになったが、そのコンシェルジュを雇っていた黒幕については、まだ明らかになっていない。

阿久津たちが、それを放置して、ただ逃げ回っているとは、到底思えない。

彼らは、必ず戻って来る――。

そのときのために、天海は残るという決断をしたのだ。ならば、永瀬の答えはもう決まっている。

「人手は足りません。優秀な人材を探しています」

永瀬が言うと、天海は笑みを浮かべながら小さく頷いた――。

本書は書下ろしです。
この物語はフィクションであり、
実在の人物・団体とは一切関係ありません。

神永 学（かみなが・まなぶ）

1974年山梨県生まれ。日本映画学校卒業。2003年『赤い隻眼』を自費出版する。同作を大幅改稿した『心霊探偵八雲 赤い瞳は知っている』で2004年にプロ作家デビュー。代表作「心霊探偵八雲」をはじめ、「天命探偵」「怪盗探偵山猫」「確率捜査官 御子柴岳人」「浮雲心霊奇譚」「殺生伝」「革命のリベリオン」などシリーズ作品を多数展開。著書には他に『イノセントブルー 記憶の旅人』『コンダクター』『ガラスの城壁』などがある。本書は「悪魔」シリーズ第3作。

神永学オフィシャルサイト https://kaminagamanabu.com

悪《あく》魔《ま》の審《しん》判《ぱん》

二〇二四年二月一九日 第一刷発行

著者 神《かみ》永《なが》 学《まなぶ》

発行者 森田浩章

発行所 株式会社講談社

〒一一二-八〇〇一 東京都文京区音羽二-一二-二一

電話 出版 〇三-五三九五-三五〇五

販売 〇三-五三九五-五八一七

業務 〇三-五三九五-三六一五

KODANSHA

本文データ制作 講談社デジタル製作

印刷所 株式会社KPSプロダクツ

製本所 株式会社若林製本工場

ISBN978-4-06-533818-6 N.D.C.913 394p 20cm